Thomas B. Morgenstern
Elbstrandmord

PIPER

Zu diesem Buch

Die Feier zur Silberhochzeit des Bauunternehmers Nikolaus Brummer liegt erst wenige Stunden zurück, als er erschlagen zwischen den Pappeln am Elbufer gefunden wird. Der Stader Kriminalhauptkommissar Paul Schlegel freut sich, dem schnöden Familienfest zur Taufe seines Enkels endlich entkommen zu können, und nimmt umgehend die Untersuchung auf. Schlegel stellt schnell fest, dass Brummer nicht nur Freunde im Ort hatte. Gerade mit seinem jüngsten Projekt, einem Hotel am Elbufer, hatte Brummer sich viele Feinde gemacht. Und auch Brummers Verhältnis zu seiner Frau scheint nicht immer ein harmonisches gewesen zu sein. Hat sie vielleicht sogar etwas mit seiner Ermordung zu tun? Und warum liegt dem Bürgermeister so viel an einer diskreten Lösung des Falls?

Thomas B. Morgenstern, geboren 1952, bewirtschaftet mit seiner Familie einen biologisch-dynamischen Bauernhof in der Elbmarsch bei Stade. Der Diplom-Biologe, der auch Germanistik und Theaterwissenschaften studierte, hat mehrere Kinder- und Jugendbücher veröffentlicht. Sein erster Roman, »Der Milchkontrolleur«, war ein großer Überraschungserfolg, dem weitere vielbeachtete Kriminalromane folgten.

Thomas B. Morgenstern

ELBSTRAND MORD

Kriminalroman

PIPER

Mehr über unsere Autoren und Bücher:
www.piper.de

Von Thomas B. Morgenstern liegen im Piper Verlag vor:
Der Milchkontrolleur
Tod eines Milchbauern
Milchfieber
Elbstrandmord

FSC
www.fsc.org
MIX
Papier aus verantwortungsvollen Quellen
FSC® C083411

Originalausgabe
ISBN 978-3-492-30660-7
1. Auflage September 2015
4. Auflage April 2020

Umschlaggestaltung: semper smile, München
Umschlagabbildung: Gutzemberg/shutterstock
Satz: Kösel Media GmbH, Krugzell
Gesetzt aus der Dante
Druck und Bindung: CPI books GmbH, Leck
Printed in the EU

Dies ist ein Roman, und alles ist erfunden.
Jegliche Ähnlichkeit mit lebenden oder verstorbenen Personen ist rein zufällig.

1 Kapitel

Marianne verspätete sich – wie üblich. Dabei kannte sie die Stelle, an der die Taufe stattfinden sollte, genauso gut wie ich. An mangelnder Ortskenntnis konnte es also nicht liegen.

Hannah hatte mich vor drei Wochen mit der Nachricht überrascht, Jakob taufen lassen zu wollen. Zuerst hatte ich gedacht, sie wolle mich auf den Arm nehmen. »Du willst ihn tatsächlich taufen lassen?«, hatte ich meine Tochter ungläubig gefragt. Seit drei Generationen hatte unsere Familie der Kirche und ihren Ritualen den Rücken gekehrt, auch Hannah war nicht getauft worden.

Aber sie hatte genickt. »An der Elbe, mit Elbwasser, wie es sich für einen richtigen Kehdinger gehört.«

Mir kam sofort der Verdacht, dass es Hannah mehr um das Event als um das Seelenheil meines Enkels gehen könnte. Das passte zu ihr. Sie war schon immer auf ihre Außenwirkung bedacht gewesen, und ein solches Ereignis hatte unter ihren Freunden sicher für Aufregung gesorgt. Eine Taufe an der Elbe. Wow! Wie cool ist das denn? Aber ich hatte den Mund gehalten.

»Evangelisch oder katholisch?«, hatte ich nur noch wissen wollen.

»Evangelisch, die Katholen machen so etwas nicht.«

Ich bog an der kleinen Kirche auf Kalbsand ab, fuhr ein paar Meter am Deich entlang und folgte einem schwarzen Geländewagen die Deichauffahrt hinauf. Ich kannte niemanden aus meiner Familie, der so einen protzigen Wagen fuhr, und als wir auf der anderen Deichseite anhielten, staunte ich über die

Gäste meiner Tochter. Auf dem kleinen provisorischen Parkplatz standen neben Hannahs kleinem Polo und den Autos ihrer Freunde noch einige sehr große und sehr teure Limousinen.

Der Pfarrer war ein guter Kenner der Kehdinger Verhältnisse, ich hatte schon bei mehreren Ermittlungen mit ihm zu tun gehabt. Er hatte ein großes Partyzelt aufbauen lassen und darin einen Altar und ein Holzkreuz aufgestellt. Als ich ihn nach der Zeremonie fragte, ob ihm die Kirche nicht mehr gut genug sei, meinte er wörtlich: »Immer nur in der Kirche ist langweilig.« Außerdem sei es nicht die einzige Taufe in diesen Wochen gewesen, er hatte wohl einige Eltern dazu gebracht, ihr Kind mit Elbwasser taufen zu lassen.

An der Seite stand eine kleine Hammondorgel, die ihren Strom aus einer Autobatterie bezog. Die Gäste saßen auf weißen Plastikstühlen, und der Wind pfiff durch die Ritzen. Das kann ja heiter werden, dachte ich, aber ich ließ mir meine Unlust nicht anmerken. Dreißig Jahre war es her, dass ich das letzte Mal in einem Gottesdienst gewesen war. Und das auch nur beruflich. Damals hatte ich einen mit Haftbefehl gesuchten Totschläger am Ende seiner Hochzeit festnehmen können.

Jakob begrüßte mich begeistert. Er war vor ein paar Monaten zwei geworden, und mir ging jedes Mal das Herz auf, wenn ich ihn sah. Er konnte noch nicht artikuliert sprechen, plapperte aber unentwegt und wunderte sich offensichtlich jedes Mal, dass sein Großvater nicht verstand, was er sagte.

Hannah hatte sich fein gemacht, das war zu erwarten gewesen. Dass auch ich mich in Schale geworfen hatte – dunkler Anzug, ein weißes, eigens gebügeltes Hemd und eine dunkle Krawatte –, wurde von Hannah dankbar lächelnd zur Kenntnis genommen. Marianne war noch nicht da.

»Wir sind hier zusammengekommen«, begann der Pfarrer

mit dröhnender Stimme, »um gemeinsam die Taufe von Jakob Schlegel und seine Aufnahme in den Schoß der Kirche zu feiern. Später, wenn wir von der Taufe an der Elbe zurückgekehrt sind, werden wir eine besondere Hochzeit feiern. Nikolaus und Elke Brummer haben vor fünfundzwanzig Jahren standesamtlich geheiratet und haben sich entschlossen, nun auch den kirchlichen Segen für ihre Ehe zu erbitten, auf dass sie noch lange so glücklich bestehen möge.«

Als junge Frau war Elke Brummer sicher sehr ansprechend gewesen. Davon war nicht mehr viel übrig geblieben, sie wirkte aufgeschwemmt, und ich hatte den Verdacht, dass ein paar Gläser Likör zu viel pro Tag die Ursache waren. Außerdem hatte sie den missmutigen Gesichtsausdruck älterer Ehefrauen, die sexuell unterversorgt waren. Entweder war der Likör schuld daran, dass ihre Gatten kein Interesse an ihnen hatten, oder sie tranken zu viel, weil die Männer sich schon lange anderen Frauen zugewandt hatten. Bei Elke Brummer tippte ich auf die zweite Möglichkeit und lag nicht weit daneben, wie sich später herausstellen sollte.

Der Name Nikolaus Brummer war mir nicht unbekannt, aber mir fiel nicht auf Anhieb ein, bei welcher Gelegenheit ich ihm schon einmal begegnet war. Schon als ich ihn vor dem Zelt gesehen hatte, hatte ich überlegt, wer dieser unsympathische Kerl sein könnte, der ein paar Meter neben Hannahs Gästen mit herablassender Jovialität Hof gehalten hatte. Ich schätzte ihn auf Mitte fünfzig. Als klar wurde, dass die Brummers nicht zu Hannahs Gästen gehörten, war ich erleichtert.

Ich saß ganz außen in der ersten Reihe, Jakob stand vor mir und hielt sich an meinen Beinen fest. Zur Feier des Tages hatte Hannah ihn festlich angezogen und sich dabei zum Glück von dem Kleidungsstil entfernt, mit dem sie sonst immer ihren Sohn verunstaltete. Sie liebte großflächige hässliche Motive auf

Pullovern und Anoraks, die angeblich auch den Zweijährigen so gut gefielen. Ich hatte mich immer gefragt, weshalb ein so kleiner Kerl mit Löwen oder Panthern auf der Brust herumlaufen sollte, die wütend ihre großen Mäuler aufrissen. Auf den Gipfel getrieben hatte sie es, als sie Bettwäsche kaufte, die mit großen schwarzen Totenköpfen verziert war. Auf meine besorgte Frage, ob sie denn wirklich das Gefühl habe, dass Jakob mit diesen Motiven vor Augen besonders selig schlafen könne, hatte sie nur mit den Achseln gezuckt.

Heute trug der Junge eine dunkelblaue Strickjacke mit einigen weißen Streifen. Er erinnerte mich ein wenig an einen Matrosen, und ich fand, dass Hannah diesmal die richtige Symbolik gewählt hatte, schließlich waren wir an der Elbe.

Verwundert betrachtete Jakob den großen Mann, der mit wehendem schwarzem Talar nur ein paar Meter vor uns stand, abwechselnd laut sprach oder zu singen begann. Ich konnte verstohlen die ersten Hochzeitsgäste beäugen, die sich in der rechten Hälfte des Zeltes versammelt hatten. Langsam dämmerte es mir, woher ich den Bräutigam kannte. Nikolaus Brummer war Bauunternehmer und hatte einmal in einem Prozess als Zeuge aussagen müssen.

Es ging damals um eine Schlägerei zwischen Fahrern seiner Firma, von denen einer wegen Körperverletzung angeklagt und dann verurteilt worden war. Im Prozess konnte sich Brummer an nichts erinnern, natürlich, etwas anderes hätte mich auch sehr erstaunt. Der Angeklagte verteidigte sich damit, dass in dem Unternehmen untragbare Bedingungen geherrscht hätten. Als er zu keinen unbezahlten Überstunden bereit gewesen sei und er sich deshalb beschwert habe, sei er von Brummers Leuten erst angepöbelt und dann körperlich angegangen worden. Er habe sich nur gewehrt, das sei sein gutes Recht gewesen.

Brummer wusste davon nichts, das behauptete er jedenfalls, in seiner Firma würden alle Standards eingehalten, er schicke keine Rollkommandos los, um aufmüpfige Fahrer zur Raison zu bringen. Stolz erzählte er, man habe ihn erst letztes Jahr zum »Unternehmer des Jahres« auf Kreisebene gewählt, und das hätte man wohl kaum getan, wenn in dem Unternehmen solche Zustände herrschen würden, wie der Angeklagte behauptete. Ich wusste, dass Brummer log, doch ich konnte es nicht beweisen. Für die zwei gebrochenen Nasenbeine bekam der Angeklagte eine Bewährungsstrafe. Und die Kündigung natürlich.

Hinter dem Pfarrer tauchte Marianne auf. Endlich.

Nicht einmal zur Taufe ihres Enkels schaffte sie es, rechtzeitig zu erscheinen. Hoffentlich hält sie wenigstens den Mund und redet nicht wie sonst ohne Punkt und Komma, dachte ich.

Die Orgel quäkte die Melodie von Paul Gerhardts »Geh aus, mein Herz, und suche Freud«, und alle stimmten ein. Marianne stand direkt hinter dem Pfarrer, und ihre Altstimme war so laut, dass er sich erschrocken umdrehte. Sie nickte verlegen, sang aber unbeirrt weiter und setzte sich neben Hannah, die ihr den Stuhl frei gehalten hatte.

Wenigstens hatte sie so viel Anstand, nicht ihren neuen Liebhaber mitzubringen, mit dem sie seit drei Jahren zusammenlebte. Wolfgang Schneider war mir von Anfang an unsympathisch gewesen. Aufdringlich und gönnerhaft war er mir vorgekommen, als ich ihn das erste Mal bewusst gesehen hatte. Er war ein Kollege von ihr, Marianne unterrichtete Deutsch und Geschichte am Athenäum in Stade, einem alten Gymnasium, das viel auf seine lange Geschichte hielt.

Lehrer konnte ich noch nie ausstehen: Als Schüler waren sie

meine natürlichen Feinde gewesen, und als Erwachsener waren sie mir zu rechthaberisch. Hannah hatte als Achtklässlerin, um ihre Mutter zu ärgern, eine Karte an die Tür gehängt, auf der der damals sehr populäre Spruch stand: »Lehrer haben morgens immer recht und nachmittags immer frei.« Marianne war ausgerastet. Ich hatte etwas mehr Souveränität von Marianne erwartet und gemeint, sie solle das doch bitte als Witz verstehen, aber sie steigerte sich immer mehr in Rage. Am Ende kam dabei eine heftige Ehekrise heraus, von der wir uns dann nie wieder richtig erholten. Sie warf mir all das vor, was sie ein paar Jahre zuvor noch als besonders lobenswert herausgestellt hatte. Aus meiner bedächtigen Art war Langeweile geworden, plötzlich beharrte ich auf lebensfernen Grundsätzen, mein kleines Bäuchlein war jetzt eine Wampe, und im Bett war es mit mir schon immer eintönig gewesen.

Ob sie denn andere Erfahrungen habe, hatte ich spitz nachgefragt, denn meines Wissens war ich Mariannes erster und einziger Mann gewesen. Sie hatte nur wütend geschnaubt, doch ein paar Monate später stellte sich heraus, dass sie sehr wohl Erfahrungen gesammelt hatte. Mit einem Kollegen. Wir sprachen uns aus, ich verzieh ihr, konnte es sogar ein wenig verstehen, dass sie mal jemand anderen ausprobieren wollte. Aber dass der Auserwählte ein Gewerkschaftsfunktionär mit Cordanzug und Lederflicken auf den Ellbogen gewesen war, kränkte mich sehr. Außerdem trug er einen Schnauzbart, eine Mode, die sie immer nur verspottet hatte. Sie beichtete mir heulend, dass der Kerl genauso langweilig gewesen sei wie ich. Das hatte sie nett gemeint und überhaupt nicht gemerkt, was sie eigentlich gesagt hatte. Doch mir war sofort klar gewesen, dass sie nur auf die nächste Gelegenheit wartete, um den Absprung zu wagen.

Ein paar Jahre lang bemühten wir uns, aber unsere Beziehung hatte sozusagen eine Delle. Wir schliefen nur noch ein paar Mal miteinander, Spaß machte es keinem von uns, schließlich zog sie in ein eigenes Schlafzimmer. Als Hannah in der Zwölften war, erschien Wolfgang auf der Bildfläche: groß, sportlich, zuvorkommend. Marianne probierte ihn sofort aus, er war kaum vier Wochen an der Schule. Außerdem begann in dieser Zeit die Sache mit Annemarie. Nach ein paar weiteren Monaten reichte meine Frau die Scheidung ein.

»Ich bitte die Gemeinde, sich zu erheben«, sagte der Pfarrer, den ich kaum verstand – so laut blies der Wind um die Ecken des Plastikzeltes. Er betete das Vaterunser, und ich sah verstohlen zu Marianne. Die überzeugte »hedonistische Atheistin«, wie sie sich gerne bezeichnete, sprach das Gebet mit. Hannah bewegte nur die Lippen.

Hinterher kletterte Jakob auf meinen Arm, und wir gingen gemeinsam zum Strand. Aber schon nach ein paar Metern wollte er wieder selbst laufen, und ich setzte ihn ab. Selbst bei normaler Wetterlage wäre es sicher kein Spaß gewesen, zu dieser Jahreszeit barfuß und mit hochgekrempelten Hosenbeinen in die Elbe zu steigen, aber dieser April war dazu noch der kälteste, seit es Wetteraufzeichnungen gab. Und der nasseste. Ich musste grinsen, als ich sah, dass unter dem Talar des Pfarrers ein Neoprenanzug herausschaute. Ohne Bedenken stiefelte er bis zum Knöchel in die Elbe. Hannahs Cousine Emma war die Taufpatin und überhaupt nicht auf diese Art der Taufe vorbereitet. Sie war mit High Heels über den Deich gekommen und schon ein paar Meter hinter dem Zelt mit ihren Absätzen im Sand versunken.

Marianne stellte sich neben mich, sagte: »Hallo«, und hielt mir auffordernd ihr Gesicht hin, damit ich sie küsste. Ich wollte keinen Streit provozieren, vor allen Dingen nicht vor Jakob, hauchte ihr rechts und links so etwas wie einen Kuss an die Backe und sagte ebenfalls: »Hallo.«

»Wie geht's?«, erwiderte sie, doch schon während ihrer Frage wandte sie sich von mir ab. Es interessierte sie überhaupt nicht.

»Gut.«

Der Pfarrer redete leise mit Hannah, die Jakob auf den Arm genommen hatte. Er sagte noch etwas zur Patin und ließ dann dreimal im Namen des Vaters, des Sohnes und des Heiligen Geistes eine Handvoll Wasser über Jakobs Kopf laufen. Der Wind blies das meiste davon zum Strand hin, von wo aus wir das Geschehen verfolgten. Die ganze Zeremonie gefiel mir besser, als ich gedacht hatte. Der Pfarrer hatte eine lustige Ernsthaftigkeit an sich. Bestimmt glaubte er tatsächlich an das, was er sagte. Außerdem war er bekannt für skurrile Austeilungen des Sakraments. Eheschließungen im Heißluftballon oder unter Wasser im Schwimmbad waren für ihn keine besonderen Herausforderungen. So erklärte sich auch der Neoprenanzug.

Sein Talar wurde am Ende doch noch richtig nass, denn während er dem Kind das Wasser über den Kopf schüttete, erreichten die Bugwellen eines großen Schiffes das Ufer. Die Elbe erinnerte für einen kurzen Moment an ein Meer, mit sich überschlagenden Wogen und Schaumkronen. Schon während der Fürbitte hatte ich durchs Zeltfenster die Frachter auf dem Fluss betrachtet, die mit ihren bunten Containergebirgen ein farbiges Zeichen in die graue Landschaft setzten.

Marianne nahm Hannah den Kleinen ab, und als sich alle wieder die Schuhe angezogen hatten, ging der Pfarrer zum Zelt zurück und begann mit der Hochzeitszeremonie. Es waren sehr viel mehr Gäste als vorhin, und ich fragte mich, warum die anderen schon bei Jakobs Taufe anwesend gewesen waren, vielleicht hatten sie sich einfach nur in der Zeit geirrt. Ich kannte einige von ihnen, darunter den Bürgermeister und den Leiter der örtlichen Polizeidienststelle, doch was mich am meisten überraschte, war die Anwesenheit von Fräulein Siegel.

Hannah hatte einen Drachen vorbereitet, auf dem Emma ihre guten Wünsche für ihr Patenkind notiert hatte. Es war ein schönes Bild, als sie barfuß am Strand entlangrannte – ihre High Heels lagen irgendwo im Sand – und ihre Wünsche für Jakob in den Himmel schickte. Emma war schon immer meine Lieblingsnichte gewesen. Sie war groß, schlank und hatte ein kluges, offenes Gesicht, dazu war sie warmherzig und steckte immer voller guter Ideen. Ihr Patenkind rannte an der Hand seiner Mutter hinterher. Wie auf ein Zeichen frischte der Wind auf, ließ das Drachensteigen zum Kinderspiel werden, und sogar die Sonne schien ein paar Minuten zwischen den dunklen, tief hängenden Wolken.

Der Strand war sehr belebt, dauernd kamen neugierige Spaziergänger vorbei und nervten mit witzig gemeinten Kommentaren. Ich wunderte mich über die vielen Hunde, die sie dabeihatten. Jakob begann zu weinen, als drei riesige Leonberger wie in Zeitlupe über den Strand und durch das Wasser liefen und dann ein paar Meter von uns entfernt das Fell ausschüttelten. Dem Besitzer war es nicht peinlich, dass einige von uns der unfreiwilligen Dusche nicht ausweichen konnten, er entschuldigte sich auch nicht für das Verhalten seiner Hunde, sondern lachte nur und lief weiter. Er war um einiges größer als ich und bewegte sich, als hätte er zu viel Testosteron im Blut. Ich überlegte, ob ich ihn schon einmal gesehen hatte, seine Statur und die Art, sich zu bewegen, waren nicht gerade alltäglich, aber ich erinnerte mich nicht.

Gesichter erkenne ich mit großer Treffsicherheit, wenn ich mit jemandem einmal beruflich zu tun gehabt habe. Seine oder ihre Physiognomie hat sich dann in meinem Kopf eingebrannt.

Manchmal muss ich ein bisschen graben und scharf nachdenken, aber dann fallen mir die Zusammenhänge wieder ein. Privat ist es ganz anders. Man hat mir schon Arroganz und Desinteresse vorgeworfen, wenn ich mein Gegenüber nicht sofort erkannt habe, aber das stimmt nicht. Ich kann mir private Gesichter einfach nicht merken.

»Sind wir jetzt fertig?«, fragte Marianne ungeduldig. »Wir fahren zu uns. Kaffeetrinken.«

Hannah sah mich kurz an, ich wusste, dass ich jetzt nicht ablehnen konnte. Es war das erste Mal, dass ich wieder in unser altes Haus im Schwedenviertel von Stade zurückkehrte. Als ich auszog, hatte ich mir geschworen, es nie wieder zu betreten, aber Hannahs Blick ließ mir keine Wahl. Sie hätte es mir nicht verziehen, wenn ich mich schon jetzt verdrückt hätte.

Unsere Tochter war zwar nicht das einzige Bindeglied, das es zwischen Marianne und mir noch gab – selbst wenn man geschieden ist, muss man noch viele Dinge gemeinsam regeln. Nachdem die Scheidung eingereicht war, forderte mich Marianne auf, aus dem Haus im Uppsalaweg auszuziehen, es gehöre schließlich ihr, und Hannah könne in ihrer gewohnten Umgebung bleiben. Ich hatte keine Wahl und nahm mir eine kleine Zweizimmerwohnung in der Bungenstraße.

»Hallo, Paul«, sagte Wolfgang, als er die Haustür öffnete. Ich wäre am liebsten umgekehrt. »Wie geht's?«

»Gut.«

Ich redete kein weiteres Wort mit ihm, was hätte ich ihm auch sagen sollen? Hannah hatte einige ihrer Freunde eingeladen, junge Leute, die nicht mit an die Elbe gekommen waren und die nach dem Kuchen dauernd mit ihren Smartphones herumspielten, statt sich zu unterhalten. Marianne und Wolfgang bewegten sich souverän unter ihnen, sie wurden auch in ihre

Gespräche einbezogen, sofern es denn welche gab. Ich stand meistens am Rand und hielt mich an meiner Kaffeetasse fest.

Meine Exfrau war in ihrem Element, und niemand wagte es, ihren Wortschwall zu unterbrechen – zu Beginn unserer Liebe war mir das noch gelungen, doch irgendwann hatte ich wie viele andere aufgegeben. Vermutlich wussten die wenigsten der Gäste überhaupt von meiner Existenz, sie gingen wohl davon aus, dass Wolfgang Hannahs Vater sei.

Schon zu Studentenzeiten waren mir die Menschenansammlungen auf Riesenpartys kein Ansporn gewesen, neue Leute kennenzulernen. Viel lieber hatte ich mich mit ein paar Bekannten in eine Ecke verzogen. Ich bewunderte diejenigen, die ohne große Probleme mit fremden Leuten ins Gespräch kamen und ab und zu sogar eine nächtliche Bekanntschaft abschleppten. Allerdings empfand ich das nicht als Makel, ich hatte auch keine Schwierigkeiten, jemanden ins Bett zu kriegen, nur eben nicht, wenn mehr als zehn Leute zusammenstanden. Dann verstummte ich meistens.

Bei offiziellen Gelegenheiten hingegen war es ganz anders. Ich hatte mich an der Uni ein paar Semester in der Fachschaft engagiert, und Ansprachen vor gut gefülltem Audimax machten mir überhaupt nichts aus.

In den ersten Monaten nach der Trennung von Marianne hatte mich Hannah regelmäßig besucht, meist nach der Schule. Sie blieb in ihrem Zimmer wohnen, so wie Marianne es vorgesehen hatte, selbst als der neue Liebhaber einzog. Offenbar sollte damit die Illusion einer weiterbestehenden Familie aufrechterhalten werden, eben nur mit einem ausgetauschten Mann.

Traf Hannah mich nicht an, legte sie jedes Mal eine Notiz in den Briefkasten. Als das Abitur näher rückte, wurden die Besuche seltener, bis sie eines Abends heulend vor der Tür stand. Sie hatte sich mit Marianne und Wolfgang so zerstritten, dass sie nicht mehr dort wohnen wollte. Hannah zog für einige Wochen bei mir ein. Erst nach und nach kam heraus, dass sie schon seit mehreren Monaten nicht mehr zur Schule gegangen und nicht zum Abi zugelassen worden war. Sie war regelrecht abgestürzt, trieb sich während der Wochenenden durch alle Diskotheken des Umkreises und verbrachte viele Nächte in verschiedenen Betten. Ich bot ihr Hilfe an, doch sie lehnte ab und behauptete, ihr gehe es prächtig und sie habe einfach keinen Bock auf Schule und Abistress.

Irgendwann wurde es mir zu bunt, sie war neunzehn, und ich fand, sie könne langsam vernünftige Entscheidungen über ihr Leben treffen, statt sich nur treiben zu lassen und jedes Wochenende mit jemand anderem zu vögeln. Als ich sie aus der Wohnung meines Nachbarn schleichen sah, der ungefähr so alt war wie ich, hatte ich die Nase voll und warf sie hinaus. Sie kaufte sich ein Interrailticket, kam bis nach Portugal und blieb dort ein halbes Jahr, in dem sie nur ein einziges Mal anrief und weder Briefe noch E-Mails schickte.

Eines Abends stand sie dann vor meiner Tür, ihr Bauch war nicht zu übersehen, sie war schwanger mit Jakob und wusste nicht weiter, wusste nicht einmal, wer der Vater ihres Kindes war.

»Bleibst du zum Abendessen?«, fragte Hannah, und natürlich war es keine Frage, sondern eine Aufforderung. Ich nickte.

Es gab Spargel.

»Ich möchte mal um Ruhe bitten!«, sagte Wolfgang und schlug mit dem Löffel an sein Glas.

Er benahm sich, als wäre er Gastgeber, Vater und Großvater in Personalunion. Ich hielt es kaum aus und stand auf, als mein Handy mich erlöste.

»Paul Schlegel«, meldete ich mich leise, ohne aufs Display zu sehen.

»Wir haben einen Toten«, sagte Dirk Hildebrand.

Gott sei Dank, dachte ich.

2 Kapitel

Ich kannte die Stelle, wo der Tote gefunden worden war. Zum zweiten Mal an diesem Tag bog ich an der kleinen Kirche auf Kalbsand ab, fuhr ein paar Meter am Deich entlang und die Deichauffahrt hoch. Hinter einem Obsthof sah ich die blauen Lichter blinken. Die Kollegen hatten über dem Fundort ein weißes Zelt aufgebaut. Es stand in unmittelbarer Nähe des anderen, in dem wir vor ein paar Stunden noch gefeiert hatten. Inzwischen regnete es in Strömen, und der Wind hatte seit heute Morgen auch nicht nachgelassen. Die Männer in den weißen Einmaloveralls der Spurensicherung bewegten sich geschäftig hin und her. Der Polizeifotograf war ebenso da wie Dirk Hildebrand, Kriminalkommissar aus Stade.

So lief es immer ab, dachte ich. Bei der Kripo hatte man einfach kein Privatleben. Das Scheitern meiner Ehe hatte auch mit meinem Beruf zu tun. Welcher Frau gefällt es, wenn das Telefon ausgerechnet dann klingelt, wenn man vergnügt auf dem Bett turnt und der eben noch schwer erregte Liebhaber zu einer Leiche gerufen wird? Marianne und mir war das zu Beginn unserer Beziehung einige Male passiert. Als sie noch mit Begeisterung bei der Sache war, konnte sie manchmal sogar darüber lachen (»Wenn du zurückkommst, bin ich schon fertig«), später hatte sie vor Ärger und Frust geheult.

Ich hatte eigentlich vorgehabt, Hannah heute Abend zu meiner Wohnung mitzunehmen, den Kleinen in meinem Bett zum Schlafen zu bringen und dann ein paar Stunden mit ihr zu reden. Als ich den Trubel hier sah, war mir klar, dass daraus nichts werden würde.

Er war übel zugerichtet worden, das Gesicht war mit Blut verschmiert, aber ich erkannte ihn sofort. Vor ein paar Stunden war er schon einmal hier gewesen, wir hatten im gleichen Zelt gesessen, jetzt lag Nikolaus Brummer tot zwischen den Pappeln und dem Deich. Welch traurige Ironie, dachte ich, heute Morgen hatte er in einem Zelt vor dem Pfarrer gestanden und wollte dessen Segen für seine Ehe, jetzt lag er unter einem anderen und benötigte nur noch den Segen für die letzte Ruhe.

»Wer hat ihn gefunden?«, fragte ich Hildebrand. »Und wann?«

»Der Tote heißt Nikolaus Brummer«, begann er.

Ich unterbrach ihn nicht und ließ ihn in dem Glauben, ich würde den Mann nicht kennen.

»Ein Hundebesitzer, der mit seinen Kötern unterwegs war, hat ihn gefunden. Hier ist doch der Hundestrand. Der Mann sitzt gerade im VW-Bus und gibt seine Aussage zu Protokoll.«

»Ich will ihn sprechen«, sagte ich und begann mich umzusehen. Hundestrand also, deshalb waren bei der Taufe so viele Leute mit ihren Hunden unterwegs gewesen. Ich streifte den Plastikschutz von meinen Schuhen und lief zum Strand.

Jetzt war niemand mehr unterwegs. Die Elbe floss schnell und erbarmungslos in Richtung Nordsee und riss ausnahmslos alles mit, was sich ihr in den Weg stellte, selbst große Bäume konnten dem Sog manchmal nicht widerstehen. Ich schätzte den Wind auf Stärke acht. Ein paar Segler ließen sich davon aber nicht abhalten und schossen mit ihren Booten über das Wasser. Viele meiner Kollegen waren begeisterte und gute Segler, doch ich sah den Schiffen lieber vom Ufer aus zu, als selbst eines zu steuern. Auch diesmal konnte ich meinen Blick kaum von den mit dem Wind kämpfenden Seglern abwenden, einige

Boote hatten eine solche Krängung, dass mir schon vom Zusehen schwindlig wurde.

Ich drehte mich um und schätzte die Entfernung zum Strand. Der Fundort lag tief im Pappelwäldchen. Was hatte der Spaziergänger dort zu suchen gehabt?, fragte ich mich.

Ich wurde unruhig – wie immer, wenn ich Fund- oder Tatorte inspiziere und mir unbewusst eine Unregelmäßigkeit auffällt. Etwas, das den Gesamteindruck unerwartet verschiebt. Langsam ließ ich meinen Blick von rechts nach links wandern, wechselte die Richtung, drehte mich um und versuchte es aufs Neue.

Als ich wieder den kleinen Wald betrat, wusste ich, was mich irritiert hatte. Auf dem Boden hatte jemand ein etwa vier mal fünf Meter großes Areal akkurat abgesteckt und den Untergrund – bis auf den Sand – sorgfältig gesäubert und fein geharkt. Auf dem Gelände lagen in wilder Unordnung einige Schilfstücke, die mit einem Messer oder einer Schere auf die exakt gleiche Länge gebracht worden waren. Ich hatte die Anordnung vom Ufer aus als hellere Fläche bemerkt, aber nicht einordnen können.

»Land-Art«, sagte Hildebrand, als er mein fragendes Gesicht sah. »Stammt von einem Künstler, der das im Auftrag des Kunstvereins gemacht hat. Neben dem Toten ist auch so ein Kunstobjekt.« Hildebrand zeigte zum Tatort. Tatsächlich war zwischen den Pappeln und dem Deich eine Reihe von Eichenpfählen in den Boden gerammt worden.

Ich ärgerte mich, weil mich Hildebrand erst darauf hinweisen musste, dass es sich um Land-Art handelte. Natürlich hatte ich davon in der Zeitung gelesen, ich interessiere mich sehr für moderne Kunst und habe Andy Goldsworthys Land-Art-Projekte immer mit großer Begeisterung verfolgt. Der Künstler hier erreichte nicht die Qualität der ganz Großen, aber was ich sah, fand ich nicht schlecht. Die zehn in den Boden gerammten Eichenpfähle waren unbearbeitet, davor lagen auf dem Gras neun exakt geschliffene Holzstücke. Sie waren unterschiedlich groß, und ich merkte, was der Künstler ausdrücken wollte. Die rohen Pfähle standen akkurat, die behandelten lagen wahllos herum.

»Beeindruckend, nicht?«, sagte ich zu Hildebrand, aber der sah mich nur fragend an.

»Brummer ist erschlagen worden«, meinte er.

»Was sagt der Arzt zum Todeszeitpunkt?«, wollte ich wissen.

»Vor zwei Stunden, schätzt er, will sich aber nicht genau festlegen.«

Ich kannte das, wusste aber auch, dass die Schätzung bei der Obduktion meistens bestätigt wurde.

»Wir haben jetzt Viertel nach sieben«, dachte ich laut nach.

Hildebrand nickte, und ihm lief dabei der Regen von der Kapuze ins Gesicht. »Kreienbohm schätzt zwischen fünf und halb sechs.«

»Wissen Sie, ob es da auch so geregnet hat?«

»Es hat noch viel mehr gegossen als jetzt. Normalerweise geht man da nicht ohne Regenklamotten raus. Der Mörder muss danach klatschnass gewesen sein.«

»Oder die Mörderin«, ergänzte ich.

Mich streifte der Gedanke, wie viel Glück wir bei der Taufe gehabt hatten. Eigentlich war heftiger Regen angesagt gewesen, er hatte aber erst nach unserem Strandausflug eingesetzt.

»Wollen Sie den Toten noch einmal sehen, bevor er abtransportiert wird?«, fragte Hildebrand.

Nikolaus Brummer trug noch immer seinen Festtagsanzug, selbst die hellgraue Fliege, die farblich genau zur Anzugweste passte, hatte er um. Allerdings war sie verrutscht und voll von nassem Sand. Er lag mit dem Gesicht nach unten und sah aus, als hätte er wirklich ins Gras beißen müssen. Er war vollkommen durchnässt.

Ich betrachtete die blutverschmierte Wunde. Wenn ich mich nicht täuschte, war der Schlag gegen seine Schläfe die Todesursache.

»Andere Verletzungen?«, erkundigte ich mich bei Dr. Kreienbohm, der inzwischen zu uns getreten war.

»Bis jetzt war noch nichts festzustellen, nach der Obduktion kann ich mehr sagen.«

Kreienbohm leitete seit über dreißig Jahren die Rechtsmedizin, er war präzise bis zur Pedanterie.

»Seid ihr fertig?«, wandte ich mich an die Kollegen von der Spurensicherung, die zustimmend nickten. Auch ich hatte genug gesehen. »Dann kann der Tote jetzt in die Rechtsmedizin gebracht werden«, sagte ich und wandte mich an Hildebrand. »Weiß seine Frau schon Bescheid?«

Hildebrand wusste, dass ich nicht der Richtige war, um die Todesnachricht zu überbringen. Das war früher anders gewesen – bis ich vor einigen Jahren einer jungen Frau, sie war höchstens Mitte zwanzig, die Nachricht überbringen musste, dass ihr Freund beim Aufschließen seines Wagens von einem anderen Auto erfasst worden war. Es hatte ihn mehrere Meter durch die Luft geschleudert, und er war auf die Fahrbahn gefallen, wo er von einem Lastwagen überrollt wurde. Sie hatte mit Entsetzen reagiert, das hatte ich erwartet, wir werden für solche Situationen geschult. Als sie mich bat, ihr aus der Küche ein Glas Wasser zu holen, stand ich auf und wunderte mich nicht, als ich sie ins Badezimmer gehen sah. Sie hatte die Tür abgeschlossen, das Fenster geöffnet und war ohne Zögern aus dem vierten Stock gesprungen. Ich hatte ahnungslos im

Wohnzimmer auf ihre Rückkehr gewartet, das Wasserglas angestarrt und mich gewundert, die Toilettenspülung nicht zu hören. Erst als die Kollegen aus dem Streifenwagen, die vor der Tür auf mich warteten, Sturm klingelten, ahnte ich, dass etwas Schreckliches geschehen sein musste. Die Frau war im dritten Monat gewesen. Ich brauchte Jahre, um darüber hinwegzukommen.

»Ja, wir haben sie benachrichtigt«, erwiderte Hildebrand. »Frau Brummer war zum Todeszeitpunkt schon nach Hause gefahren. Darüber habe ich mich sehr gewundert. Man feiert doch nicht seine Silberhochzeit und fährt dann getrennt nach Hause?«

»Ich brauche eine genaue Aufstellung, was Nikolaus Brummer den Tag über gemacht hat und mit wem er zusammen war.« Ich drehte mich um und wollte zu meinem Wagen gehen, als Hildebrand meinte: »Sie wollten doch den Mann sprechen, der ihn gefunden hat. Er wartet auf Sie.«

Seine Hunde kannte ich, sie lagen einige Meter vom Bus entfernt im Gras und verharrte träge. Es waren die drei Leonberger, die die Taufgäste nass gespritzt hatten.

»Sind Sie jeden Tag so oft am Strand?«, sagte ich zur Begrüßung.

»Woher wollen Sie das wissen?«

»Jedenfalls waren Sie heute Morgen auch hier, ich habe Sie da gesehen.«

»Ist das strafbar?« Sein Ton wurde aggressiv.

Ich schüttelte den Kopf. »Erzählen Sie einfach, was passiert ist.«

Der Mann stellte sich als Hans-Christian Bloch vor und beruhigte sich wieder ein wenig. Er erzählte, dass er eigentlich nie in das Wäldchen gehe, denn die Hunde liefen lieber am Strand entlang. Sie seien schon etwas älter, und es dauere genau eine Stunde vom Anleger bis hier und zurück. Er mache das zweimal am Tag, einmal morgens und einmal abends, die Hunde benötigten viel Auslauf.

Ich hörte ihm ungeduldig zu. Hunde waren auch Mariannes Leidenschaft, wir hatten eigentlich immer einen oder zwei gehabt, doch Erzählungen über ihre individuellen Eigenschaften ermüdeten mich immer.

»Kommen Sie bitte zur Sache«, meinte ich.

»Bei der Abendrunde vorhin sind die Hunde ganz plötzlich in den Wald gelaufen und haben wie verrückt gebellt. Ich habe sie gerufen und mit meiner Trillerpfeife gepfiffen, aber es hat nichts genützt.«

Wann das gewesen sei, wollte ich wissen.

»Um kurz vor sechs. Wissen Sie, Leonberger sind keine Jagdhunde, sie verbellen normalerweise keinen Fund. Deshalb habe ich mich so gewundert, dass sie wie an der Leine gezogen in den Wald gerannt sind. Und dann habe ich die Leiche gesehen.«

»Haben Sie etwas angefasst?«

»Natürlich nicht«, meinte Bloch empört, »für wie blöde halten Sie mich?«

Ich ging auf seine Entrüstung nicht ein: »Ist Ihnen sonst noch etwas aufgefallen? War vielleicht noch jemand in der Nähe?«

»Nichts, es hat gegossen wie aus Kübeln, ich war ganz allein.«

»Vielen Dank, das war's schon. Ihre Adresse haben wir ja. Vielleicht habe ich noch ein paar Fragen, dann melde ich mich.«

Bloch kletterte aus dem Bus, pfiff nach seinen Hunden, die sich schwerfällig erhoben und langsam hinter ihm hertrotteten. Er wanderte unaufgeregt am Strand zurück zum Anleger. Ich wäre nicht so cool, dachte ich, wenn ich eine Leiche gefunden hätte.

Am Auto erwartete mich Hildebrand.

»Sie kannten Brummer?«, fragte er mich erbost. »Da hätte ich mir eine Menge Arbeit ersparen können.«

»Ich brauche eine Auflistung aller Hochzeitsgäste«, sagte ich, ohne auf seinen vorwurfsvollen Ton einzugehen. »Morgen früh, wenn möglich.«

»Wir arbeiten schon daran. Wollen Sie die Gästeliste der kirchlichen Feier oder der privaten danach?«

»Beide. Da wird sich bestimmt einiges überschneiden.«

»Ich hoffe«, sagte Hildebrand, »dass ich das schnell hinbekomme. Ich habe mit der anderen Sache viel um die Ohren.«

Ich wusste, was er meinte: Vor ein paar Wochen waren im Stader Rotlichtmilieu einige Bundeswehrpistolen aufgetaucht, die aus irgendeinem Einbruch stammen mussten. Hildebrand hatte den Fall übernommen und arbeitete sich derzeit durch die entsprechenden Clubs, Bars und Bordelle. Viel herausbekommen hatte er noch nicht, die entsprechende Klientel ist ja nicht gerade für ihre Zusammenarbeit mit der Polizei bekannt. Es hatte eine Schießerei am Bahnhof mit zwei Schwerverletzten gegeben, von denen der eine nach wie vor nicht identifiziert war, denn er lag noch immer im Koma. Außerdem hatten wir eine Walther P1 beschlagnahmt.

Ich fuhr im strömenden Regen nach Stade und hatte großen Hunger. Zurück in den Uppsalaweg wollte ich auf keinen Fall, alle hätten neugierig nach den Einzelheiten gefragt, und ich wollte Hannah nicht den Abend verderben. Es hätte sie sehr mitgenommen, wenn sie erfahren hätte, dass jemand, der – zwar ungebeten, aber immerhin – Gast bei Jakobs Taufe gewesen war, nur ein paar Stunden später tot unter den Bäumen gelegen hatte.

Als ich die Wohnungstür aufschloss, fiel mir ein, dass ich bei Marianne keinen Hund gesehen hatte.

3
Kapitel

Das Gotteshaus sei dem heiligen Cornelius geweiht, erklärte der Pfarrer, den ich ohne Talar kaum erkannt hatte. Wir hatten uns am nächsten Morgen vor der kleinen Holzkirche auf Kalbsand verabredet, denn ich wollte noch einmal mit ihm zum Fundort. Manchmal sehen ungeschulte Augen Verblüffendes.

Es gebe sogar einen Zusammenhang zwischen dem heiligen Cornelius und dem Namen der Insel, fuhr der Geistliche fort. Ob ich in der Kirchengeschichte sattelfest sei?

Ich musste verneinen, in der Grundschule hatte ich im Religionsunterricht noch begeistert den Geschichten aus der Bibel zugehört und mich gegrämt, nicht getauft zu sein, aber spätestens in der Mittelstufe am Gymnasium begann mein Interesse zu erlahmen. Ich hatte mich trotzdem geärgert, nicht in der Kirche zu sein, sonst hätte ich mit einem pubertär hingerotzten Austritt ein lautes Zeichen setzen können.

»Der heilige Cornelius ist der Schutzpatron des Hornviehs. Sein Name bedeutet: der Horntragende. Und unsere schöne Insel heißt nicht umsonst Kalbsand. Früher bekamen ja die Kälber noch Hörner, bevor die Bauern dazu übergegangen sind, sie ihnen nach ein paar Tagen schon im Ansatz herauszubrennen. Missgünstige Nachbargemeinden, auch die gibt es ja leider, übersetzen den Namen des Heiligen allerdings anders: der Gehörnte.«

Der Pfarrer verschnaufte, er hatte sich in Rage geredet und benötigte offenbar eine kurze Pause.

»Der Tote war …?«, fragte ich, wurde aber sofort unterbrochen.

»Manchmal, glaube ich«, sagte er nachdenklich, »ist er auch der Schutzpatron der zweibeinigen Rindviecher aus meiner Gemeinde.«

»Da hat er aber diesmal versagt«, meinte ich lakonisch. »Oder war Brummer ein Gehörnter?«

»Das glaube ich nicht, er hätte sich sicher keine Hörner aufsetzen lassen.« Er senkte die Stimme: »Das war eher umgekehrt, wird erzählt, aber ich weiß nichts Genaues.«

Wir machten uns auf den Weg zum Fundort der Leiche.

»Ein furchtbares Ereignis«, meinte er, während er die Tür der Kirche abschloss, und ich merkte ihm an, dass er das nicht aus seelsorgerischer Routine gesagt hatte. Es waren nur wenige Schritte von der Kirche zum Deich, und als wir oben standen, sah der Geistliche auf die Elbe hinaus. Der Regen hatte in der Nacht aufgehört, und eine strahlende Sonne wärmte den Morgen.

»Vor allen Dingen nimmt es mich mit, dass der Mord in unmittelbarer Nähe eines Altars geschehen ist. Nicht dass Sie mich falsch verstehen, natürlich ist der Mord als solcher entsetzlich, aber dieser andere Aspekt wühlt mich als Theologen natürlich besonders auf.«

»Kannten Sie ihn schon lange?«

»Nikolaus Brummer kennt jeder hier in Marschenfleth.«

Hildebrand hatte mir heute Morgen, als ich ins Büro kam, eine Liste mit den Teilnehmern des Gottesdienstes und der anschließenden Feier auf den Schreibtisch gelegt. Es waren sehr viel weniger Namen darauf, als ich vermutet hatte.

Die Gäste hatten es nicht weit gehabt. Ein paar Meter hinter dem Deich, direkt gegenüber der Kirche, gab es ein wie aus der Zeit gefallenes Gasthaus mit einem großen Saal, das sich auf Feste wie Silberhochzeiten und Beerdigungen spezialisiert hatte, auch der Kalbsander Inselball fand dort regelmäßig statt. Um eins hatte es Mittagessen gegeben, stand im Bericht. Als ich las, dass man Stint serviert hatte, konnte ich es kaum glauben. Seit Wochen wartete ich auf die Gelegenheit, diese Fischspezialität zu essen, aber ich fand einfach niemanden, der mich begleiten wollte. Allein essen zu gehen war mir schon immer ein Gräuel gewesen, das hatte ich zu Hause auch, dafür musste ich mich nicht extra in ein Restaurant setzen.

Gerade wollte mir der Pfarrer von der privaten Feier im Gasthaus am Deich erzählen, da klingelte mein Handy. Nummer unbekannt.

»Ja, bitte?«, meldete ich mich.

»Herr Schlegel?«, erklang eine dröhnende Stimme am anderen Ende der Leitung.

»Ja.«

»Grasser ist mein Name. Sie wissen, wer ich bin?«

»Ja.«

»Ich bin der Bürgermeister.«

»Ich weiß.«

»Gut, dann macht es die Sache ja einfacher. Man hat mir gesagt, Sie ermitteln in diesem grässlichen Mordfall.«

»Stimmt«, sagte ich, ohne meine Stimme zu heben. »Ich hätte Sie auch noch aufgesucht, um Sie zu sprechen.«

»Das erübrigt sich ja jetzt. Ich wollte Sie nur bitten, bei den Ermittlungen an das Umfeld zu denken.«

»Ich verstehe Sie nicht«, meinte ich.

»Soll ich lauter reden?«, rief er durch das Handy. »Verstehen Sie mich jetzt?«

»Ich meinte nicht Ihre Lautstärke, die ist ausreichend.«

Ich sah zu dem wartenden Pfarrer, der grinsend dem Gespräch folgte. Er verstand wohl jedes Wort.

Der Bürgermeister war nicht der Erste, der auf meine Ermittlungen Einfluss nehmen wollte. Im Lauf von über zwanzig Jahren hatte ich eine Systematik aufgebaut, gegen die solche Leute keine Chance hatten.

»Mit dem Umfeld meinte ich …«, begann er und schien nach der richtigen Formulierung zu suchen. »Ich bitte Sie, bei den Untersuchungen Diskretion walten zu lassen.«

»Diskretion?«

»Ja, Diskretion, die Saison fängt bald an, und es wäre für die Gewerbetreibenden fatal, wenn so eine Mordgeschichte die Touristen vertreiben würde.«

»Woher wissen Sie eigentlich«, fragte ich erstaunt, »dass es Mord war?«

»Hören Sie mal«, ereiferte sich der Bürgermeister, »das sagt doch jeder hier.«

»Aha. Ich bin gerade auf Kalbsand. Wenn ich hier fertig bin, komme ich zu Ihnen.«

»Lassen Sie sich einen Termin von meiner Sekretärin geben. Auf Wiederhören.«

»Moment. Ich habe nicht die Absicht, mir einen Termin geben zu lassen.«

»Aber eben haben Sie doch gesagt, Sie wollten mich sprechen?«

»Befragungstermine bestimmt die Polizei«, belehrte ich ihn kurz angebunden.

»Vernehmungstermin? Sagten Sie Vernehmungstermin?«

»Nein, ich sagte Befragungstermin. Sie haben Nikolaus Brummer kurz vor seinem Tod gesehen, also muss ich Sie sprechen. Ich bin in einer halben Stunde bei Ihnen im Büro. Auf Wiederhören.«

Ich steckte das Handy weg und wandte mich wieder an den Pfarrer. »So, und jetzt erzählen Sie mir bitte von der privaten Feier.«

Vor zwei Monaten hatte ich den Pfarrer bei einer evangelisch-alevitischen Hochzeit gesehen, bei der ich Trauzeuge gewesen war. Er hatte sich bereit erklärt, gemeinsam mit einem alevitischen Dede das Paar zu trauen. Sie wechselten sich ab: Erst fragte mich der Pfarrer, ob ich etwas gegen die Heirat einzuwenden hätte, was ich wahrheitsgemäß verneinte, dann fragte mich der Dede, ob ich dafür sei, dass beide heirateten. Ich bejahte und wunderte mich über die unterschiedliche Fragestellung – bei dem einen musste ich etwas verneinen, beim anderen bejahen. Und beide wollten dasselbe von mir: mein Einverständnis.

Nach der Zeremonie hatten die beiden Geistlichen mitgefeiert, dem Pfarrer schmeckte der Wein, dem Dede das Bier. Die Protestanten waren erst nach dem langen Essen aufgetaut und hatten die schon bevölkerte Tanzfläche gestürmt. »Bei uns Aleviten weniger Essen und mehr Spaß!«, meinte der Dede, als er kurzatmig von der Tanzfläche zurückkam.

»Die Brummers hatten mich zum anschließenden Mittagessen eingeladen«, erzählte der Pfarrer. »Eine schöne Sitte, finde ich.«

»Es gab Stint?«

»Ehrlich gesagt war das Essen miserabel, der Stint muffig und der Kartoffelsalat aus dem Eimer, aber das bleibt unter uns. Wie geht es Ihrer Tochter und dem Enkelkind?«

»Ist Ihnen bei der Feier etwas aufgefallen, gab es Streit?«

»Nun ja«, sagte der Pfarrer, und ich merkte, dass er sich um eine konkrete Antwort drücken wollte. »Ganz harmonisch lief es nicht ab.«

»Also doch Streit?«

»Nicht so richtig, die Brummers haben sich in die Wolle gekriegt, aber das war bei den beiden eigentlich normal. Sie können nicht … « Er hielt kurz inne und verbesserte sich: »Sie konnten nicht miteinander, aber auch nicht ohneeinander. Ich habe das gar nicht direkt mitbekommen, sondern nur ihre Stimmen gehört.«

»Aber sie waren immerhin fünfundzwanzig Jahre verheiratet.«

»Was glauben Sie, wie viele Paare so lange verheiratet sind, ohne … « Er sprach nicht weiter.

»Ohne dass es eigentlich noch einen Grund dafür gibt?«, vervollständigte ich seinen Satz. »Meinten Sie das?«

Er nickte.

»Frau Brummer hat die Feier früher verlassen?«, fragte ich.

Der Pfarrer nickte. »Sie hat sich ein Taxi genommen. Ich glaube, sie war erbost, dass selbst an diesem Festtag gestritten wurde.«

»Wissen Sie, wann das genau war?«

Er schüttelte den Kopf. »Irgendwann war sie nicht mehr da. Aber das bekommen Sie leicht heraus, es gibt nur ein Taxiunternehmen im Dorf.«

Am Fundort der Leiche blieb der Pfarrer stehen und murmelte ein paar Worte, vermutlich eine Fürbitte.

»Ich kann es immer noch kaum fassen«, sagte er dann und begann zum Fluss zu gehen.

Der Wind rauschte in den jungen, noch hellgrünen Blättern der Pappeln so laut, dass man darunter kaum ein Wort verstehen konnte. Spaziergänger liefen interessiert an den Kunstwerken des Land-Art-Künstlers vorbei.

»Brummer mochte das nicht«, sagte er plötzlich.

»Was mochte er nicht?«

»Diese Kunstwerke, diese Land-Art.«

»Geschmackssache.«

»Eigentlich wollte er die Sachen wegräumen lassen, doch

dann hat er sich entschieden, vor seiner Hochzeit lieber kein Aufsehen zu erregen.«

»Er kann doch nicht Kunst im öffentlichen Raum selbstherrlich beseitigen lassen!«, wunderte ich mich.

»Das ist kein öffentlicher Raum«, klärte mich der Pfarrer auf. »Wir stehen hier auf seinem Grund und Boden.«

Ich erfuhr, dass der Gemeinde nur ein paar Meter rechts und links vom Anleger gehörten. Der lange Sandstrand, wo im Sommer die Urlauber und Badegäste picknickten und ihre Kinder spielen ließen, auf dem abends die Dorfjugend Feuer entzündete und hinter dessen Büschen und Bäumen sich in lauen Nächten Liebespaare versteckten, der gesamte Rest also gehörte den Bauern. Über deren Grundstücke war der Deich geführt worden, um die Insel vor Sturmfluten zu schützen.

»Aber Brummer war doch kein Landwirt?«, fragte ich erstaunt.

»Die Grundstücke hinter dem Deich gehen bis zum Wasser. Brummer hat vier Häuser gekauft und damit auch das zugehörige Land. Er wollte doch ein Hotel bauen, haben Sie davon nicht gelesen? Stand groß in der Zeitung.«

Ich erinnerte mich an die euphorischen Kommentare der Lokalpresse, die den Unternehmergeist und den kreativen Mut des örtlichen Unternehmers lobten. Dabei war ich über die Formulierung gestolpert. Gab es auch unkreativen Mut?, hatte ich mich gefragt.

»Das ist aber schon eine Weile her«, meinte ich, »viel scheint ja nicht passiert zu sein. Mal abgesehen davon, dass ein paar Bäume abgeholzt wurden.«

»Wenn man große Pläne hat, gibt es auch immer welche, die dagegen sind.«

Die beiläufige Bemerkung ließ mich aufhorchen.

»Sehr dagegen?«, fragte ich.

»Nun ja, Anita Meerbusch zum Beispiel.«

»Der Name sagt mir nichts, war sie auch auf der Feier?«

Der Pfarrer lachte. »Eher nicht! Wir gehen wieder zurück, dann zeige ich Ihnen, wo sie wohnt.«

Wir nahmen die Treppe, die über den Deich führte.

Als wir oben standen, wirkte der Pfarrer wie ein südländischer Patron, der über seine Latifundien blickt. Er zeigte auf ein geräumig wirkendes Haus, das neben einem komplett gerodeten Grundstück lag. »Das ist die Villa von Anita Meerbusch.«

Ich wunderte mich, dass auch in ihrem Garten keine Bäume mehr standen. Sie waren vor Kurzem abgesägt worden, man konnte noch die Stümpfe erkennen, die aus dem Boden ragten.

»Und hier«, der Pfarrer zeigte auf das leere Grundstück neben Anita Meerbuschs Villa, »stand einmal das kulinarische Herzstück der Insel. In den Fünfziger- und Sechzigerjahren legten drei- oder viermal am Tag Ausflugsschiffe aus Hamburg an. Alle kamen zum Kalbsander Elbblick, so hieß das Gasthaus. Damals gab es ja noch keinen Deich, da konnte man von der Terrasse aus die großen Pötte bewundern, die auf der Elbe fuhren. Es gab eine Minigolfbahn, das war ja sehr beliebt damals, und für die Kinder ein paar Ponys zum Streicheln. Ja, von Schassen wusste, wie man seine Gäste zufrieden macht.«

Er hing seinen Gedanken nach, bis ich ungeduldig wurde. Der Bürgermeister wartete.

»Und dann? Warum gibt es den Laden nicht mehr?«

»Von Schassen ist überraschend gestorben, es muss Anfang der Siebziger gewesen sein, 1976 kam die große Flut, danach wurde der Deich gebaut. Seine Nachfolger hatten nicht das Händchen, und das Haus verlor seinen guten Ruf. Als Brummer es aus der Zwangsversteigerung kaufte, hat sich jeder im

Dorf gefreut und gedacht, er würde das Restaurant wiederbeleben, aber letztes Jahr hat Brummer es abreißen lassen. Da soll jetzt das Hotel hin.«

»Ist doch eine gute Entwicklung, oder?«

»Ich weiß nicht«, meinte der Pfarrer. »Er hat alle Bäume absägen lassen. Hier standen riesige Kastanien, in denen habe ich als Kind schon geschaukelt. Und richtig Ärger gab es, als die Bäume auf dem Grundstück von Anita Meerbusch gleich mit abgesägt wurden. Aus Versehen, hat Brummer behauptet, ihm tue das unendlich leid, der Lohnunternehmer habe da wohl etwas falsch verstanden. Er könne aber auch nicht automatisch für alles in Haftung genommen werden, was irgendwo schieflaufe.« Er schnaubte verächtlich.

»Hat die Besitzerin das denn gar nicht bemerkt?«, fragte ich erstaunt.

»Sie war ein paar Tage verreist, mit ihrem Sohn, der seit ein paar Monaten wieder dort wohnt. Als sie wiederkamen, war das Holz schon geschreddert und abtransportiert. Außerdem hat er die Bäume im April absägen lassen, da sind die Vogelnester mit den Eiern nur so von den Ästen gepurzelt. Die Meerbuschs haben ihn angezeigt, aber bisher ist nichts passiert. Er hätte wahrscheinlich ein paar Euro Strafe zahlen müssen, doch das hätte wohl höchstens seine Portokasse belastet.«

»Sie meinen, das war Absicht?«

»Natürlich. Es gibt immer eine Geschichte hinter der Geschichte. Brummer und sein Kompagnon wollten unbedingt das Grundstück von Frau Meerbusch haben, sie haben argumentiert, ohne diese Fläche sei das Konzept nicht tragfähig. Sie wollten die alte Dame mürbemachen.«

»Und«, fragte ich, »gelingt es ihnen?«

Der Pfarrer schüttelte den Kopf. »An Anita Meerbusch beißen sie sich die Zähne aus, glaube ich. Sie hat genug Geld und muss nicht verkaufen. Aber solche Leute meinen ja, die Gesetze sind nur für die anderen gemacht.«

»Solche Leute?«, fragte ich verwundert.

»Das haben Sie jetzt nicht gehört, Herr Schlegel. Sie müssen noch zum Bürgermeister.«

4 Kapitel

Ich kannte Hans Grasser noch nicht persönlich, nur von Bildern aus der Zeitung, und einmal hatte ich ihn auf einer Veranstaltung gesehen, bei der es um die Umgehungsstraße ging, die um sein Dorf gebaut werden sollte. Er brüstete sich, in allen fünfunddreißig Vereinen der Gemeinde Mitglied zu sein. So holte er sich die Sympathien und die Stimmen für seine Wahl. Sein Auftreten war jovial, seine Stimme so laut, dass er auf jeder Veranstaltung das Mikrofon beiseitelegte und verkündete, er sei auch ohne zu verstehen.

»Ich habe Frau Kranz gesagt, dass sie Sie gleich hereinbitten soll«, begrüßte er mich gönnerhaft, nachdem seine Sekretärin die Tür hinter uns geschlossen hatte.

»War sie auch auf dem Fest?«, fragte ich.

»Frau Kranz? Nein, sie kommt nicht von hier, sie wohnt auf der Geest.«

Er zeigte auf eine spießige Sitzgruppe, die man früher als »Gelsenkirchener Barock« bezeichnet hätte.

»Sie kannten Nikolaus Brummer gut?«, fuhr ich fort, nachdem wir Platz genommen hatten.

»Selbstverständlich, er war schließlich ein führender Unternehmer hier im Dorf. Was glauben Sie, wie viel Gewerbesteuer so ein Betrieb jedes Jahr bezahlt? Da kommen andere Beträge zusammen als bei einem kleinen Bäcker oder Optiker. Da freut sich der Kämmerer.«

Grasser war nervös, das merkte ich. Er versuchte, mich erst durch sein lautes Organ und im Lauf des Gesprächs durch viel nichtssagendes Geschwätz einzuschläfern. Die Fähigkeit, seine

Zuhörer trotz seiner dröhnenden Stimme zum Abschalten zu bringen, machte ihn zum idealen Politiker, fand ich.

»Wieso haben Sie am Telefon von Mord gesprochen?«, hakte ich nach. »Der Obduktionsbericht liegt ja noch gar nicht vor.«

»Na ja«, er wurde verlegen, »das sagen doch alle im Dorf.«

»Hatte er Feinde?«

»Natürlich, das ist doch normal. Wenn einer gute Ideen hat, sie durchsetzt und dann noch erfolgreich ist, gibt es genügend Neider, die ihm die Pest an den Hals wünschen. Was glauben Sie, wie man angefeindet wird, wenn man an der Spitze steht? Das kann ich aus eigener Erfahrung bestätigen, das ist manchmal sehr unschön.«

Neider hatte auch Grasser genug, das wusste ich aus vielen Zeitungsartikeln. Er war erst spät in die Kommunalpolitik des kleinen Dorfs Marschenfleth eingestiegen und hatte viele aus seiner Partei, die auf seinen Posten geschielt hatten, an den Rand gedrängt. Grasser liebte die große Pose und versuchte, sich in seinem Dorf wuchtige Denkmäler aus Beton und Asphalt zu setzen. Sein größtes Projekt war ein überdimensioniertes Gewerbegebiet am Ortsrand, das er mit aller Macht durchdrücken wollte.

Er hatte die Angewohnheit, unangemeldet auf silbernen und goldenen Hochzeiten aufzutauchen. Meist stellte er sich auf die Bühne, wo die Musiker standen, und hielt eine Eloge auf das Brautpaar, die so falsch war wie die Daten und Namen, die er manchmal dabei verwechselte. Seiner Popularität tat das keinen Abbruch.

»Nikolaus Brummer hat aus ganz wenig sehr viel gemacht«, erzählte der Bürgermeister. »Sein Großvater hat noch mit dem Pferdewagen die Milchkannen bei den Bauern abgeholt, sein Vater hat anfangs mit einem Tempo – das waren diese kleinen Lastwagen mit nur einem Rad vorne, kennen Sie bestimmt noch – die Genossenschaften abgeklappert und Kraftfutter an die Kunden geliefert. Dann hat er angefangen, Häuser zu bauen. Er hatte Maurer gelernt, und sein Sohn Nikolaus hat daraus ein richtiges Unternehmen gemacht. Besonders beeindruckend ist ...«

»Kannten Sie sich denn persönlich?« Ich hatte beschlossen, seinen Redeschwall nicht ausufern zu lassen.

»Wie meinen Sie das? Persönlich?« Ich hatte das vage Gefühl, dass Grasser mit der Gegenfrage nur Zeit gewinnen wollte.

»Nikolaus Brummer war ja ein wichtiger Geschäftsmann in Ihrer Gemeinde. Da gab es sicher viele Beziehungen – privater oder geschäftlicher Art.«

Grassers Nervosität war nun nicht mehr zu übersehen, er kratzte sich fahrig an der Nase. »Nein«, sagte er kurz angebunden.

»Was machen Sie denn beruflich?«

»Ich bin Politiker«, antwortete Grasser, und ich musste ein Grinsen unterdrücken.

»Und vorher? Oder haben Sie das gelernt, kann man das studieren?«

»Ich habe eine Tischlerei, die mein Sohn inzwischen übernommen hat. Früher war es nur eine Möbeltischlerei, mein Großvater hatte sie gegründet. Damals bekamen die jungen Leute zur Hochzeit noch die Möbel vom Tischler gemacht, wir haben heute noch die Truhen, die meine Großmutter zur Hochzeit geschenkt bekommen hat, das war damals so üblich. Mein Vater hat den Betrieb erweitert, es kam der Innenausbau dazu, jetzt machen wir eigentlich alles, bei Bedarf bauen wir auch Küchen für andere Anbieter auf. Seit ich das Bürgermeisteramt bekleiden darf, leitet mein Sohn den Betrieb, er macht das sehr gut, man soll den jungen Leuten ja keine Steine in den Weg legen. Deshalb hatte ich schon früh entschieden, ihm den

Betrieb zu übertragen, wenn er die Meisterprüfung bestanden hat.«

»Hatte er finanzielle Schwierigkeiten?«, unterbrach ich ihn, als er kurz Luft holen wollte.

»Mein Sohn?«, fragte er erschrocken.

»Nein, ich meine Brummer.«

»Brummer?« Der Bürgermeister schüttelte den Kopf. »Große Pläne hatte er, aber keine Schwierigkeiten!«

»Große Pläne?«

»Er wollte auf Kalbsand ein Hotel bauen.«

»Und deshalb hat er mal eben bei der Nachbarin die Bäume absägen lassen?«

»Ach, diese Geschichte«, sagte er genervt, »die hat Ihnen bestimmt der Pfarrer erzählt. Das war ein Missverständnis, das von einigen und auch der Presse viel zu hoch gehängt wurde. Er hat sich schließlich dafür entschuldigt. Die Zeitungsheinis aus Stade suchen natürlich überall nach irgendwas. Und die Naturschützer, die vergessen, dass die Menschen auch zur Natur gehören. Was glauben Sie, was für Schwierigkeiten wir mit denen beim Projekt Gewerbegebiet haben! Wenn diese Leute gar nichts gefunden haben, setzen sie zur Not irgendein Vieh aus.«

Das Handy klingelte. Fräulein Siegel war dran und meinte, Allmers wolle mich dringend sprechen.

Unsere Sekretärin hatte sich damals, als sie bei uns anfing, mit dem Satz vorgestellt: »Mein Name ist Fräulein Siegel.« Es war wahrscheinlich ein Versprecher, trotzdem amüsierte sich die ganze Polizeiinspektion, und sie behielt ihren Spitznamen. Natürlich sprachen alle sie mit Susanne oder Frau Siegel an, in Abwesenheit aber war sie für die meisten das Fräulein Siegel. Manche waren richtige Sprachvirtuosen und verbanden Vor-

und Zunamen zum einfallsreichen Kürzel SuSi, sogar Fräulein SuSi war bei einigen Kollegen im Gebrauch.

Zuerst hatte ich ihre Durchwahl unter »Fräulein Siegel« abgespeichert, bis mir der Witz zu schal wurde. Außerdem befürchtete ich, ihr könne einmal mein Handy in die Hände fallen und, es gibt ja die blödesten Zufälle, sie würde diesen Eintrag entdecken.

»Ich melde mich«, versprach ich ihr, und Susanne Siegel brummte nur: »Ist gut.«

Mir war der Grund des Anrufs von Staatsanwalt Allmers klar. Er war eine Nervensäge und versuchte, die Ermittlungsarbeiten mit guten Ratschlägen zu beschleunigen, doch weder ich noch meine Kollegen fütterten ihn gern mit Details. Er galt als Trampel, sowohl körperlich als auch im Umgang mit anderen. Erst seit ein paar Jahren war er bei uns, sein Vorgänger hatte fast dreißig Jahre in Stade verbracht, doch bei Allmers hofften alle, die mit ihm zu tun hatten, dass er nicht so lange bleiben möge. Er hatte vom ersten Tag seiner Arbeit alle humorfrei spüren lassen, dass er uns nicht als Mitarbeiter, sondern als Untergebene verstand. Er war nachtragend, und diejenigen Kollegen, die in Ermittlungen falsche Schlüsse gezogen hatten, litten noch Monate danach unter seinen verletzenden Bemerkungen. Allmers stammte selbst von einem kleinen Hof in Kehdingen und war der Erste seiner Familie gewesen, der studieren konnte. Manche Menschen aus kleinen Verhältnissen vergaßen nie ihre Herkunft, bei anderen war es genau umgekehrt: Sie schämten sich dafür und versuchten, alles zu verschleiern, was darauf schließen ließ. Allmers gehörte der zweiten Gruppe an. Er versuchte, sich souverän in den Kreisen zu bewegen, die er für die besseren hielt, trat den einschlägigen Vereinigungen bei, war in der richtigen Partei und ließ keine Veranstaltung aus, bei der er das Gefühl hatte, dass man dort gesehen werden müsse.

»Welche Schwierigkeiten gibt's denn im Gewerbegebiet?«, fragte ich Grasser, nachdem ich das Handy wieder eingesteckt hatte.

»Das Übliche«, sagte er fast resigniert, »brütende Kiebitze und ein paar Rotmilane. Wenn die Naturschutzfritzen nur lang genug suchen, finden sie bestimmt noch einen Hamster. Zur Not setzen die einen aus.«

Das sagte er bereits, dachte ich. Warum ist er so nervös?

»Wollte Brummer auch in das neue Gewerbegebiet?«

»Ja, Gott sei Dank, ohne seine Zusage wäre das Projekt gleich gestorben. Er wollte drei oder vier Hektar für sein Bauunternehmen, der alte Platz war schon lange viel zu klein. Was meinen Sie, was für ein Schlag das für unsere Gemeinde gewesen wäre, wenn er abgewandert wäre? Die Einnahmen aus der Gewerbesteuer sinken doch schon seit Jahren. Sein Tod ist natürlich eine Katastrophe. Weit und breit ist kein Nachfolger in Sicht, er hatte nicht mal einen Prokuristen, sondern hat immer alles allein entschieden. Jede Überweisung hat er persönlich abgezeichnet, jeder, der bei ihm arbeiten wollte, musste vor seinen Schreibtisch, er war sehr pingelig und hat auch schon mal jemand rausgeworfen, wenn er ihn auf dem Bau bei schlampiger Arbeit erwischt hat. Ein Drama!«

»Kinder?«, fragte ich. »Hatte er keine Kinder, die den Laden weiterführen können?«

»Nein«, sagte er, »keine Kinder. Er hat nie darüber geredet, ob er keine wollte oder ob es nicht geklappt hat. Elke war wohl trauriger darüber als ...«

»Wie war das denn auf der Feier, alles schön harmonisch?«, unterbrach ich ihn.

»Ja«, sagte er, »ich habe das so empfunden.«

»Und der Streit?«

»Welcher Streit?«

»Das Ehepaar Brummer soll sich heftig gestritten haben.«

»Worüber denn?«

»Das frage ich Sie.«

»Na ja«, meinte Grasser, »das gehörte bei denen ja dazu. Manchmal habe ich mich gefragt, wie Elke, also Frau Brummer, das über die Jahre ausgehalten hat. Und beim nächsten Mal habe ich mir die Frage gestellt, wie er das die ganzen Jahre ausgehalten hat. Insofern war das nichts Besonderes.«

»Also haben die beiden gestritten?«

»Das muss jetzt unter uns bleiben, Herr Berger.«

»Schlegel«, korrigierte ich, »Hauptkommissar Schlegel.«

»Entschuldigung, Herr Schlegel. Man munkelt schon lange, dass es keine glückliche Ehe war.«

»Und? Mit wem hat er geschlafen?«

Grasser senkte seine Stimme und zeigte zur Tür. »Das muss jetzt wirklich unter uns bleiben. Er war da sehr umtriebig, eigentlich war keine Frau vor ihm sicher, viele sollen auch schwach geworden sein, da brodelte manchmal die Gerüchteküche. Zuletzt, habe ich gehört, hatte er wohl ein Techtelmechtel mit der Borowski.«

Ich zog mein Notizbuch heraus und notierte den Namen.

»Und wer ist das?«

»Sie hat ein Versicherungsbüro hier im Dorf und ist außerdem die Vorsitzende des Gewerbevereins.«

Das Handy meldete eine SMS von Susanne Siegel. »Allmers bittet dringend um Rückruf.« Ich schaltete das Telefon auf Lautlos und seufzte.

»Danke, Herr Grasser«, sagte ich und stand auf. »Wenn ich noch Fragen habe, melde ich mich.«

»Das bleibt doch unter uns?«

Ich nickte. »Darauf können Sie sich verlassen.«

Er hielt mir die Tür auf, als mir noch eine letzte Frage

einfiel: »Sind Sie bei der Hochzeitsfeier auch so nass geworden?«

Er sah mich verständnislos an. »Nass? Nein, als es so geschüttet hat, war ich schon längst zu Hause.«

»Danke«, sagte ich. Damit hatte er allerdings noch kein Alibi. Nur die Gäste, die bis zum Schluss auf der Feier geblieben und nicht zwischendrin durchnässt im Lokal aufgetaucht waren, ließen sich von der Verdächtigenliste streichen. Grasser könnte Brummer aufgelauert haben und nach der Tat mit nassen Kleidern geflohen sein, ohne noch einmal bei der Feier vorbeizuschauen.

Fräulein Siegel war in der Polizeiinspektion überaus beliebt. Das lag nicht nur an ihrem phänomenalen Gedächtnis, das uns schon manches Mal bei den Ermittlungen genutzt hatte, sondern auch an ihrer gleichbleibenden Freundlichkeit. Man munkelte, sie sei noch Jungfrau, obwohl sie schon fünfunddreißig war, denn sie lebte bei ihren Eltern in Bützfleth. Wenn sie pflegebedürftig gewesen wären, hätten alle Fräulein Siegels Empathie bewundert, aber die beiden Alten waren noch gar nicht so alt, höchstens Mitte sechzig, und hielten sich ihre Tochter, so hatte es zumindest den Eindruck, als günstige Haushaltshilfe.

»Sie waren auch bei Brummers Hochzeit?«, fragte ich die Sekretärin, als ich wieder im Büro war.

»Seine Frau ist eine Cousine meiner Mutter.«

Ich fragte mich, ob es in der Gegend überhaupt jemanden gab, mit dem sie nicht irgendwie verwandt oder verschwägert war. In praktisch jeder Ermittlung nördlich von Stade kam ein Verwandter von ihr als Beschuldigter, Zeuge oder Opfer vor.

»Hat Herr Hildebrand Ihnen schon die Gästeliste gegeben?«,

fuhr sie fort. »Ich habe sie gestern Abend noch zusammengestellt, weil ich mir gedacht habe, Sie brauchen sie schnell.«

»Danke«, sagte ich, »allerdings werde ich nicht alle befragen.«

»Sie haben auch nur die wichtigsten Gäste auf Ihrer Liste, die anderen habe ich schon Herrn Hildebrand gegeben.«

Unsere Sekretärin war durchaus in der Lage, die Wichtigen von den Unwichtigen zu unterscheiden, trotzdem war ich sauer.

»Woher wissen Sie denn, wer wichtig ist?«, fragte ich und versuchte, etwas Schärfe in meine Worte zu legen, aber das interessierte Susanne Siegel nicht, sie machte ihre Arbeit unbeeindruckt von meinen gelegentlichen Launen.

»Sind Sie bis zum Kaffeetrinken geblieben?«, wollte ich wissen, als sie nicht reagierte.

Sie schüttelte den Kopf. »Das Essen war grauenhaft, der Wein entsetzlich. Ich wollte mir eine ähnliche Qualität beim Kuchen lieber nicht antun. Kennen Sie das Lokal?«

Ich verneinte.

»Seit Jahren heißt es, der Laden würde zumachen, aber irgendwie schaffen die das, sich von Jahr zu Jahr durchzuwurschteln. Früher sind meine Eltern sonntags manchmal zum Kaffeetrinken hingefahren. Sie sagen, es hat sich in den letzten fünfzig Jahren nichts geändert, selbst die Klos sehen noch genauso aus. Und das Essen hat sich auch nicht verbessert. Ich bin um halb drei gegangen.«

»Schade«, sagte ich, »wenn Sie geblieben wären, wäre manches sicherlich einfacher.«

Fräulein Siegel war vollschlank und kleidete sich nach einer Mode, die schon bei ihrer Geburt niemand mehr getragen hatte. Ganz besonders liebte sie groß gemusterte Blusen mit Schleife, die den Blick auf ihre gewaltige Oberweite lenkten.

Ihr Busen weckte nicht nur die Fantasien von Pubertierenden, auch die meisten Polizisten stierten unverhohlen darauf, wenn sie Frau Siegel das erste Mal sahen.

Ich muss gestehen, ich habe auch schon mal von ihr geträumt. Man arbeitet eng zusammen, ist alleinstehend, und da ist es doch nicht verwerflich, nachts von seinen Kolleginnen zu träumen, die auch alleine sind. Im Traum war ich zwischen ihren großen Brüsten versunken, hatte kaum Luft bekommen und war schließlich schweißnass aufgewacht, mit Atembeschwerden und rasendem Herzen.

»Kennen Sie eine Frau Borowski?«, fragte ich. »Sie soll ein Versicherungsbüro haben. Aber erzählen Sie mir jetzt nicht, Sie seien mit ihr verwandt.«

»Soviel ich weiß, hat sie neben ihrem Versicherungsbüro auch eine Vermögensverwaltung«, sagte Susanne Siegel. »Und ich bin nicht mit ihr verwandt. Aber ich kenne sie. Wir singen beide im Kirchenchor. Alt.«

»Und? Wie ist sie?«

»Mir ist sie etwas zu professionell freundlich, dabei ziemlich gut aussehend, wenn man einen Blick dafür hat.«

»Welchen Blick?«, fragte ich.

»Sie ist keine klassische Schönheit. Ihr Mund ist etwas schief, und ihre Augenbrauen sind für meinen Geschmack viel zu buschig, aber wenn man genau hinsieht, erkennt man ihren Liebreiz.«

»Liebreiz?« Ich lachte. »Sagten Sie Liebreiz? Na ja, dann hatte er wohl einen Blick dafür.«

»Wer? Brummer?« Susanne Siegel schaltete immer einen Tick schneller, als ich es erwartet hätte.

»Sie sollen ein Verhältnis gehabt haben.«

»So ein Quatsch«, sagte sie. »Wer behauptet denn so was?«

»Der Bürgermeister von Marschenfleth.«

»Grasser!«, ereiferte sie sich. »*Der* hatte doch damals ein Auge auf sie geworfen, als sie ihr Büro aufgemacht hat, aber sie hat ihn abblitzen lassen, das kann er nicht verknusen. Das ist nichts anderes als üble Nachrede, um sich zu rächen! Christina Borowski ist doch verheiratet.«

»Als ob das ein Hindernis wäre«, sagte ich und wunderte mich, woher sie das wieder wusste, aber bevor ich nachfragen konnte, fuhr sie mit ihrer Erzählung fort.

»Direkt neben der Kirche lag früher ein hübscher kleiner Park. Ein paar alte Linden, einige Bänke und viel Grün. Christina Borowski hat der Gemeinde das Grundstück abgekauft, viel zu billig übrigens, und einen Büroklotz draufgesetzt. Das gab damals böses Blut, aber sie hat sich durchgesetzt. Man kennt das Argument: Sie schaffe schließlich neue Arbeitsplätze, und die brauche man. Ich kann dieses blöde Totschlagargument nicht mehr hören. Und wie viele Arbeitsplätze sind es geworden? Na, raten Sie mal.«

Ich schüttelte nur den Kopf, denn ich hatte keine Lust, an ihrem Quiz teilzunehmen.

»In ihrem Büro arbeiten sechs Leute inklusive Putzfrau, von denen drei aus Stade kommen. In den Bürokomplex ist außerdem eine Fahrschule gezogen, die aber vorher woanders im Dorf lag. Und ein Rechtsanwalt hat eine Außenstelle eingerichtet, die nur ein- oder zweimal in der Woche besetzt ist. Und dafür opfert eine Gemeinde ihre einzige Grünfläche und subventioniert das alles auch noch über einen günstigen Kaufpreis für das Grundstück. Verstehen Sie die Politiker?«

Bevor ich mich über die Unerfahrenheit kommunaler Politiker auslassen konnte, die sich von gewieften Investoren über den Tisch ziehen ließen, klingelte mein Handy.

»Ich ahne schon, wer am anderen Ende der Leitung ist«, brummte ich.

Susanne Siegel grinste.

Während ich auf den Annahmeknopf drückte, fiel mir der Anachronismus in meiner Formulierung auf: Es gab keinen mehr am anderen Ende der Leitung, denn es gab keine Leitung mehr.

»Herr Schlegel!«, bellte der Staatsanwalt ins Telefon. »Ich erwarte dringend einen Bericht, ich hatte schon dreimal angerufen.«

Zweimal, dachte ich, du hast zweimal angerufen, aber ich wollte nicht kleinlich sein.

»Herr Allmers«, sagte ich und versuchte, ruhig zu bleiben, »wir stehen erst ganz am Anfang der Ermittlungen.«

»Haben Sie schon einen Verdächtigen?«, wollte er wissen.

»Wir checken erst einmal das Umfeld ab. Das dauert.«

»Das dauert, das dauert, ich kann das nicht mehr hören! Da wird eine bekannte Persönlichkeit umgebracht, und Sie sagen, das dauert.«

»Ich melde mich«, unterbrach ich ihn, »sobald wir etwas Neues haben. Auf Wiederhören, Herr Staatsanwalt.«

Ich steckte das Handy ein. »Nervensäge«, murmelte ich und wandte mich wieder an Fräulein Siegel. »Morgen muss ich zu dieser Frau Borowski. Mit wem ist sie denn verheiratet?«

»Mit Konrad Borowski, dem Steuerberater aus Buxtehude.«

Jetzt klingelte es bei mir. Konrad Borowski hatte eine der größten Sozietäten in Buxtehude, wahrscheinlich sogar die größte. Mehrere Steuerberater und Wirtschaftsprüfer hatten sich zu einer Kanzlei zusammengetan, insofern war es nicht ganz korrekt, von »seiner« Sozietät zu sprechen, aber er war es, der sie häufig nach außen vertrat. Borowski unterstützte einen Sportverein und hatte keine Geldsorgen, wenn man die Autogröße als Maßstab für seinen Kontostand nehmen wollte.

Susanne Siegel hatte schon die Türklinke in der Hand, als ihr noch etwas einfiel: »Als Ausgleichsmaßnahme musste die Borowski einen neuen Park anlegen lassen. Herausgekommen sind ein paar krüppelige Bäume in einer abgelegenen Ecke von Marschenfleth, wo kein Mensch hinkommt. Lachhaft.« Sie schloss die Tür, ohne auf meine Reaktion zu warten.

Sekunden später riss sie sie noch einmal auf und fügte leise hinzu: »Und eine Sitzbank.«

Auf dem Heimweg rief ich Hannah an und fragte sie, ob sie mit Jakob zum Abendessen kommen wolle. Ich sehnte mich danach, den Kleinen auf meinem Schoß sitzen zu haben, aber sie erzählte, dass Jakob mit Fieber im Bett liege.

»Schade«, sagte sie, »ich wäre gerne gekommen, aber er hat sich in dem zugigen Zelt wohl irgendetwas eingefangen. Sobald er wieder auf dem Damm ist, melde ich mich.«

Also ging ich nicht noch mal einkaufen, sondern trank das Glas Wein alleine, wie immer ein Soave, schön gekühlt. Nur im tiefsten Winter kam mal ein schwerer Rotwein auf den Tisch, manchmal ein Bordeaux, meistens ein Spanier aus dem Rioja. Im Kühlschrank fand ich eine halbe Lammsalami, dazu gab es etwas Brot. Das reichte, um den Hunger zu stillen.

Lange saß ich in meinem Lieblingssessel und hörte dabei die Fünfte von Beethoven, meine Lieblingssinfonie. Ich habe genau drei Leidenschaften: Beethoven, gutes Essen und Annemarie. Bei den beiden ersten komme ich wunderbar damit klar, dass sie nicht erwidert werden, bei Annemarie bedauere ich es manchmal.

Die fünfte Sinfonie von Beethoven höre ich, seit ich mich für klassische Musik interessiere. Hannah meint, ich könne sie wahrscheinlich rückwärts Note für Note singen. Das mag ein wenig übertrieben sein, aber das wunderbar klar strukturierte

Eingangsthema der Sinfonie hilft mir, meine Gedanken zu ordnen.

Weshalb war Grasser so gesprächig gewesen? Wenn ich seinen Redefluss nicht mehrmals unterbrochen hätte, wäre ich erst spätabends aus seinem Büro gekommen, davon war ich überzeugt. Und warum war er so nervös gewesen?

Ich hatte nach der Befragung zwar nicht das Gefühl, er könnte der Mörder sein, meine Frage nach den nassen Kleidern hatte er ziemlich überzeugend beantwortet, obwohl er damit nicht vollkommen aus der Reihe der eventuellen Verdächtigen ausgeschieden war. Doch warum, fragte ich mich, hatte er das Gerücht über Brummer und die Chefin des Gewerbevereins verbreitet? Nach meiner Erfahrung steckt keineswegs in jedem Gerücht ein Körnchen Wahrheit, wie es oft kolportiert wird. Gerade bei Ermittlungsarbeiten kommen einem manchmal Gerüchte zu Ohren, die aus reiner Boshaftigkeit in die Welt gesetzt werden – oder um von sich abzulenken.

Die Bewohner dieses Landstrichs reden normalerweise nicht viel, und sie geben wenig preis. Vielleicht liegt es an ihrer Geschichte, sinnierte ich. Die Kehdinger waren jahrhundertelang gegen Angriffe geschützt gewesen. Sie hatten eine Art Republik mit eigener Thingstätte gehabt, wo noch bis in die Neuzeit Recht gesprochen wurde. Leibeigenschaft hatte es dort nie gegeben. Als im 18. Jahrhundert ein betrügerischer Deichgraf mit windigen Tricks versucht hatte, sie einzuführen, wurde er sofort festgesetzt.

Der Landstrich war militärisch kaum einzunehmen gewesen, Angriffe über die Elbe waren unmöglich, denn der breite Schilfstreifen war undurchdringlich. Die wenigen Angreifer, die es dennoch versucht hatten, waren knietief im Schlick stecken geblieben. Im Rücken bot das Große Kehdinger Moor Schutz, es gab nur ein paar unsichere Wege aus Holzbohlen hindurch – unmöglich, eine ganze Armee darauf marschieren zu lassen. Der einzige Weg führte über Stade, und so waren die Kehdinger auch nur ein einziges Mal überlistet worden.

Der zweite Satz ging mit seiner beruhigenden Melodie zu Ende, und ich schlief auf dem Sessel ein.

Als es gegen zwei Uhr nachts kalt und ungemütlich wurde, stand ich auf. Im Kühlschrank stand noch eine zweite Flasche Soave, ich verzichtete auf ein Glas und trank einen großen Schluck, ging pinkeln und dann ins Bett. Erst träumte ich im Halbschlaf von Fräulein Siegels Busen, gegen drei schlief ich endlich ein.

Im Traum zerstritt ich mich dann mit Marianne und wachte am nächsten Morgen mit starken Kopfschmerzen auf. Träume von Frauen bereiteten mir seit Langem Kopfschmerzen, und sie endeten immer desaströs – wie in der Wirklichkeit auch. Ich war nie ein Frauenheld, und schon in der Schulzeit stand ich immer staunend neben meinen Freunden, wenn an den Montagen von Wochenendabenteuern berichtet wurde. Erst in der Uni ließen mich ein paar Studentinnen in ihr Bett. Die meisten wollten sich und ihre Lust und ein paar Männer ausprobieren, nur deshalb hatte ich in jener Zeit genauso viele oder wenige Liebhaberinnen wie meine Kommilitonen.

Kapitel 5

Bis ich am nächsten Morgen im Büro war, hatte Allmers zwei weitere Male angerufen, doch ich hatte nicht abgenommen.

In der Polizeiinspektion berichtete Dirk Hildebrand von seinen Befragungen.

»Der Wirt will nichts gehört haben«, sagte er. »Kein Streit oder Ähnliches.«

Wirte sind seit jeher die schlechtesten Zeugen, nie hat einer etwas gesehen oder bringt eine gute Aussage zustande. Da muss jemand schon direkt vor dem Tresen seinen letzten Atemzug gemacht haben, sonst heißt es: Alles war ruhig, keiner hat sich gestritten, ich habe nichts bemerkt.

»Und die anderen Gäste auf Ihrer Liste?«, hakte ich nach.

»Brummer hat sich heftig mit seiner Frau gestritten«, meinte Hildebrand, aber das wusste ich ja schon.

»War das die einzige Auseinandersetzung?«

»Anscheinend ja. Allerdings ist Herr Borowski auffällig früh verschwunden. Was er wollte und wohin er gegangen ist, wusste niemand von den Befragten.«

»Wann war das genau?«

»Da gibt es unterschiedliche Versionen, wahrscheinlich so gegen vier Uhr.«

»Und Christina Borowski? Ist sie mit ihrem Mann gegangen?«

»Ja, warum fragen Sie?«, wunderte sich Hildebrand.

»Sie hat ein Büro für Versicherungen und Vermögensverwaltung. Es geht das Gerücht, dass sie ein Verhältnis mit Brummer gehabt haben soll.«

Hildebrand pfiff leise durch die Zähne.

»Der hat wohl nichts anbrennen lassen. Angeblich war das auch der Grund für den Streit mit seiner Frau«, meinte ich. »Ich sehe mir diese Borowski mal an. Ich bin gespannt, was sie sagt.«

Hildebrand wandte sich schon zum Gehen, als ich ihn zurückhielt.

»Warten Sie«, sagte ich. »Brummer ist doch gegen fünf erschlagen worden, oder?«

»Das sagt jedenfalls Dr. Kreienbohm.«

»Und da hat es in Strömen gegossen?«

Hildebrand nickte. »Ich weiß, worauf Sie hinauswollen. Der Mörder muss genauso nass geworden sein wie sein Opfer. Wer den ganzen Nachmittag trockene Kleider hatte, ist aus dem Schneider.«

»Oder er oder sie hat die Kleider gewechselt«, überlegte ich laut.

»Das ist doch eher unwahrscheinlich«, erwiderte Hildebrand. »Die Gäste waren alle festlich gekleidet. Man nimmt doch keine zweite Garnitur Klamotten auf eine Hochzeitsfeier mit, weil man vielleicht die Gelegenheit hat, dem Silberbräutigam im strömenden Regen eins überzuziehen.«

»Stimmt, klingt eher unwahrscheinlich.«

»CJ Versicherungen« stand auf dem Firmenschild und darunter in kleineren Buchstaben: »Versicherungen & Vermögensverwaltung« – alles sehr zurückhaltend gestaltet und sehr professionell. Das Gebäude lag in der Mitte von Marschenfleth, direkt neben der Kirche. Das war wohl tatsächlich das teuerste Grundstück im Dorf, dachte ich und fuhr den Wagen auf den Parkplatz. Bei der Architektur des Gebäudes war auf klare Linien geachtet worden. Gerade als Kontrast zur Kirche mit ihren verspielten Details gefiel mir der moderne Bürokomplex, besonders aber der Eingangsbereich.

Die Automatiktür öffnete sich allerdings nicht rechtzeitig, als ich eintreten wollte. Ungebremst prallte ich mit dem Gesicht an die Glasscheibe und merkte sofort, wie sich auf meiner Stirn eine dicke Beule bildete. Ich torkelte hinein, drückte die Hand gegen die Stirn und sah in unsichere Gesichter. Schließlich rannte eine kleine Kugel in die Damentoilette und kam mit einem nassen Handtuch wieder.

»Diese Tür!«, schimpfte sie. »Hauptsache modern – ob es funktioniert, ist egal!«

»Danke«, sagte ich und hielt das kühlende Handtuch an meine Stirn. »Ich möchte zu Frau Borowski.«

»Haben Sie einen Termin?«

Ich zog meinen Polizeiausweis heraus. »Nein.«

»Worum geht es denn?«

»Melden Sie mich bitte an«, sagte ich, immer noch das Handtuch an meine Stirn haltend. Die Kühle tat gut. »Das bespreche ich mit Frau Borowski.«

Die Assistentin nickte und griff zum Telefon.

»Ein Herr von der Polizei möchte Sie sprechen.«

Christina Borowski war hinreißend. Sie war schlank, etwa so groß wie ich, und alle ihre Proportionen stimmten. Ich schätzte sie auf Ende dreißig, höchstens Anfang vierzig – ein Alter, das ich bei Frauen umwerfend finde. Die Beschreibung von Susanne Siegel stimmte nicht ganz: Man sah ihren Liebreiz sofort. Sie hatte tatsächlich ein ungewöhnliches Gesicht, doch ihr Mund war keineswegs so schief, wie ich es nach Fräulein Siegels Schilderung erwartet hatte. Ihre Haare waren modisch kurz geschnitten, und sie trug ein graues Kostüm mit einer roten Bluse, deren Farbe perfekt mit der ihrer

Schuhe harmonierte, und eine sehr stylische Brille, die ihr hervorragend stand.

»Was kann ich für Sie tun?«, fragte sie mit einer Stimme, die in meinen Ohren so sanft klang, wie ich es schon lange von keiner Frau mehr gehört hatte.

Alles, dachte ich sofort, du kannst alles für mich tun. Noch immer drückte ich das lächerliche Handtuch an meine Stirn. Ich schwieg, schluckte und schwieg noch einmal.

»Bitte?«, fragte sie wieder. »Haben Sie sich verletzt?« Ihre Stimme klang fürsorglich.

»Ich … äh … die Tür«, stotterte ich. Dann bemühte ich mich um Contenance und begann mit der Befragung. »Sie haben sicher von Nikolaus Brummers Tod gehört. Kannten Sie ihn?«

»Natürlich.« Ihre Stimme wärmte weiter meine Seele. »Eine furchtbare Sache.«

»Wie oder, besser gesagt, wann haben Sie ihn …?« Ich bekam kaum ein Wort heraus.

»Sie möchten wissen, wann ich ihn zuletzt gesehen habe?«

Ich nickte heftig und kam mir vor wie ein pubertierender Gymnasiast, der das erste Mal das nackte Bein seiner Lehrerin gesehen hatte.

»Setzen wir uns doch«, meinte Christina Borowski und zeigte auf ein elegantes graues Ledersofa. Ich dachte an die spießige Sitzecke beim Bürgermeister, ließ mich wortlos darauf fallen und hoffte, sie würde sich … Tat sie aber nicht, sondern setzte sich mir gegenüber in einen Sessel, ebenfalls elegant, ebenfalls grau.

»Darf ich Ihnen etwas zu trinken anbieten?«, unterbrach sie meine Tagträumereien.

»Gerne einen Kaffee«, sagte ich. Mir war klar, dass ich dieser Frau niemals etwas abschlagen würde, nicht einmal einen Kaffee.

»Ich war auf der Feier seiner Silberhochzeit, da habe ich ihn zuletzt gesehen«, antwortete Frau Borowski, nachdem ihre rundliche Assistentin mir einen Kaffee gebracht hatte.

»Erzählen Sie bitte, und lassen Sie kein Detail aus.«

»Am Sonntag kamen wir zuerst zu einem Gottesdienst in einem Zelt zusammen. Während der Zeremonie war Nikolaus bester Laune. Hinterher gingen wir in das Lokal hinter dem Deich, Sie wissen sicher, welches ich meine?«

Ich nickte.

»Während des Mittagessens saß ich mit meinem Mann direkt neben dem Silberbrautpaar. Wissen Sie, mein Mann und Nikolaus sind nicht nur Geschäftspartner, sondern auch Freunde.« Sie sah mich mit traurigen Augen an. »Sie *waren* Freunde, muss ich jetzt leider sagen.«

Ich nickte und hätte am liebsten tröstend meinen Arm um sie gelegt und sie so an mich gezogen, dass sie ihren Kopf auf meine Schulter ...

»Das Essen war etwas enttäuschend, und auch die Kuchenplatte gegen halb vier war nicht das, was man erwartet hatte, deshalb hat es mich nicht verwundert, dass Nikolaus auf einmal verschwunden war. Ich hörte laute Stimmen aus der Küche und dachte, er würde sich beim Besitzer des Lokals über die schlechte Qualität beschweren, aber es stellte sich heraus, dass es ein Streit zwischen den Eheleuten war.«

»Wissen Sie, worüber gestritten wurde?«

»Nein, bei einer solchen Feier will man ja diskret sein.«

»Und dann?«

»Elke Brummer kam alleine zurück. Sie war sichtlich aufgebracht und hat sich dann ziemlich schnell ein Taxi rufen lassen.«

»Wissen Sie, wann das war?«

Sie schüttelte den Kopf. »Nein.«

Ich starrte auf ihre Knie. Sie waren so schön wie die ganze Frau.

»Können Sie sich vorstellen, wer …« Ich versuchte, sachlich zu bleiben, während mein Herz drohte, meine Brust zu sprengen. »Ich frage anders: Hatte er Feinde?«

»Natürlich«, sagte sie. »Er war jemand, der viel bewegt hat, und solche Menschen stoßen natürlich überall auf Widerstand. Im letzten Jahr waren es vor allem das Hotelprojekt auf Kalbsand und das neue Gewerbegebiet. Bei beiden Projekten gab es Widerstand von den üblichen Verdächtigen: den Betonköpfen und den Naturschützern. Die Betonköpfe sind sowieso immer gegen alles, und die Naturschützer finden garantiert irgendwo einen Käfer.«

Sie war empört, und ich beobachtete fasziniert, wie sich ihre Wangen rot färbten, was sie noch schöner machte.

»Waren Sie … ich meine Ihre Firma in diese Sache involviert?«

Sie nickte. »Nikolaus hat …« Sie korrigierte sich: »Nikolaus Brummer hat die meisten Sachen über mein Büro versichert.«

»Und? Ist immer alles gut gegangen?« Die Frage war sinnlos und überflüssig, denn was soll bei einer Versicherung nicht gut gehen, aber mir fiel keine andere Formulierung ein.

Plötzlich sah sie mich kalt an. »Darüber darf ich Ihnen keine Auskunft erteilen. Datenschutz, Sie verstehen. Das geht nur mit richterlichem Beschluss.«

»Natürlich«, sagte ich, »vielleicht wird das auch gar nicht nötig sein.«

Ihre Augen fixierten mich, und ich wusste, dass ihr alle Männer zu Füßen lagen, ich ganz vorn in der ersten Reihe.

»Haben Sie noch Fragen?«

Ich schüttelte den Kopf. Es gab in meinem Hirn nur noch

eine Frage, aber die konnte ich nicht stellen. Würden Sie mir gestatten, das Tal zwischen Ihren Brüsten zu küssen?, hätte ich gefragt, wenn ich gedurft hätte. Oder ganz schlicht: Zu mir oder zu dir?

»Sie haben Ihren Kaffee noch gar nicht angerührt.«

»Ach ja«, meinte ich und nahm die Tasse. Sie schenkte sich nach, dabei hatte ich gar nicht bemerkt, dass sie schon von ihrem Kaffee getrunken hatte.

»Zum Wohl«, stotterte ich, und als ich ihr spöttisches Lächeln sah, wusste ich, dass sie wusste, dass ich ihr verfallen war. Wer ist so blöde und wünscht beim Kaffeetrinken »Zum Wohl«? Sie erlöste mich aus der peinlichen Situation, nickte ganz leicht und trank.

Der Kaffee war ausgezeichnet, und ich war froh, eine Weile nichts sagen zu müssen.

»Vielen Dank. Momentan habe ich keine weiteren Fragen«, erklärte ich und erhob mich. »Ich melde mich sicher noch einmal, also … ich meine, wenn noch Fragen auftauchen.«

Sie stand ebenfalls auf, geleitete mich zur Tür und legte mit einer hinreißenden Geste ihre Hand auf meinen Arm.

»Sie haben ja meine Nummer«, sagte sie so leise, dass es fast ein Flüstern war. »Und noch gute Besserung!«

Ich hielt das Handtuch in meiner Faust und wünschte mir, sie würde mit ihrer heilenden Hand nur ganz kurz die Beule auf meiner Stirn berühren. Sie wäre sofort verschwunden.

Ich schwankte zwischen förmlichem Abschied, heißem Kuss oder Flucht. Ich entschied mich leider für den förmlichen Abschied, aber als ich das Gebäude verlassen hatte, wusste ich, die beiden anderen Alternativen wären die ehrlicheren gewesen.

Draußen schwankte der Boden unter meinen Füßen, und ich konstatierte, dass ich die wichtigsten Fragen nicht gestellt hatte. Eigentlich erfreulich, denn so konnte ich sie noch einmal befragen.

Auf der kurzen Strecke zu meinem Auto kehrten die normalen Denkmuster zurück, und ich fragte mich, ob ich der einzige Mann war, dem sie dermaßen den Kopf verdreht hatte, oder ob es auch anderen meiner Artgenossen so erging, wenn sie in ihre Nähe kamen.

Ich zog mein Handy aus der Tasche und rief Susanne Siegel an.

»Sie kennen doch diese Borowski.« Ich versuchte, betont desinteressiert zu wirken.

»Ja«, sagte Susanne Siegel, »wir singen im selben Chor, das habe ich Ihnen doch schon erzählt.«

»Ich brauche alles über sie, jedes Detail – wo sie wohnt, was sie macht, ihre Ehe, ihre Vergangenheit, einfach alles.«

»Und die Zukunft?«, spottete Susanne Siegel. Wahrscheinlich hatte sie mich durchschaut, ich bin ein schlechter Schauspieler.

»Außerdem benötige ich einen richterlichen Beschluss für den Einblick in Brummers finanzielle Verhältnisse. Ich hätte gern die entsprechenden Unterlagen aus Frau Borowskis Versicherungsbüro und eine Auflistung von Brummers Kontobewegungen der letzten … sagen wir drei Jahre.«

»Alles klar. Ich kann auch mal bei Meike nachfragen. Ich glaube, sie hat seine Versicherungen betreut.«

»Meike? Wer ist Meike?«

»Die Freundin meines Bruders«, erklärte sie. Ich hatte nicht gewusst, dass sie einen Bruder hatte, und wenn der eine Freundin hatte, warum hatte sie dann keinen Freund?

»Sie arbeitet schon lange in Frau Borowskis Versicherungsagentur. Vielleicht haben Sie sie gesehen, sie ist klein und rundlich.«

»Die Kugel mit dem Handtuch«, entfuhr es mir.

»Bitte?«

»Schon gut, ich glaube, ich habe sie kennengelernt. Ja, erkundigen Sie sich ruhig bei ihr.«

»Steht Frau Borowski denn unter Verdacht? Hat sie ein Alibi?«

Fräulein Siegel stellte die Fragen, die mir einfach nicht eingefallen waren, als ich vor Christina Borowski auf dem grauen Sofa saß. Natürlich hätte ich sie nach ihrem Alibi fragen müssen, schließlich war sie bei der Feier genau wie ihr Mann bereits vor dem Kaffee verschwunden. Alles hatte ich vergessen, als ich ihr gegenübersaß, zu viele Endorphine hatten mein Hirn geflutet.

Seit der Trennung von Marianne hatte es ein paar Bettgeschichten gegeben, aber noch nie hatte ich mich so Hals über Kopf in eine Frau verguckt. Bei Christina Borowski passte alles zusammen: Sie war ausgesprochen intelligent, hatte einen hervorragenden Geschmack, sah fantastisch aus, und ihre Figur war umwerfend. Das hatte ich in dieser perfekten Kombination noch nie gesehen.

Früher habe ich gerne am Elbstrand den jungen Mädchen auf die Bikinis gestarrt, es gab da Exemplare von faszinierender Ebenmäßigkeit, meistens aber, wenn ich ihre Gesichter betrachtet hatte, war es mit dem Zauber vorbei gewesen. Meine wenigen Eroberungen der letzten Jahre waren einsame Mittvierzigerinnen gewesen, die schon seit Jahren keinen Mann mehr im Bett gehabt hatten, Frauen, die von ihren Ehemännern verlassen und gegen Jüngere ausgetauscht worden waren, dankbare Opfer für Herzensbrecher. Aber meine Einsamkeit war mir wohl genauso deutlich anzusehen wie ihnen die ihre, und auf die Spiegelung ihres eigenen Schicksals hatten die wenigsten Lust. Die Frauen, die beides gehabt hatten, Lust auf einen

Mann und Lust auf mich, konnte ich an einer Hand abzählen, verliebt hatte ich mich in keine, selbst wenn sie sich redlich bemühten, während sie unter mir lagen oder auf mir ritten. Blieben sie bis zum Frühstück, verging mir die Lust, wenn sie frisch geduscht und nackt durch meine Wohnung liefen.

»Nein«, beantwortete ich Fräulein Siegels Frage, »wir haben noch keine Verdächtigen. Brummer war unbeliebt, aber deshalb wird man nicht gleich erschlagen.«

»Er war ein Ekel. Er wollte jede Frau begatten.«

»Begatten?«, fragte ich fassungslos. »Was ist denn das für ein Ausdruck?«

»Das meine ich genau so, wie ich es gesagt habe. Ich habe mich ja schon lange gefragt, wieso manche Frauen sich das antun.«

»Kennen Sie denn welche, die sich mit Brummer eingelassen haben?«

»Nein«, sagte sie, »aber Christina Borowski hat sich bei einem Chorwochenende mal über ihn ausgelassen.«

»Christina Borowski?« Mir fiel die Bemerkung des Bürgermeisters ein, der sie mit Brummer in eine eindeutige Verbindung gebracht hatte.

»Einmal floss der Rotwein, das war vor einem halben Jahr, wir wollten bald die ›Carmina Burana‹ aufführen und haben uns an einem Wochenende in einem Seminarhaus getroffen und geprobt. Abends wurde am Frauentisch ziemlich über die Männer gelästert. Manche benehmen sich ja wirklich, als ob wir noch im Mittelalter leben würden. Dabei hat Christina Borowski sich wohl verplappert und von ›Nikolaus‹ geredet, der nicht viel anders sei und auch jede besteigen wolle. Aber ich glaube nicht, dass er bei ihr Erfolg gehabt hat, sie wirkte ziemlich empört. So, jetzt muss ich Schluss machen, da klopft einer dauernd im Telefon an. Vielleicht ist es ja Allmers«, meinte sie lachend und legte auf.

Immerhin war mir jetzt klar, woher sie so gut über Christina Borowski und ihre Verehrer Bescheid wusste.

Ich warf einen Blick auf meine Liste. Normalerweise befragt man als Erstes die Frau oder den Mann des Opfers, manchmal sind sie in der Lage, schon gleich entscheidende Hinweise zu geben. Ich habe da immer meine Zweifel, ob das so geschickt ist, denn meist stehen sie unter Schock und können sich nur ungenau erinnern.

In jedem Fall nahm ich mir vor, bald mit Elke Brummer zu sprechen. Vor allen Dingen musste ich sie fragen, warum sie die eigene Silberhochzeitsfeier so vorzeitig verlassen hatte. Inzwischen wusste ich, dass es nach halb vier gewesen sein muss, wenn ich Christina Borowskis Angaben glauben konnte.

Ich suchte die Nummer des Taxiunternehmens heraus und wunderte mich, wie bereitwillig die Frau am anderen Ende Auskunft gab. Sie wusste genau, wann das Taxi nach Kalbsand gerufen worden war, denn sie hatte das Telefonat selbst entgegengenommen.

»Der Anruf ist um fünfzehn Uhr achtundvierzig eingegangen.«

»Wissen Sie, ob Frau Brummer vom Regen durchnässt war?«

»Da muss ich Eberhard fragen«, erwiderte sie und schien davon auszugehen, dass ich wusste, wer »Eberhard« war. »Warten Sie bitte einen Moment, ich versuche, ihn mit dem Handy zu erreichen. Aber warum wollen Sie das eigentlich wissen?«

»Reine Routine«, erwiderte ich und war erstaunt, dass sie sich mit dieser nichtssagenden Antwort zufriedengab.

»Nein«, sagte sie nach ein paar Minuten, in denen ich einen heftigen Streit der Eheleute über Organisationsprobleme des Unternehmens, die schulischen Leistungen der zwölfjährigen

Tochter und die hohen Spritkosten mithören konnte. »Mein Mann sagt, sie war wie aus dem Ei gepellt, allerdings hatte sie geheult, ihre Schminke war verlaufen.«

Ich beschloss, den Besuch bei Elke Brummer zu verschieben und stattdessen noch einmal nach Kalbsand zu fahren.

Die kleine Kirche war abgeschlossen. Im Büro erfuhr ich von einer mürrischen Mitarbeiterin, dass der Pfarrer nicht da sei. Sie war weit über sechzig, und ich musste meinen ganzen männlichen Charme einsetzen, um ihr ein paar Antworten zu entlocken.

Ob sie schon lange hier arbeite, fragte ich sie. Sie quittierte die Frage mit einem Kopfnicken. Nach einer Weile kam ich auf den Mordfall zu sprechen. Augenblicklich verstummte sie wieder, sah mich böse an und warf mich aus dem Büro.

»Sie redet nicht gerne«, sagte der Pfarrer, der plötzlich hinter mir stand.

»Wer ist sie?«

»Anita Meerbusch, ich hatte Ihnen doch von ihr erzählt. Sie arbeitet schon lange ehrenamtlich in der Kirchengemeinde. Was haben Sie da an der Stirn?«, fragte er und deutete auf meine Beule.

»Kollateralschaden«, meinte ich und ging nicht weiter auf seine Frage ein. »Wenn sie am Telefon auch so gesprächig ist, könnte es schwierig werden.«

»Sie ist normalerweise sehr umgänglich, erst nach der Sache mit Brummer ist sie so misstrauisch geworden.«

»Nach seinem Tod oder seit der Baumfällung?«

»Dass die Bäume hinterrücks in ihrer Abwesenheit gefällt wurden, hat sie sehr getroffen. Aber das war ja genau das, was Brummer beabsichtigt hatte. Sie sollte mürbegemacht werden.«

»Ich muss mit ihr sprechen«, sagte ich.

»Der Land-Art-Künstler, der hier seine Werke ausstellt, ist übrigens ihr Sohn«, bemerkte der Pfarrer.

Ich hatte Hildebrand auf das Hotelprojekt angesetzt – eine so umstrittene Investition kurz vor einem gewaltsamen Tod roch geradezu nach einem möglichen Motiv. Es stellte sich heraus, dass die Entwicklung vor Brummers Ermordung dramatischer gewesen war, als die Öffentlichkeit geahnt hatte.

Brummer war nicht der einzige Investor gewesen, er hatte sich einen Mitstreiter gesucht: Konrad Borowski, den Mann der wunderbaren Versicherungsfrau. Anscheinend war ihnen das Projekt in den letzten Wochen ziemlich aus dem Ruder gelaufen. Der Streit mit der unbeugsamen Nachbarin war wohl nicht die einzige Schwierigkeit, die die beiden aus dem Weg zu räumen hatten. Womöglich war ihnen die finanzielle Luft ausgegangen, vielleicht waren die wirtschaftlichen Prognosen der Gutachter geschönt gewesen, oder die Baukosten waren explodiert. Jedenfalls luden sie zwei Wochen vor Brummers Tod sämtliche Ärzte der Gemeinde, die aus mehreren, weit auseinanderliegenden Dörfern bestand, zu einer Versammlung nach Kalbsand ein und eröffneten ihnen ihre brillante Idee, anstelle des Hotelprojekts ein modernes Ärztezentrum zu bauen, in dem sämtliche Mediziner der Gemeinde praktizieren sollten. Die Ärzte genossen das opulente Abendessen und senkten nach dem letzten Digestif die Medizinerdaumen. Wie solle bitte, so fragten sie rhetorisch, Oma Schneider aus einem über zehn Kilometer entfernten Dorf nach Kalbsand kommen, wenn sie routinemäßig ihre Blutwerte untersuchen lassen müsse?

Dann fahren wir sie, hatten die bedrängten Investoren geantwortet und Lachsalven geerntet.

Nach diesem Abend war für Brummer und Borowski nichts mehr wie zuvor, und die Gerüchte über finanzielle Schwierigkeiten hatten sich wie ein Lauffeuer verbreitet.

6
Kapitel

Wer sich so eingräbt, dachte ich, als ich am nächsten Morgen vor Brummers Haus stand, hat entweder etwas zu verbergen oder zu viel Geld. Oder beides.

Ich hatte mich entschieden, überraschend zu kommen, ohne mich vorher anzumelden. Die Klingel am großen Tor, das mehr gekostet haben musste, als ich in einem halben Jahr verdiente, war kaum zu finden, schließlich entdeckte ich sie doch und drückte lange und beherzt.

»Ja, bitte?« Die Frauenstimme klang so klar, als ob die Sprecherin direkt vor mir stünde, kein Knistern, kein Rauschen, wie man es sonst von Gegensprechanlagen gewöhnt ist.

»Hauptkommissar Schlegel, Kripo Stade«, sagte ich, aber das öffnete mir noch nicht das Tor.

»Sie haben doch sicher einen Ausweis«, sagte die Unsichtbare. »Bitte halten Sie ihn vor die Kamera.«

Das war mir noch nie passiert. Entweder machten die Leute auf, weil sie auf mich gewartet hatten, oder sie waren so eingeschüchtert, dass sie mich sofort ins Haus ließen.

Ich zog meinen Ausweis aus der Innenseite meines Jacketts und hielt ihn vor die Kamera.

»Danke«, sagte die Stimme. »Sie wünschen?«

»Ich wünsche, dass Sie auf der Stelle dieses Tor öffnen«, sagte ich mit viel Schärfe in der Stimme. Ich war sauer, es nieselte, ich hatte meinen Mantel zu Hause vergessen und den Regenschirm im Büro gelassen.

Der Summer war kaum zu hören. Ich wollte an das Tor drücken, aber es ging von alleine auf.

Das Wohnhaus lag am Ende einer Allee aus dicken Kastanien, die schon große Blätter in einem kräftigen Grün hatten. Es war nicht gleich zu sehen und nur über ein Rondell zu erreichen, auf dem mindestens vier große Autos Platz gehabt hätten. Weißer Kies knirschte unter meinen Schritten, die ich automatisch gezählt hatte, ohne es mir vorgenommen zu haben: Bei hundertzwanzig Schritten mussten es mehr als hundert Meter von der Straße bis zum Haus sein. Die alte Reedervilla stammte aus der Zeit der vorletzten Jahrhundertwende, als die Reeder das Dorf, die Elbe und die ganze Wirtschaft beherrschten. Sie war teuer renoviert worden, der Garten war eher ein Park mit millimeterkurz geschnittenem Rasen und uralten Bäumen. Hier dürfen sie stehen bleiben, dachte ich, und auf Kalbsand hat er sie alle abholzen lassen.

Hinter dem Haus lag ein großer Teich. Ich hatte mittlerweile schon mehrere davon auf Grundstücken reicher Zeitgenossen gesehen, aber die Größe dieses Gewässers übertraf sie alle. Ein Neffe von mir arbeitete als Gartenbauer in einem Betrieb, der sich auf solche Aufträge spezialisiert hatte. Er hatte mir vor ein paar Monaten einen kleinen Vortrag über die hohen Kosten solcher Teiche gehalten, und ich hatte gestaunt, wofür die Menschen ihr Geld ausgeben.

Das Grundstück schätzte ich auf einen, vielleicht anderthalb Hektar, und das mitten im Dorf! Die Wände des Hauses waren weiß gestrichen und die großen Fenster kontrastreich dunkelbraun. Die Treppe, die zum Hauseingang führte, war aus edlem Sandstein. Noch bevor ich an die Tür klopfen konnte – ein kitschiger bronzener Löwenkopf ersetzte die Klingel –, öffnete sie sich. Die unsichtbare Stimme gehörte einer älteren Frau mit streng zurückgekämmten Haaren. Sie war fast weißblond und fragte mit der gleichen Unnahbarkeit wie ein paar Minuten zuvor: »Herr Schlegel?«

Ich nickte. Wer denn sonst?, dachte ich.

Die Frau ließ mich ein und schloss die Tür. Ich wunderte mich. Von außen war das Haus sehr geschmackvoll renoviert worden, man hatte weder an Geld noch an Material gespart, im Inneren jedoch gab es eindeutig zu viele Geweihe, zu viel Mief.

»Frau Brummer erwartet Sie. Bitte folgen Sie mir in den Salon.«

Ich traute meinen Ohren nicht. Hatte sie tatsächlich »Salon« gesagt? Es hätte mich nicht gewundert, wenn aus den Türen plötzlich junge Bedienstete in gestärkten Schürzen und weißen Häubchen gestürzt wären, um mir mein feuchtes Jackett abzunehmen und einen seidenen Hausmantel zu überreichen. Aber nichts dergleichen geschah, das Haus schien ausgestorben zu sein, und die Frau verzog keine Miene, während sie neben mir herging und mich in den Salon führte.

Wenig später stand ich vor Elke Brummer. Sie erhob sich nicht, sondern reichte mir huldvoll die Rechte. Sie vertrug wirklich keinen Likör und kein Geld. Was für ein aufgeblasenes Getue. Und was für ein aufgeschwemmtes Gesicht.

»Frau Brummer«, sagte ich und legte Mitgefühl in meine Stimme, ich kann das gut. »Wie geht es Ihnen?«

»Danke«, sagte sie, »natürlich nicht gut.«

»Ich möchte Ihnen mein tiefstes Beileid zum Tod Ihres Mannes aussprechen. Es muss ein schrecklicher Verlust für Sie bedeuten.« Ich war mir sicher, dass sie mir meine geheuchelte Empathie nicht abnahm, doch ich war der Meinung, durch diese Floskeln die gesellschaftlichen Erwartungen erfüllen zu müssen. Ich hatte nur selten Mitleid mit den Hinterbliebenen. Marianne hatte das nie verstehen können, doch für mich war es notwendig, meine Gefühle aus meiner Arbeitswelt auszusperren, um meine Ermittlungen führen zu können.

»Sie kommen zur Beerdigung?«, fragte sie.

Ich nickte. »Wann ist sie denn geplant?«

»Morgen um zwei, hier auf dem Friedhof.«

Ich hatte im Büro erfahren, dass die Staatsanwaltschaft die Leiche freigeben wollte, Dr. Kreienbohm hatte noch am Sonntagabend mit der Obduktion begonnen. Die Laborwerte lagen zwar noch nicht alle vor, aber für Werner Allmers schien die Todesursache auch so klar zu sein. Trotzdem ging mir das zu schnell.

»Frau Brummer«, sagte ich, »Sie werden sicher verstehen, dass ich einige Fragen an Sie habe.«

»Natürlich. Ich hatte Ihren Besuch ehrlich gesagt schon früher erwartet.«

Ich überhörte die Bemerkung. »Ihr Mann war ein sehr erfolgreicher Geschäftsmann, da hat man sicher nicht nur Freunde. Gab es irgendwelche Schwierigkeiten in seinem Beruf? Oder hat er sich vielleicht bedroht gefühlt?«

»Ich denke nicht. Zumindest hat er mir nichts dergleichen berichtet.«

Susanne Siegel hatte mir am Morgen ein Dossier auf den Schreibtisch gelegt. Wie immer war ich erstaunt, wie schnell sie es geschafft hatte, Informationen zu einem bestimmten Themenkomplex zu sammeln, zu ordnen und so aufzubereiten, dass ich sie auf Anhieb verstehen konnte. Im Gegensatz zu mir konnte Susanne Siegel drei Dinge gleichzeitig: Wenn sie ein Buch oder einen Text vor sich hatte, dann las, verstand und behielt sie ihn auf Anhieb.

Während meines Studiums hatte ich einen Kommilitonen, der über die gleiche Fähigkeit verfügte. Ich musste mich durch die Texte ackern und mir Eselsbrücken bauen, ich beschrieb Karteikärtchen und lernte auswendig, auswendig, auswendig … Georg hingegen, der später Professor in Würzburg wurde, setzte sich am Abend vor der Klausur auf sein Sofa und blätterte sich durch die Lehrbücher. Dabei sah er gelangweilt aus, in Wirklichkeit jedoch arbeitete er sich hochkonzentriert durch die Texte, um sie zu verstehen und zu behalten. Am nächsten Tag schrieb er eine Eins, und ich wurde für meine wochenlange Paukerei mit einer Drei oder sehr selten mit einer Zwei belohnt.

Susanne Siegel hatte uns die Bilanzen und die Kontobewegungen des Bauunternehmens Brummer der letzten Jahre besorgt und mir die wichtigsten Zahlen und Beteiligungen herausgearbeitet. Dazu Kopien der Versicherungspolicen aus Christina Borowskis Büro. Brummer hatte, nach den Bankunterlagen zu urteilen, das größte Bauunternehmen im gesamten Landkreis, schwindelerregende Umsätze und bombastische Gewinne. Die Bilanz der Hotelgesellschaft hatte sie sich noch nicht besorgen können, vielleicht gebe es auch noch keine, meinte sie, die Gesellschaft sei ja erst im letzten Jahr gegründet worden.

Frau Brummer beugte sich vor und klingelte mit einer albernen kleinen Messingglocke, ähnlich der, mit der wir Hannah früher den Weg ins Weihnachtszimmer freigegeben hatten.

Die weißblonde Frau, die mir ihren Namen nicht verraten hatte, kam in den Salon, öffnete einen Safe, stellte sich demonstrativ davor, sodass ich nicht hineinsehen konnte, und reichte Elke Brummer einen dicken Ordner.

»Danke«, sagte diese und entließ ihre Helferin.

»Sie müssen entschuldigen«, sagte sie zu mir gewandt, »ich habe mir den Fuß verstaucht und kann mich kaum bewegen.« Sie deutete auf eine Orthese, die ihren Fuß stabil hielt.

Ach so, wollte ich sagen, aber das erschien mir unhöflich.

»Ich hoffe, es ist nicht allzu schmerzhaft«, sagte ich stattdessen. Sie war mir sofort etwas sympathischer. Etwas, nicht mehr.

»Sie müssen den Mörder meines Mannes finden«, erklärte sie, »und ich glaube, ich kann Ihnen dabei helfen.«

Ich ließ sie reden. Hilfe bekommt man oft angeboten, aber meistens sind diese Aussagen wertlos, vor allem wenn sie von nahen Angehörigen kommen, die gerne abstruse Verdächtigungen in die Welt setzen. Wenn sie fertig ist, dachte ich, stelle ich meine Fragen.

»Mein Mann«, fuhr sie fort, »war sehr erfolgreich, das stimmt, aber er war immer auch der Meinung, dass man anderen helfen muss, denen es nicht so gut geht. Er hat viel gespendet – mal ans Kinderhilfswerk und den örtlichen Turnverein, mal an die Schützen oder den Gesangverein von Marschenfleth. Manchmal hat er auch jemandem privat unter die Arme gegriffen.«

»Mit Darlehen?«, fragte ich nach.

Sie nickte. »Oder mit Geldgeschenken, Zuwendungen. Kurzfristige, nicht rückzahlbare Darlehen hat er das spöttisch genannt. Leider war er manchmal zu gutmütig, oder, besser gesagt, zu nachlässig. Er war einfach jemand, auf dessen Wort man sich verlassen konnte. Was man von den Leuten, denen er Geld geliehen hat, nicht immer behaupten kann. Bisweilen hat er größere Summen ganz ohne Vertrag verliehen.«

»Um welche Größenordnung handelte es sich denn?«

»Ich habe mir die Summen, die Namen und die Daten notiert. Und ich bin fest davon überzeugt, dass der Name des Mörders in diesem Ordner steht.«

»Darf ich mal?«, fragte ich und begann, im Ordner zu blättern, den sie mir hingehalten hatte. Ich staunte.

Elke Brummer hatte fein säuberlich jeden Überweisungsträger kopiert und aufgehoben, jede Spende, jedes Darlehen und jede Rückzahlung der letzten zehn Jahre notiert. Die Liste begann mit Hans Grasser, dem Bürgermeister von Marschenfleth, der ein Darlehen erhalten hatte. Erst glaubte ich, mich verlesen zu haben. Ich fühlte mich an einen Politskandal aus den Siebzigerjahren erinnert, als Geldbeträge an Politiker geflossen waren, zur »Pflege der politischen Landschaft«. Ich überflog die Namen und die Summen und fand viele Namen von der Liste der Hochzeitsgäste. Elke Brummer gab mir einige Erklärungen, denn ich kannte bei kaum jemandem die Funktion. Außer dem Bürgermeister waren im Ordner keine weiteren Politiker der Gemeinde vertreten, sondern die anderen wichtigen Personen: die Handwerker, ein paar Einzelhändler, auch der Arzt, offenbar alle die, ohne deren Votum in der Gemeinde nichts entschieden werden konnte. Da war es unerheblich, ob sie im Gemeinderat vertreten waren.

Dazu kamen einige große Spenden an die wichtigsten Vereine und Einrichtungen des Dorfes. Der Schützenverein war dabei, der Sportverein, der Männergesangsverein, die Bücherei, im Grunde das ganze Dorf. Ich war sprachlos, die kleinste Summe betrug tausendfünfhundert Euro, der dickste Posten war der vom Bürgermeister.

»Und wofür haben die alle die Gelder bekommen?«, fragte ich, immer noch verblüfft.

»Grasser brauchte das Geld, weil sein Sohn die Tischlerei fast in den Ruin getrieben hatte, Bäcker Reimann hatte ein Haus gebaut, manche wollten sich ein neues Auto kaufen, ein oder zwei hatten Spielschulden – das sind die Beträge von zweitausendvierhundert und dreitausendeinhundert Euro, Friedel Naumann und Eberhard Kenner.«

»Finden Sie das normal, Frau Brummer, dass eine Privatperson an so viele Menschen Geld verleiht? Warum sind die nicht zur Bank gegangen?«

»Nikolaus hat es nicht so genau genommen mit der Rückzahlung, er hat zwar irgendwas vereinbart, aber wenn jemand nicht zahlen konnte, dann durfte er sich Zeit lassen. Und die Zinsen waren niedrig.«

»Wie niedrig?«

»Zwei Prozent, auch in Zeiten, in denen die Bankzinsen viel höher waren als heute. Er war der Meinung, dass er damit kein Geld verdienen müsse, wir haben ja genug.«

»Und die Gegenleistung?«, hakte ich nach. »Das hat Ihr Mann doch nicht aus Menschenliebe getan, das können Sie doch nicht allen Ernstes behaupten, da muss er doch eine Absicht verfolgt haben.«

»Wissen Sie, in unserem Dorf ist das soziale Leben noch intakt«, sagte Elke Brummer mit Nachdruck. Sie schien das tatsächlich zu glauben. »Ach, ich habe ganz vergessen, Ihnen einen Tee anzubieten.« Sie nahm wieder die kleine Klingel, bestellte Tee bei der namenlosen Stimme, die kurz zur Tür hereinschaute, und meinte dann: »In unserem Dorf ist das soziale Leben noch intakt, man kennt sich, und man hilft sich eben. Nikolaus hat nie eine Gegenleistung verlangt.«

Aber sicher bekommen, dachte ich mir. »Ich nehme den Ordner mit, das ist gewiss in Ihrem Interesse. Vorher habe ich aber noch einige persönliche Fragen.«

Sie sah mich ohne Ausdruck an und nickte nur.

»Wie lange waren Sie verheiratet?«

»Fünfundzwanzig Jahre. Das war unsere Silberhochzeit.«

Wo bin ich nur mit meinen Gedanken?, fragte ich mich. Seit Tagen wurde über die Silberhochzeit geredet, und ich stellte diese Frage!

Glücklicherweise rettete mich der Tee, der in kitschigen Tassen serviert wurde, die meine Großmutter zur Dekoration auf ihr Buffet gestellt hätte.

Nach einer kleinen Pause fragte ich: »Haben Sie Kinder?«

Sie schüttelte den Kopf. »Wir konnten keine bekommen.«

»War Ihre Beziehung glücklich, oder gab es Schwierigkeiten? Insbesondere in den letzten Jahren?«

»Glücklich? Wie beschreiben Sie denn Glück?«, fragte sie, und ich befürchtete, in eine philosophische Diskussion über das Glück im Allgemeinen und im Besonderen verwickelt zu werden, vielleicht noch unterfüttert von Kalenderweisheiten. »Wenn Sie damit meinen, ob unser Zusammenleben immer reibungslos verlaufen ist, dann war unsere Beziehung nicht besonders glücklich. Doch ich definiere Glück anders. Ich war immer gerne mit meinem Mann zusammen, in all den Jahren, trotz mancher Schwierigkeiten.«

Ich staunte, mir gefiel ihre Beschreibung einer glücklichen Beziehung. Ich war gerne mit Marianne zusammen gewesen, auch als es so schwierig geworden war, aber ich hätte mich nicht als glücklich beschrieben.

»Es gibt das eine oder andere Gerücht über Ihren Mann«, sagte ich und war gespannt auf ihre Reaktion.

»Ich weiß«, meinte sie, »aber nicht alles stimmt, was man so erzählt, Sie kennen doch die Leute. Sicher besser als ich, bei Ihrem Beruf.«

»Aber einiges stimmt?«, bohrte ich weiter.

»Mein Mann hat unter jeden Rock geguckt«, sagte sie mit nicht erwarteter Deutlichkeit. »Ich hatte die Wahl, das zu übersehen oder zu gehen, und habe mich für das Erstere entschieden.«

Das Geld war wichtig, und der Alkohol hat geholfen, dachte ich.

»Könnte auch Eifersucht ein Motiv gewesen sein?«

Sie zuckte mit den Schultern. »Möglich. Aber wenn ich ehrlich bin, glaube ich das nicht. Er war sehr großzügig, das sagte ich schon, er hat schon mal Schweigegeld gezahlt, wenn man das so nennen will.«

»Sie meinen, er hat die gehörnten Ehemänner mit Geld sozusagen entschädigt?«

»Wenn Sie so wollen, ja.«

»Stehen die auch auf dieser Liste?«

Sie nickte.

Ich stand auf, nahm den Ordner und wollte gerade zur Tür gehen, als mir noch etwas einfiel. »Frau Brummer, gab es bei dem Hotelprojekt eigentlich Schwierigkeiten, ich meine finanzieller Art?«

»Auf keinen Fall!«, rief sie sichtlich empört. »Das sind nur Gerüchte.«

Als ich wenig später wieder im Auto saß, war ich immer noch fassungslos. Brummer hatte praktisch dem halben Ort Geld geliehen – aus privaten Gründen, um seine Eskapaden zu verschleiern, aber sicher auch, um seine Interessen durchzusetzen. Das war Korruption, und Elke Brummer fand das alles ganz normal und versicherte treuherzig, es sei nie eine Gegenleistung erbracht worden. Bei den gehörnten Ehemännern waren ja auch die Frauen schon in Vorleistung getreten. Oder war das womöglich die Bedingung für einen Kredit gewesen?

Jetzt war mir klar, weshalb der Bürgermeister so nervös geworden war, als ich ihn nach seinen persönlichen Beziehungen zu Brummer gefragt hatte. Wie hatte er von seinem Sohn geschwärmt, dabei hatte der den Laden wohl fast an die Wand gefahren. Mich interessierte, ob die Schuldner wohl voneinander wussten, und ich beschloss, Frau Brummer gleich anzurufen und danach zu fragen.

Die Stimme der weißblonden Frau klang auch am Telefon so

rein wie aus dem Tonstudio. Der Zerberus bewachte nicht nur das Tor, sondern auch das Telefon.

Während sie zu Elke Brummer durchstellte, fiel mir ein, dass ich eine andere wichtige Frage nicht gestellt hatte. Das holte ich nach, sobald ich sie in der Leitung hatte.

»Sie haben die Feier früher als Ihr Mann verlassen. Können Sie mir den Grund nennen?«

»Ich hatte Kopfschmerzen, mich hat der Tag sehr angestrengt.«

Ich beließ es dabei, obwohl mir klar war, dass sie log, und brachte das Gespräch wieder auf die mysteriösen Kredite.

»Die Schuldner wussten nichts voneinander«, bestätigte Elke Brummer meine Vermutung, »das wollte Nikolaus nicht.«

Kein Wunder, dachte ich, so konnte er jeden im Einzelgespräch auf seine Linie bringen, und keiner hatte etwas gemerkt. Ich beschloss, Susanne Siegel auf die Protokolle der Gemeinderatssitzungen und der Ausschüsse anzusetzen, vor allem auf den Bauausschuss. Außerdem musste ich jeden befragen, der im Ordner auftauchte. Schließlich war Elke Brummer fest davon überzeugt, dass der Mörder ihres Mannes unter den Kreditnehmern zu finden war. Es wurden zwar schon Menschen für drei Euro fünfzig umgebracht, hier hatte ich aber eher das Gefühl, dass diejenigen mit den hohen Summen verdächtig waren, außerdem gab es jetzt noch ein anderes mögliches Motiv: Eifersucht.

Es wollte immer noch nicht in meinen Kopf hinein, dass Brummer die Gelder ohne Vertrag verliehen hatte. War er so vertrauensselig gewesen? Dann fiel mir ein, dass die Summen überwiesen worden waren. Mithilfe der Überweisungsbelege konnte er jede Zahlung dokumentieren. Der vertraglose Zustand sollte vielleicht den Eindruck erwecken, keiner könne die Kredite als Korruption aufdecken. Nur er wäre in der Lage gewesen, den Geldfluss nachzuweisen.

Ich fuhr nach Stade und bestellte Hildebrand in mein Büro. Er sah kurz auf meine ramponierte Stirn, sagte aber nichts. Die entscheidenden Ideen bei schwierigen Ermittlungen kamen uns meistens bei stundenlangen Überlegungen und viel Kaffee. Diesmal, dachte ich, wird sich die ganze Sache bald aufklären. Ich teilte Elke Brummers Vermutung: Einer der Geldempfänger musste es gewesen sein.

Hildebrand war weniger euphorisch als ich und wandte ein, dass Brummer doch ziemlich nachlässig mit den Rückzahlungen umgegangen sei. Deshalb sei mein Verdacht, akute Geldschwierigkeiten könnten den Mörder veranlasst haben, Brummer einen über den Schädel zu ziehen, statt zu beichten, dass der Kredit nicht zurückgezahlt werden könne, nicht schlüssig zu belegen.

»Vielleicht war es auch ein Racheakt?«, schlug ich vor.

»Eifersucht?« Hildebrand sah mich skeptisch an.

Ich nickte.

Wieder rief ich bei Elke Brummer an. Diesmal nahm sie selbst ab.

»Hier ist noch mal Schlegel von der Kripo Stade.«

»Ja, bitte?«

»Es geht um die Kredite, die Ihr Mann vergeben hatte. Gab es auch Anfragen von Privatpersonen, die er abgelehnt hatte?«

»Natürlich!«, erwiderte sie. »In dieser Hinsicht war er altmodisch. Er verlieh sein Geld nur an Leute, die ihm sympathisch waren. Niemals hätte er Journalisten oder Naturschützern einen Kredit gezahlt.«

Ich legte nach ein paar Dankesworten auf. Dass er keinem Naturschützer Geld geliehen hätte, war mir von vornherein klar gewesen. Für die Bürgerinitiative, die den Erhalt der Äcker durchsetzen wollte, wo das Gewerbegebiet geplant war, stellte Brummer den Lieblingsfeind dar, noch vor dem Bürgermeister.

»Vielleicht war der Täter auch jemand, der Brummer um Geld gebeten hat, zum Beispiel auf der Hochzeitsfeier, und dann zugeschlagen hat, weil seine Anfrage abgelehnt wurde«, sagte ich an Hildebrand gewandt.

»Also jemand auf der Gästeliste?«

»Genau. Wir müssen uns auf die beiden Listen konzentrieren, die der Gäste und die der Geldempfänger. Wie viele Befragungen haben Sie schon durchgeführt?«

»Ich habe mit dem gesamten Gasthauspersonal gesprochen und mit, warten Sie ...« Er zog sein Notizbuch heraus. »Also, mit Susanne Haberdonk, einer entfernten Verwandten aus Wedel, mit Friedrich-Wilhelm Marker, einem alten Schulfreund, und mit Konrad Borowski, seinem Steuerberater aus Buxtehude.«

Konrad Borowski! Meine Ohren klingelten. Der Ehemann der wunderbaren Christina Borowski. Mir wurde warm ums Herz, als ich an sie dachte.

»Und?«, fragte ich. »Wie ist er so?«

»Wer? Borowski?« Hildebrand verzog das Gesicht.

Ich nickte erwartungsvoll.

»Selten einen so arroganten Pinsel erlebt. Er hat mich von oben herab behandelt, wie einen Schuljungen. Vor ein paar Jahren hat er am Fleth in Buxtehude ein altes Haus abreißen lassen, Sie erinnern sich bestimmt. Es gab damals großen Ärger, es war nämlich das einzige vollkommen erhaltene Jugendstilgebäude in der Stadt. Ein bisschen marode war es schon, aber man hätte es wohl mit überschaubarem Aufwand renovieren können. Es stand unter Denkmalschutz, und Borowski hat alles darangesetzt, dass der Schutz aufgehoben wurde. Kaum hielt er den entsprechenden Bescheid in den Händen, ließ er das

Haus abreißen. Jetzt steht da ein futuristischer Glaspalast, nachts beleuchtet mit LED-Licht, das am Haus herunterfließt wie Wasser. Moderner Kitsch.«

Ich staunte. Dirk Hildebrand war normalerweise ein schweigsamer Mensch, der sich selten aufregte.

»Das Büro besteht nur aus Glaswänden, da kann sich die Sekretärin nicht mal am Hintern kratzen, ohne dass es der Chef und die halbe Stadt mitbekommen. Borowski thront ganz oben im Penthouse, ein riesiges abgeschottetes Büro, man kommt sich winzig und unbedeutend vor, wenn man da hineingelassen wird.«

»Jetzt kommen Sie mal zur Sache«, sagte ich. »Was hat er denn gesagt?«

»Natürlich hat er nichts gesehen und nichts gehört.«

»Seine Frau hat ausgesagt, dass Borowski und Brummer nicht nur Geschäftspartner, sondern auch Freunde gewesen seien.«

»Davon hat Borowski nichts erwähnt. Er war sehr kurz angebunden. In der fraglichen Zeit sei er schon auf dem Heimweg gewesen, seine Frau könne das bezeugen, sie habe neben ihm im Wagen gesessen. Sonst sei ihm nichts Besonderes aufgefallen, das hat er zumindest behauptet.« Hildebrand sah mich triumphierend an.

»Und?«, fragte ich gespannt.

»Der angebliche Streit des Ehepaars Brummer war in Wirklichkeit ein Streit zwischen den beiden und ihm, oder richtiger gesagt: Sie haben sich zu dritt gestritten.«

»Wer hat das beobachtet?«

»Eine Küchenhilfe hat das schon bei der ersten Vernehmung erwähnt, sie kommt aber aus Kasachstan, und ich hatte sie nicht richtig verstanden. Später habe ich sie noch einmal nach dem Streit befragt, und da hat sie gesagt, es seien drei Streithähne gewesen: das Ehepaar und der Mann, der neben Frau Brummer gesessen habe, nämlich Konrad Borowski. Offenbar ging es bei dem Streit um ein Haus.«

»Gute Arbeit, Herr Hildebrand«, sagte ich, »gute Arbeit.«

7 Kapitel

Hildebrands hartnäckiges Nachbohren hatte uns eine Reihe von neuen Erkenntnissen gebracht. Die Küchenangestellte behauptete zwar, es sei um ein Haus gegangen, naheliegend wäre natürlich auch eine Auseinandersetzung um die angebliche Liebschaft zwischen Nikolaus Brummer und Christina Borowski gewesen.

Ich wollte gerade gehen, als Susanne Siegel die Tür öffnete. Dirk Hildebrand hatte schon ein paar Minuten zuvor mein Büro verlassen und sich offenbar noch mit ihr unterhalten. Ich sah, wie er sich von ihr verabschiedete, und wunderte mich ein wenig über seine Freundlichkeit.

Susanne Siegel wartete auf mein Zeichen, beugte sich über meinen Schreibtisch und musterte meine Beule. Ihr Busen wogte, und ich stellte mir kurz vor, sie wäre nackt, und in mir erwachte die Sehnsucht, dass es tatsächlich so wäre. Aber ihre geblümte Rüschenbluse war hochgeschlossen und steckte heute in einem mausgrauen Faltenrock.

»Das sieht übel aus«, meinte sie fachmännisch.

Auf ihren fragenden Blick sagte ich nur: »Eine dieser neumodischen Türen.«

Sie nickte kurz und reichte mir dann ein Blatt Papier. »Das ist vorhin reingekommen. Wird Sie sicher interessieren«, meinte sie, und ich glaubte, ein wenig Sarkasmus herauszuhören: »Es geht um Borowski, den Steuerberater.«

Alle spöttischen Gedanken über ihr Aussehen und ihre Kleidung wichen bei mir wie so oft sofort grenzenloser Bewunderung. Warum nur, dachte ich, verliebt sich niemand in diese tolle Frau, die mit so viel Intelligenz und Witz gesegnet ist?

Sie lächelte mir zu und schwebte aus dem Raum. Ja, sie schwebte wirklich, denn sie konnte sich trotz ihrer Körperfülle elegant bewegen, besser jedenfalls als viele schlank Gehungerte, die ihre ungelenke Staksigkeit nicht ablegen konnten.

Es war die Strafanzeige einer Mechthild Griemsmann gegen Konrad Borowski, und was sie ihm vorwarf, hatte es in sich.

Ich kannte Mechthild Griemsmann, sie war eine Angestellte der Stader Verbraucherschützer, vielleicht sogar die Leiterin, das war mir entfallen, und eine Bekannte von Marianne. Dem Blatt entnahm ich, dass sie dem Steuerberater eine Falle gestellt haben musste. Ich arbeitete mich durch das Adressbuch meines Handys, denn ich war mir sicher, ihre Nummer zu haben. Marianne hatte sie manchmal besucht, und da sie ihr Handy meist vergaß, hatte ich Mechthild Griemsmanns Mobilnummer vorsichtshalber abgespeichert.

Sie war sehr überrascht über meinen Anruf und noch mehr darüber, dass ich sie sprechen wollte.

»Heute noch?«, fragte sie.

»Wenn es dir möglich ist?«

»Wir schließen hier gleich. Worum geht es denn?«

»Um deine Anzeige gegen Konrad Borowski.«

»Ach so!« Ich meinte Erleichterung in ihrer Stimme zu hören. Sie lebte alleine, und vermutlich hatte sie andere Gründe für meinen unerwarteten Anruf befürchtet, aber sie war noch nie mein Typ gewesen. Früher, vor ihrem Job bei den Verbraucherschützern, war sie wie Marianne Lehrerin gewesen.

»Geht es denn heute noch?«, hakte ich nach.

»Na klar. Du weißt ja, wo ich wohne. Ab sieben bin ich zu Hause.«

Immerhin bot sie mir einen Soave an. Mechthild schien ein gutes Gedächtnis für die Gewohnheiten anderer Menschen zu haben. Sie wohnte in einer kleinen, ziemlich lieblos eingerichteten Wohnung. Keines der Möbelstücke und nichts von den unnötigen Kleinigkeiten, die jeder so herumstehen hat, gefiel mir. Alles atmete ihre Sparsamkeit aus, ihren Geiz und ihren wenig entwickelten Geschmack. Vielleicht, dachte ich, muss man so veranlagt sein, wenn man bei einer Organisation arbeitet, deren Hauptzweck es ist, herauszuposaunen, dass alles viel zu teuer sei.

»Ich habe deine Anzeige nur kurz überflogen, aber…«, begann ich.

»Ach, das ist ganz einfach«, fiel sie mir ins Wort. »Zu mir kam ein Kunde und klagte, dass er von einem Steuerberater übers Ohr gehauen worden sei. Eigentlich kann ein Steuerberater einen Mandanten kaum übers Ohr hauen, er kann ihn höchstens falsch beraten oder ihm zu hohe Rechnungen stellen. Die Klage hört man trotzdem ab und zu, aber diesmal hatte sie Substanz.«

Sie nahm einen großen Schluck Wein, als wolle sie sich Mut antrinken. Ich wartete neugierig auf die Fortsetzung.

»Mein Kunde hat erzählt, dass sein Steuerberater, also dieser Borowski, ihm Schiffsbeteiligungen verkauft habe. Als Steuerberater!«

»Das darf er nicht«, sagte ich. »Das ist laut Berufsordnung sogar strengstens verboten.«

»Eben. Deshalb war ich sofort hellwach. Wenn jemand vor einem Steuerberater sitzt, und beide denken nach, was man mit dem vielen Geld machen soll, das der Mandant übrig hat, kann der Steuerberater gerne ein paar Anlageformen aufzählen, er darf sogar welche vorschlagen, von denen er überzeugt ist. Aber er darf sie auf keinen Fall selbst verkaufen!«

»Und du wirfst ihm vor, genau das getan zu haben?«

Sie nickte. Ihr zweites Glas Soave war schon leer, sie hatte wirklich Durst.

»Der Mann hat erzählt, er sei seit einiger Zeit Mandant bei Borowski, seine Mutter sei es schon länger und der Steuerberater habe ihm empfohlen, sich an einem bestimmten Schiff zu beteiligen, der Fonds würde gerade aufgelegt werden. Und jetzt kommt's, pass auf. Borowski hat wortwörtlich gesagt: ›Lieber Herr Sowieso, ich darf Ihnen in meiner Funktion als Steuerberater natürlich keine Schiffsbeteiligungen verkaufen. Aber wir haben das Glück, dass in meinem Hause, nur zwei Zimmer weiter, jemand sitzt, der Ihnen da behilflich sein kann.‹ Mein Kunde hat sich gefreut und ist zwei Zimmer weitergewandert. Das Büro war praktisch identisch eingerichtet wie das des Steuerberaters. Und nach drei Minuten ging die Tür auf, und herein trat …«

»Konrad Borowski.«

»Genau«, meinte sie kichernd. »Willst du noch einen Wein?« Sie schenkte mir nach und goss auch sich selbst kräftig ein. »Und er hat ihm für mehrere Hunderttausend Euro Kommanditanteile an der MS Rilu, Arnold F. Gerner GmbH & Co. KG verkauft.«

»Wie viel genau?«, fragte ich nach.

»Für vierhunderttausend Euro. Bei einer Maklerprovision von zehn Prozent sind das mal eben vierzigtausend für den Steuerberater.«

Ich staunte. Zehn Prozent Provision für ein kleines Verkaufsgespräch!

»Und warum ist er zu dir gekommen?«, fragte ich weiter. »Er wollte die Sachen doch kaufen?«

Sie stand auf und ging in die Küche. »Möchtest du eine Kleinigkeit essen?«, rief sie.

»Gerne!« Ich freute mich ehrlich, denn ich hatte schon länger großen Hunger. Ich sah sie hantieren, und als sie sich umdrehte und mich anlächelte, fand ich sie viel netter als erwartet.

»Das war übrigens vor vier Jahren«, sagte sie und setzte sich neben mich auf das kleine Sofa. Sie hatte einen Teller mit Käse, Brot, Butter und Tomaten auf den Tisch gestellt. Man sah den Sachen an, dass sie teuer und gut waren. Dafür gab sie also ihr Geld aus, dachte ich.

»In den letzten Jahren hat die Wirtschaftskrise dazu geführt, dass es auf dem Schiffsmarkt erhebliche Überkapazitäten gibt, du hast sicher davon gehört«, sagte sie.

Ich nickte.

»Mittlerweile steht die Gesellschaft vor der Pleite«, fuhr sie fort, und ihre Stimme wurde aufgeregter, »und alle Kommanditisten wurden schon mehrfach zum Nachschießen von Kapital aufgefordert. Ich habe die Unterlagen hier, auch in Kopie, ich wollte sie nicht im Büro lassen, man weiß ja nie.« Sie biss von ihrem Käsebrot ab und trank einen großen Schluck Wein. »Greif zu!«, forderte sie mich auf, und wie zufällig streifte mich ihr Arm, als sie über den Tisch griff. Ich begann zu verstehen. »Kannst du mir die Papiere geben?«

»Gern, natürlich nur die Kopien«, meinte sie und rutschte noch enger zu mir. »Zweimal wurden die Kommanditisten aufgefordert, Geld nachzuschießen, insgesamt sollten fast anderthalb Millionen aufgebracht werden, damit das ganze Ding nicht krachend zusammenbricht. Mein Kunde hat einen befreundeten Rechtsanwalt eingeschaltet, und der hat ihm dringend davon abgeraten, dem wohl verlorenen Geld noch mehr hinterherzuschmeißen. Er sagt, das sehe stark nach Insolvenzverschleppung aus, der Steuerberater wolle wohl seine Honorare retten. Wenn er nämlich weiß, dass eine Gesellschaft insolvent wird, darf er seine Honorare nicht mehr einfordern, sondern muss sich bei den Gläubigern hinten anstellen.«

Kompliziert, dachte ich, das muss ich noch einmal in Ruhe durchdenken.

»Und vor drei Wochen kam ein Schreiben«, fuhr Mechthild fort, »dass alle Kommanditisten ihre Ausschüttungen zurückzahlen müssen. Bei einigen sind das Beträge, die in die Hunderttausende gehen. Dazu werden die Steuervergünstigungen rückwirkend gestrichen und müssen ans Finanzamt zurückgezahlt werden.«

»Das trifft doch keine Armen«, sagte ich ohne großes Mitleid.

»Falsch«, sagte sie und legte mir den Arm auf mein Bein, ziemlich weit oben. »Das bringt für einige den Ruin. Und der Steuerberater fährt weiter seine dicken Autos.«

Sie sah mich an, in ihren Augen glaubte ich den Soave zu erkennen.

»Bleibst du heute Nacht da?«, fragte sie mich unvermittelt.

Ich war nicht mehr völlig überrascht, trotzdem sah ich sie ziemlich ratlos an. Sie beugte sich vor, und als sie mich auf den Mund küsste, schwankte ich nur noch ein ganz kleines bisschen.

»Ich habe mir Mut angetrunken«, sagte sie und kicherte, »sonst hätte ich mich nicht getraut, dich zu fragen.«

Ich nahm sie in den Arm, und als sie sich an mich lehnte, war ich schon entschlossen, zu bleiben. Langsam schob ich meine Hand unter ihren Pullover, und als ich ihren Bauchnabel kitzelte, stöhnte sie wohlig. Ihr Rock war ein wenig widerspenstig, sie half mir, ihn zu öffnen, und als sie aufstand und mich in ihr Schlafzimmer führte, war es mir egal, wie ihre Wohnung eingerichtet war.

Die Matratze war jedenfalls fantastisch, und Mechthild

turnte leidenschaftlich darauf herum. Sie war genauso ausgehungert wie ich, das merkte ich, je länger wir miteinander schliefen. Ich kannte sie ja schon sehr lange, aber nie war so etwas wie ein Funke zwischen uns übergesprungen, niemals hätte ich auch nur im Entferntesten daran gedacht, eine Nacht mit ihr zu verbringen. Der frühe Abend war nämlich nur der Beginn.

Um halb elf nachts wachte ich auf und sah auf meine Uhr. Mechthild lag nackt neben mir. Sie war eine schöne Frau in meinem Alter, und das Leben hatte Spuren hinterlassen, aber genau das machte ihren Reiz aus. Sie öffnete die Augen, und ich fragte: »Soll ich gehen?«

Sie schüttelte den Kopf. »Bleib bitte bis morgen.«

Als sie aufstand und nackt in ihr Badezimmer lief, sah ich ihr gerne hinterher. Sie hatte einen hübschen Hintern, bewegte sich sehr anmutig, und ich bekam sofort wieder Lust auf sie. In meiner Wohnung hatten die wenigen Frauen, die nackt ins Badezimmer gelaufen waren, bei mir immer Panik verursacht. Hier genoss ich den Anblick. Ich hörte, wie sie sich die Zähne putzte.

»Hast du noch eine Bürste?«, fragte ich.

Sie sah aus der Badezimmertür und schüttelte den Kopf. »Ich bin nicht auf überraschenden Herrenbesuch eingestellt«, sagte sie ernst.

Ich putzte meine Zähne mit ein wenig Zahncreme auf dem Finger, spülte den Mund aus und freute mich, dass sie sich hinter mich stellte und ihre Brust an meinen Rücken presste. Sie war mittlerweile nüchtern und benötigte für ihre Avancen keinen Soave mehr. Als sie mir herzhaft und auffordernd zwischen die Beine griff, drehte ich mich um und fragte: »Noch mal?«

Sie nickte und legte sich erwartungsvoll ins Bett.

Wir schliefen erst um zwei ein. Im Eifer des Gefechts war ich gegen das Kopfende ihres Bettes gestoßen, aber den Schmerz an meiner Stirn hatte ich gerne ertragen.

»Warum hast du ihn eigentlich angezeigt und nicht dein Kunde?«, fragte ich beim Frühstück.

Mechthild war eine halbe Stunde vor mir aufgestanden, zum Bäcker gegangen und hatte mich mit dem Duft frischer Brötchen geweckt.

»Ich habe ihm die ganze Sache nicht recht geglaubt. Deshalb habe ich ihm eine Falle gestellt. Eine Klage, bei der die Verbraucherschützer mit im Boot sind, trifft so jemanden noch empfindlicher als die Klage eines einzelnen Mandanten. Ich habe mir die feinsten Klamotten angezogen, die ich mir zusammenleihen konnte, und bin zu ihm ins Büro gestiefelt. Oder besser gesagt, gehighheelt. Er war schwer beeindruckt und hat die gleiche Sache wieder abgezogen, obwohl er genau wusste, dass eine Schiffsbeteiligung in der heutigen Zeit in den meisten Fällen finanzieller Selbstmord ist.«

»Und er hat nichts gemerkt?«

Sie schüttelte den Kopf. »Ich muss jetzt los«, sagte sie dann.

Ich sah auf die Uhr und stand ebenfalls auf. Mir fiel ein, dass ich Annemarie vergessen hatte. Ich hatte mich schon ein paar Tage nicht um sie gekümmert, mein Glück war, dass sie mir so etwas nicht übel nahm. Sie hatte keine großen Ansprüche.

Als Mechthild in den Mantel schlüpfte, hätte ich sie gerne noch einmal ganz ausgezogen, aber ich fragte nur: »Wie soll das jetzt weitergehen?«

»Wir sind erwachsene Menschen, Paul. Gar nicht. Du bist nicht der Mann meiner Träume, und ich glaube, umgekehrt ist es genauso. Wir haben die Nacht genossen, und damit Schluss.«

Ich war erleichtert, und sie stieg enorm in meiner Achtung.

Endlich eine Frau, die sich genommen, was sie in diesem Augenblick gebraucht hatte – ohne die Illusion, eine dauerhafte Beziehung auf einer durchvögelten Nacht aufbauen zu können.

Ich küsste sie. »Das sehe ich genauso.« So wie sie den Kuss erwiderte, war ich mir nicht sicher, ob sie nicht vielleicht doch in naher oder ferner Zukunft …

Im Büro beugte ich mich über die Papiere, die sie mir mitgegeben hatte. Es war schwere Kost für mich, der ich von Finanzgeschäften wenig verstand. Natürlich kümmerte sich jemand anders um die Details, Wirtschaftskriminalität war nicht mein Gebiet. Trotzdem wollte ich alles verstehen.

Schon beim ersten Blatt stutzte ich. Mechthild Griemsmann hatte mir wohl aus gewohnter Diskretion den Namen ihres Kunden nicht genannt, sondern ihn immer als Herrn Sowieso bezeichnet, aber jetzt sah ich den vollen Namen.

Das gibt's doch nicht, dachte ich. Ihr Kunde war Arno Meerbusch, Land-Art-Künstler und Sohn von Anita Meerbusch mit der Villa auf Kalbsand, die Brummer so gerne gekauft hätte. War es Zufall, dass der Geschäftspartner von Konrad Borowski ausgerechnet neben dem Haus eines betrogenen Käufers erschlagen worden war?

Ich rief Susanne Siegel herein. Heute war die Bluse leuchtend gelb und der Rock grasgrün, sie sah aus wie eine Schaufensterpuppe aus den Siebzigern.

»Ich brauche ein paar Informationen«, sagte ich.

»Guten Morgen«, erwiderte sie spitz und machte eine Kunstpause. »Wie geht es Ihrer Beule?«

»Entschuldigen Sie. Guten Morgen erst mal. Und danke der Nachfrage. Gut geht's.«

Tatsächlich war die Beule fast vollständig verschwunden,

und ich musste keine Angst mehr haben, von jedem Zweiten mitfühlend darauf angesprochen zu werden.

»Ich hätte gern mehr Informationen über die geschäftlichen Verbindungen zwischen Brummer und diesem Borowski. Wissen Sie, ob die beiden viel miteinander gemacht haben, ich meine geschäftlich?«

»Die Gesellschaft, die das Hotel und die Ferienwohnungen auf Kalbsand bauen will, gehört beiden zu je fünfzig Prozent«, kam es wie aus der Pistole geschossen.

»Ferienwohnungen auch?«, fragte ich erstaunt. »Ich dachte, es ginge nur um ein Hotel?«

»Die Ferienwohnungen sollen dahin, wo die Villa Meerbusch steht.«

»Haben Sie die Protokolle der Gemeinderatssitzungen schon zusammengestellt?«

»Die liegen auf Ihrem Schreibtisch, links, Sie haben eben Ihre Kaffeetasse darauf abgestellt.«

Es wurde ein langer Morgen, aber auf keinen Fall langweilig. Zuerst nahm ich mir Borowskis Schreiben an Meerbusch vor, in dem das Unheil angekündigt wurde. Mechthild Griemsmann hatte es der Strafanzeige in Kopie beigelegt.

Sehr geehrter Herr Meerbusch,

in unserer Gesellschafterinformation vom 18. Juli dieses Jahres haben wir Sie über die wirtschaftliche Entwicklung der Fondsgesellschaft sowie über den zusätzlichen Kapitalbedarf informiert. Das Restrukturierungskonzept sieht vor, dass die erhaltenen Ausschüttungen vollumfänglich von den Gesellschaftern zurückgezahlt werden und hierdurch zusätzliche Liquidität in Höhe von TEUR 1325 in die Gesellschaft fließt.

Es folgten ein paar Floskeln, und dann las ich den entscheidenden Satz:

Sollten die Zusagen der Wiedereinzahlung der Ausschüttungen und die Zustimmungen zu den zu fassenden Gesellschafterbeschlüssen nicht deutlich erhöht werden, droht die Insolvenz der Gesellschaft und den Gesellschaftern der Totalverlust der eingezahlten Kommanditeinlage.

Mit freundlichen Grüßen

Nicht schlecht, dachte ich, da muss man seine Einlage wohl abschreiben und alles zurückzahlen, was je ausgeschüttet worden ist. Anscheinend waren nicht alle Kommanditisten von dem Restrukturierungskonzept (was für ein Euphemismus, dachte ich) überzeugt, und so kam sechs Wochen später das nächste Schreiben, das schon mit seiner Betreffzeile Angst und Schrecken verbreiten wollte.

WICHTIGE GESELLSCHAFTERINFORMATION!

Drohende Insolvenz der Gesellschaft

Sehr geehrter Herr Meerbusch,

von der vorgesehenen Kapitalerhöhung in Höhe von TEUR 1350 liegen bislang Zusagen von Gesellschaftern in Höhe von lediglich TEUR 622 vor. Die Gesellschaft erwartet für das laufende Jahr einen Verlust von TEUR 1180.

Die Gesellschaft bittet daher ausdrücklich darum, dass die Gesellschafter, die sich bisher noch nicht zu einer Rückzahlung der Ausschüttung bereit erklärt haben, ihre Entscheidung überdenken.

Meerbusch hatte sich geweigert, auch nur einen Cent zurückzuzahlen, obwohl Borowski in einem letzten Schreiben an die zögernden Kommanditisten jedem, der sich bis zu einem bestimmten Zeitpunkt am »Restrukturierungskonzept« beteilige, angeboten hatte, das Geld mit zehn Prozent zu verzinsen.

Nun wurde die ganze Sache endgültig unglaubwürdig. Woher sollte, fragte ich mich, obwohl ich von Finanzen wenig verstehe, bei einer fast insolventen Gesellschaft das Kapital für solch einen Zinssatz kommen?

Drei Wochen später musste die Gesellschaft tatsächlich Insolvenz anmelden. Meerbusch war seine gesamte Einlage von vierhunderttausend Euro los und musste außerdem laut Handelsrecht seine gesamten Ausschüttungen zurückbezahlen. Ich recherchierte und stieß auf Renditen von sechs bis acht Prozent. Für vier Jahre waren das bei einem angenommenen Zins von vielleicht sieben Prozent immerhin hundertzwölftausend Euro.

Ich staunte. Eine Rückfrage bei Mechthild ergab, dass Arno Meerbusch das Geld zurzeit wohl gar nicht aufbringen konnte. Er und seine Mutter hatten viel in die alte Villa gesteckt, und ein Land-Art-Künstler gehörte nicht gerade zu den Großverdienern. Seine Mutter werde wohl einspringen, erzählte Mechthild. Arno Meerbusch wolle das Verfahren gegen Borowski abwarten und ebenfalls eine Strafanzeige erstatten, wenn sich ein Erfolg abzeichne. Derzeit habe er nicht einmal das Geld für einen Anwalt.

8
Kapitel

Als Nächstes nahm ich mir die Protokolle der Gemeinderatssitzungen vor. Brummer hatte in den letzten Jahren neben einigen kleinen Bauvorhaben, die jeder andere auch durchbekommen hätte – neue Toilettenräume für seine Mitarbeiter und eine Waschhalle für die Lkws –, zwei größere Projekte in der Gemeinde Marschenfleth beantragt. Das große Gewerbegebiet gehörte noch nicht dazu, es war schon, bevor Brummer sich darum gekümmert hatte, das Lieblingsprojekt des Bürgermeisters gewesen. Der Bau einer Autobahn war bereits seit Jahren angekündigt worden, mit großem Elbtunnel und Auffahrten, außerdem sollte die neue mit der alten Autobahn verbunden werden, doch bisher war nur der Name der Schnittstelle konkret geworden. »Kehdinger Kreuz« sollte das Autobahnkreuz genannt werden, und weil die Gutachter der Gemeinde grandiose Zukunftsaussichten suggeriert hatten, wollte der Bürgermeister zweihundert Hektar vom besten Ackerland der Ortschaft mit Asphalt zuschütten und ein Gewerbegebiet installieren. Nur wenige konnten glauben, was die Gutachter erzählten, die von der Gemeinde Marschenfleth beauftragt worden waren, und so wurde das Projekt in aller Stille beerdigt.

Bis Brummer die Sache in die Hand nahm und dafür zu trommeln begann. Er sicherte zu, die ersten fünf Hektar zu erwerben, und unterschrieb mit großem Tamtam und mit journalistischer Begleitung eine Absichtserklärung, die natürlich das Papier nicht wert war, auf das sie geschrieben war.

Susanne Siegel hatte die ganzen Zusammenhänge aufgelistet. Im Gemeinderat war über das Projekt noch nicht abgestimmt worden, die Voraussetzungen waren planungsrechtlich nicht gegeben, es war, kurz gesagt, ein reiner PR-Gag.

Anders verhielt es sich mit dem Hotel, Brummers und Borowskis großem Tourismusprojekt. Kalbsand hatte einen kilometerlangen Sandstrand, der an sonnigen Sommertagen gerne genutzt wurde, es gab eine Station mit ein paar Rettungsschwimmern und einen kaum genutzten Anleger, an dem in früheren Zeiten Ausflugsdampfer angelegt hatten – der Pfarrer hatte mir davon erzählt. Die Hotelgesellschaft der beiden hatte einen Bauantrag für ein Hotel mit zwanzig Zimmern und ein Nebengebäude mit mehreren Ferienwohnungen gestellt. Die Debatte darüber war öffentlich gewesen, und ich fand jetzt die Gegenleistungen, die Elke Brummer so vehement bestritten hatte.

Der Gemeinderat hatte sich mit nur ganz wenigen Gegenstimmen dafür ausgesprochen, die Planungskosten für das Projekt zu übernehmen. Ich glaubte erst, mich verlesen zu haben, aber das passierte mir in dieser Geschichte mittlerweile öfter. Eine Kommune übernahm die Planungskosten für ein gewerbliches, gewinnorientiertes Projekt und dazu die Kosten für die obligatorischen Ausgleichsmaßnahmen, und das alles vor dem Hintergrund der vielen Kredite und »kurzfristigen, nicht rückzahlbaren Darlehen«? Ich schätzte die Gesamtsumme auf sechzig- bis achtzigtausend Euro. Gut verzinstes Geld, dachte ich, aber es kam noch dicker.

Die Gemeinde hatte nämlich keine Höhenbegrenzung für die beiden Gebäude festgelegt. Brummer hätte also, wenn er gewollt hätte, einen sechs- oder siebenstöckigen Kasten hinter den Elbdeich setzen können, die Baugenehmigung hätte das erlaubt. In diesem Punkt hatte es in der öffentlichen Sitzung des Gemeinderats Streit gegeben, ein paar mutige Bürger hatten in der Fragestunde den Bürgermeister um eine Stellungnahme gebeten. Hans Grasser hatte Hilfe suchend zu Brummer gesehen, der ebenfalls im Gemeinderat saß und nun losgepoltert hatte, dass er dieses widerliche Misstrauen satthabe. Ständig würden ihm die übelsten Dinge unterstellt, dabei habe er schon so viel für die Gemeinde getan. Er wisse genau, welche Höhe die Richtige für Kalbsand sei. Man solle ihm doch bitte schön nicht dauernd Knüppel zwischen die Beine werfen.

Wenn er das schon so genau wisse, könne er doch auch einer Höhenbegrenzung zustimmen, hatte jemand zaghaft eingewendet.

Falls eine Höhenbegrenzung käme, hatte Brummer gedröhnt, werde er das ganze Projekt einstampfen lassen.

So weit musste er es aber gar nicht kommen lassen, denn der eingeschüchterte Gemeinderat verzichtete auf jegliche Vorgaben.

Ich sah auf die Uhr. Halb zwei, das Mittagessen hatte ich ausfallen lassen. Wenn ich mich beeile, dachte ich, schaffe ich es noch bis zur Beerdigung.

Der alte Dorffriedhof war eine Ödnis mit Gräbern. Es gab kaum Bäume oder Sträucher, die Schatten gespendet oder bei einem kleinen Regenschauer Schutz geboten hätten. Ich kannte Friedhöfe, die so einladend wie Parks waren und als Erholungsgebiete genutzt wurden, in denen Kinder spielten und Liebespaare eng umschlungen Spaziergänge machten. Doch auf diesem Friedhof wurden seit Jahrhunderten die Toten bestattet, und noch nie war jemand auf die Idee gekommen, sich Gedanken über die Gestaltung zu machen.

Ich verzichtete auf die Trauerfeier, trug mich auch nicht ins Kondolenzbuch ein, sondern hielt mich ein wenig abseits und beobachtete die Trauergesellschaft. Es waren so viele Leute gekommen, dass nicht alle Platz gefunden hatten in der kleinen

Friedhofskapelle. Eine große Menschentraube stand noch am Eingang und versuchte, die Worte des Pfarrers zu verstehen.

Schließlich wurde das große Tor geöffnet, die Sargträger, alte Männer in Frack und Zylinder, rollten den Sarg aus der Kapelle. Elke Brummer saß in einem Rollstuhl, ihr verletztes Bein hinderte sie wohl immer noch am Gehen. Es folgten das Ehepaar Borowski, der Bürgermeister und einige Leute, die ich für Verwandte hielt. Das halbe Dorf schien gekommen zu sein. Christina Borowski sah hinreißend aus, sie trug ein schwarzes Kleid mit einem grauen, locker über die Schultern gelegten Schal und farblich passende Schuhe. Ihr dunkelgrauer Mantel war vorne offen. Sie schien großen Wert darauf zu legen, dass sich die Schuhfarbe in der Kleidung spiegelte. Das war mehr als eine Marotte, es war Stil. Entweder trauerte sie wirklich, oder sie war eine gute Schauspielerin. Grassers Bemerkung, sie und Brummer hätten etwas miteinander gehabt, glaubte ich mittlerweile nicht mehr. Es gab keinerlei Hinweise von anderen, die das bestätigt hatten, und so, wie sie sich in ihrer Trauer an ihren Mann klammerte, schien mir das völlig unsinnig.

Der Pfarrer sprach ein paar Worte am Grab, ich verstand ihn aus der Entfernung nicht und beobachtete stattdessen die Anwesenden. Irgendwo in der Nähe, da war ich mir sicher, stand der Mörder, ich musste nur die Unschuldigen um ihn herum identifizieren.

Als Hannah ein kleines Mädchen war, schnitzte ich ihr einmal aus einem Stück Lindenholz einen kleinen Löffel. Sie sah mir begeistert zu, und als ich ihr erklärte, das sei ganz einfach, der Löffel sei in diesem Holzstück versteckt, ich müsse nur das Holz, das nicht zum Löffel gehöre, wegschneiden, nickte sie und hatte das Prinzip verstanden. Diese Geschichte kam mir in den Sinn, als ich die Trauergäste beobachtete. Genau so muss ich vorgehen, dachte ich.

Der Sarg senkte sich in die Erde, und Elke Brummer schüttelte weinend unzählige Hände. Der Pfarrer kam auf mich zu und fragte leise: »Sind Sie schon weiter?«

»Nicht wirklich. Ich brauche noch ein paar Informationen von Ihnen.«

»Fragen Sie«, sagte er. »Kommen Sie mit zur Kapelle?«

Während wir gemeinsam über den Friedhof gingen, vergewisserte ich mich: »Sie waren doch bei der privaten Silberhochzeitsfeier der Brummers dabei?«

Er nickte.

»Sie können sich an den Streit erinnern?«

Er nickte wieder.

»Zuerst hieß es, das Ehepaar Brummer habe sich gestritten, inzwischen liegt uns aber eine Aussage vor, dass Konrad Borowski am Streit beteiligt gewesen sei.«

»Stimmt«, sagte er. »Ich hatte nicht mehr daran gedacht. Wissen Sie, Elke und Nikolaus Brummer haben sich so oft gestritten, und als ich ihre Stimmen hörte, bin ich selbstverständlich davon ausgegangen, dass es mal wieder so weit war. Ich sprach gerade mit der Nichte von Elke Brummer, ich habe sie letztes Jahr konfirmiert, als ich die drei vor den Toilettentüren streiten sah.«

»Wissen Sie, worum es da gegangen sein könnte?«

Der Pfarrer schüttelte den Kopf. »Ich habe gemerkt, dass es dem Mädchen peinlich war, ihre Tante so herumkeifen zu hören. Ich habe sie dann einfach zum Kuchenbuffet geschleift, deshalb kann ich dazu nichts sagen.«

»Kennen Sie eigentlich die Borowskis?«

»Na ja«, sagte er, »kennen ist vielleicht ein bisschen übertrieben. Christina Borowski singt sehr engagiert im Kirchenchor und er … na ja.«

Ich sah ihn fragend an.

»Kommen Sie mit hinein?«, fragte er mich, als wir vor dem immer noch offenen Tor der Kapelle standen, durch das vorhin Nikolaus Brummers Sarg geschoben worden war. »Ich muss mich umziehen. Sind Sie auch beim Kaffeetrinken dabei?«

Ich schüttelte den Kopf. »Ich gehöre ja nicht zu den Trauernden.«

Der Pfarrer lachte. »Da wären Sie nicht alleine, da stehen lauter Heuchler am Grab! In keiner Ortschaft der gesamten Gemeinde gibt es so wenig sozialen Zusammenhalt wie hier.«

Ich staunte: »Ach, Elke Brummer hat mir genau das Gegenteil erzählt. Sie sagte, hier sei es ganz besonders harmonisch oder so ähnlich.«

»Elke Brummer hat sich die Welt schon immer nach ihren Bedürfnissen zurechtgelegt.«

Oder zurechtgesoffen, dachte ich im Stillen.

»Ich muss los«, sagte ich. »Was war denn mit dem Borowski?«

»Er ist einfach ein unangenehmer Mensch. Anita und Arno Meerbusch können Ihnen da sicher weiterhelfen.«

»Arno Meerbusch hat ihn angezeigt«, meinte ich, worauf mich der Pfarrer erstaunt ansah.

»Weshalb genau?«

»Es geht um Falschberatung.«

»Endlich traut sich mal einer«, sagte der Pfarrer, wünschte mir noch einen schönen Tag und verschwand in der Kapelle.

Ich ging zum Auto. Als ich die Tür aufschloss, fiel mir auf, dass ich etwas verwechselt hatte. Nicht Arno Meerbusch, sondern Mechthild Griemsmann hatte Borowski angezeigt.

Auch die Trauergäste kamen langsam zum Parkplatz, stiegen in ihre Autos und fuhren los – die meisten wollten wohl zu dem Lokal auf Kalbsand, in dem Brummer seine letzten Stunden verbracht hatte. Ich fuhr hinterher.

Vor der Villa Meerbusch lagen noch die Reste der Bäume, die den Garten beschattet hatten, bevor Brummers Baumfäller kurzen Prozess gemacht hatten. Gleich nach der Fällaktion war ein großer Trecker mit einer Häckselmaschine gekommen, so hatte es mir Arno Meerbusch geschildert, und in weniger als einer Stunde war die ganze Pracht nur noch ein Haufen feuchter Holzhäcksel gewesen.

Ich klingelte. Niemand öffnete, ich hatte aber nicht das Gefühl, dass jemand hinter der Gardine stand und mir beim Klingeln zusah. Es war wohl wirklich niemand da.

Ich stellte mich auf den Deich und wollte den warmen Wind genießen, der nach dem vielen Regen endlich gutes Wetter ankündigte, aber er schob nur den Geruch von Pommes und Currywurst den Deich hoch. Ich drehte mich um und stellte fest, dass der Weg zum Anleger von billigen Fressbuden gesäumt war. Wie sollten hier Luxusferienwohnungen und hochpreisige Hotelzimmer vermietet werden, wenn es abends nur Dosenbier und Currywurst zu kaufen gab? Wer war nur auf die Idee gekommen, den Tourismus auf solch einem Niveau ankurbeln zu wollen?

Ich lief durch die Duftschwaden bis zum Anleger und sah auf die Elbe. Die Sicht war nicht besonders klar, und das gegenüberliegende Ufer war kaum zu erkennen. Ich bin kein Wassersportler, und schwimmen kann ich auch nicht besonders. Weil ich es nicht in der Schule gelernt hatte, musste ich mir alles selbst beibringen. Entsprechend ist meine Technik, und wenn ich früher mit Hannah an die Elbe zum Baden fuhr, planschte ich mit ihr immer nur ein bisschen herum, aber meine Schwimmkünste hatten der Siebenjährigen dennoch imponiert.

Nur einmal hatte mir das Segeln auf der Elbe wirklich Spaß gemacht. Ich war von einem Freund zu einer Segeltour eingeladen worden. Willy war ein Könner, der schon mit seiner schwangeren Frau in einer kleinen Jacht den Atlantik überquert hatte. Bei unserem Segeltörn hatte der Wind stark aufgefrischt, Willy reichte mir wortlos die Schwimmweste, schließlich hatten wir Windstärke sieben oder acht, die Elbe kabbelte, wie er sagte, kleine, schnell wechselnde Wellen ließen das Schiff stark schaukeln. Er stand ohne erkennbare Regung an der Pinne, während das Boot so stark krängte, dass ich mich auf seine Anweisung so weit aus dem Boot lehnte, wie ich konnte. Willy hielt das Ruder mit dem Knie auf Kurs und drehte sich in aller Seelenruhe eine Zigarette. »Willst du auch eine?«, fragte er, doch ich schüttelte den Kopf, ich hatte genug mit meinem Gleichgewicht zu tun. Er strahlte eine Ruhe und Sicherheit aus, die mich keine Sekunde an seinen Fähigkeiten zweifeln ließ. Ich hatte den Kitzel als angenehm empfunden.

Ich verließ den Anleger und lief dahin, wo Jakob getauft und Brummer ermordet worden war. Unter den hohen Bäumen hatte die Flut eines der Land-Art-Objekte weggespült, die Eichenpfähle waren jedoch unversehrt, so weit ins Land kam das Wasser selten. Die einen standen noch festgerammt in der Erde, die anderen lagen scheinbar wahllos herum. Bis hierher reichte die Kraft der Elbe nicht. Wenn das Wäldchen bei Hochwasser überschwemmt wurde, richtete der Fluss keinen Schaden mehr an. Das Zelt des Pfarrers war wieder abgebaut.

Der Streit, dachte ich, ist in dieser Ermittlung wichtiger, als ich zu Beginn gedacht hatte.

Ich nahm mein Handy und fotografierte noch einmal den Tatort und die Umgebung, als es plötzlich klingelte.

Mechthild Griemsmann.

Ich zögerte, denn ich befürchtete entweder völlige Zerknirschung mit schlechtem Gewissen oder heiße Liebesschwüre mit Wiederholungswunsch.

»Schlegel«, sagte ich schließlich.

»Paul?« Ihre Stimme klang fröhlich. »Danke, dass du heute früh so reagiert hast. Das wollte ich dir nur sagen.« Und schon hatte sie aufgelegt.

Verdutzt sah ich auf das Telefon. Schließlich begriff ich, welche Reaktion sie gemeint hatte. Ich bedauerte, dass sie sofort aufgelegt hatte, denn ich hätte ihr gerne das gleiche Kompliment gemacht.

Ich kletterte den Deich hinauf und lief zu meinem Auto. Kurz vor der Villa Meerbusch klingelte das Handy wieder. Ich freute mich auf Mechthilds Stimme, aber auf dem Display stand »Hannah«.

»Papa?«, sagte sie genauso gut gelaunt wie meine vorige Gesprächspartnerin. »Wir wollten doch einmal Stint essen gehen, oder?«

Ich war begeistert. »Ja, hast du Zeit?«

»Ich habe einen Babysitter, heute Abend würde es gehen.«

»Ich hole dich ab, halb acht?«

»Acht Uhr ist besser, dann schläft der Kleine bestimmt.«

Ich hoffte, dass die Zeit für frischen Stint noch nicht abgelaufen war. Der kleine Fisch wird immer nur in den Winter- und Frühjahrsmonaten gefangen, wenn er zum Laichen in die Flüsse einwandert. Die Feinschmecker in Hamburg, Stade oder an der Oste freuen sich jeden Winter auf den Beginn der Stintsaison. In frischem Roggenmehl gewendet, werden die kleinen Fische ausgebraten und mit Kartoffelsalat und einem frischen Bier serviert, kein Essen für einen Gourmettempel, aber einfach und gut. Der Stint ist mein Lieblingsfisch, und ich versuche, ihn mir jedes Jahr mindestens einmal schmecken zu lassen. Sein Laichverhalten ist aber nicht so planbar, und so war ich schon mehrmals zu spät gekommen und musste dann enttäuscht mit Zander oder Scholle vorliebnehmen.

Die Restaurants an den kleinen Nebenflüssen der Elbe, an der Schwinge oder der Oste, gelten als Geheimtipp unter den Stintliebhabern. Dort sind die Fische immer frisch, denn die letzten Flussfischer verkaufen ihre Waren nicht an den Großmarkt, sondern an die Gastronomie in den Dörfern. Entsprechend günstig sind die Gerichte. Und sie sind einfach, die Küche kommt ohne Kresseschäumchen oder Carpaccio vom Koberind aus.

Fisch, Kartoffelsalat, Bier – das war's, und ich freute mich darauf.

9 Kapitel

Ich steuerte mein Lieblingsrestaurant an, ein altmodisches Lokal, dessen Eingangstür so quietschte, dass man meinen konnte, die Angeln seien seit dem Einbau kein einziges Mal geölt worden. Die letzte Renovierung musste, so spottete ich immer, wenn ich jemandem das Restaurant empfahl, kurz nach Kriegsende stattgefunden haben. Und ich meine nicht den letzten Krieg, fügte ich nach einer Kunstpause gerne hinzu und war mir jedes Mal sicher, zustimmendes Gelächter zu ernten.

Das Haus stand auf dem Ostedeich mit einem traumhaften Blick über den Fluss. Es hatte eine mit billigen Paneelen verkleidete Veranda, die bei stärkerem Wind aber nicht zu benutzen war, weil jeder Gast Angst bekam, ihm würde der Fisch vom Teller geweht werden. Man saß in diesem Vorbau auf weißen Plastikstühlen aus dem Baumarkt, die Gaststube selbst war mit unzähligen Utensilien aus der Seefahrt vollgehängt. Große Seesterne waren neben Kapitänsmützen, imposante Muscheln in einem Fischernetz drapiert. Die Gaststube war winzig, es hatten drei, höchstens vier Tische darin Platz.

»Flusshotel zum einsamen Matrosen« nannte sich das Etablissement, das über drei Doppelzimmer mit Gemeinschaftsbad auf dem Flur verfügte. Und es war Kult, obwohl oder vielleicht gerade weil das Essen eher einfach war, ich will das nicht schönreden. Neben dem Frühjahrsstint bot der Koch eine fette Currywurst, gemischten Braten oder Würstchen an. Und ab und zu Erbsensuppe, dazu gab es ein Beilagenbuffet, mit Gurkensalat, der stundenlang in seiner Soße schwamm. Samstags war der Laden brechend voll, unter der Woche konnte man sich meistens den Tisch aussuchen.

Die kleine Straße führte am Deichfuß entlang, sie war einspurig, und man freute sich, wenn einem keiner entgegenkam.

»Da würde ich nie hinfinden«, sagte Hannah, während wir einer der unzähligen Biegungen des Deichs folgten.

»Immer geradeaus«, spottete ich und freute mich auf das Abendessen mit ihr.

Auf dem Parkplatz vor dem Lokal stand nur ein Auto, und ich konnte es kaum glauben: Ich kannte den Wagen. Ich wusste, wer damit jeden Morgen in die Polizeiinspektion zur Arbeit fuhr.

Im selben Moment klingelte mein Handy. Ich kannte die Nummer nicht und drückte auf das grüne Symbol.

»Ja, bitte.«

»Herr Schlegel?«, fragte eine schüchterne Frauenstimme.

Ich bestätigte noch einmal meinen Namen und sah leicht ungeduldig zu Hannah.

»Hier ist Elke Brummer.«

Ich staunte, denn ich hatte zwar meine Karte auf ihrem Tisch liegen gelassen und sie gebeten, mich anzurufen, wenn ihr noch etwas Wichtiges einfiele, aber kaum mit einem Anruf gerechnet.

»Als Sie bei mir waren, haben Sie mich gefragt, ob mein Mann sich bedroht gefühlt hat, Sie erinnern sich?«

»Ja, natürlich.«

»Er wurde tatsächlich bedroht.«

»Wurde er tatsächlich bedroht, oder hat er sich bedroht gefühlt?«

»Er hat mir keinen Namen genannt, aber er hat sich aus diesem Grund eine Pistole besorgt.«

»Eine Pistole?«, fragte ich überrascht. »Aber er ist doch Jäger, ich erinnere mich an die ganzen Geweihe bei Ihnen im Haus? Hatte er denn kein Gewehr?«

»Er konnte doch nicht mit einem Gewehr durchs Dorf laufen«, erwiderte sie ungehalten. »Deshalb trug er oft die Pistole bei sich.«

»Hatte er dafür einen Schein, eine Waffenbesitzkarte?«, wollte ich wissen.

»Das weiß ich nicht, aber er hat die Pistole nie im Waffenschrank aufgehoben ...«

»... sondern im Safe«, ergänzte ich, und mir war schlagartig klar, weshalb die weißblonde Dame verhindert hatte, dass ich in den Safe sehen konnte. »Wissen Sie, wer ihm die Pistole besorgt hat?«

»Ich glaube nicht, dass er sie im Waffengeschäft gekauft hat. Wissen Sie, vor ein paar Wochen kam jemand zu uns nach Hause. Ich habe ihn nur von ferne im Garten gesehen, mein Mann hat ihn nicht ins Haus gebeten. Vermutlich hatte er die Waffe von diesem Mann, aber das ist nur eine Vermutung.«

»Haben Sie die Waffe noch?«

»Im Safe«, sagte sie, »die Pistole liegt im Safe.«

Ich wies sie an, die Waffe nicht zu berühren, und legte auf.

»Wollen wir nicht aussteigen?«, fragte Hannah ungeduldig, nachdem ich eine Weile nachdenklich in die Nacht hinausgesehen hatte.

»Wenn meine Vermutung stimmt, gehe ich da nicht rein«, erklärte ich. »Kannst du bitte mal nachsehen, wer da in der Gaststube sitzt?«

»Soll das ein Witz sein?«

»Mach es bitte einfach.«

Hannah stieg, immer noch verwundert, aus, nahm die

Treppe, die auf den Deich führte, mit ein paar großen, sportlichen Schritten und stand dann eine Weile unentschlossen an der Gaststättentür. Schließlich ging sie hinein.

Jetzt siegte doch meine Neugier, und ich ging hinter ihr her. Als sie wieder herauskam, gelang es mir, einen Blick in die fast leere Gaststube zu werfen. Ich schluckte. In der Ecke des kleinen Raums saß eine Frau mit einer lilafarbenen Bluse und hielt mit der rechten Hand verliebt die Linke ihres Gegenübers. Susanne Siegel und Dirk Hildebrand turtelten, und als er seine Hand zärtlich auf ihre Wange legte, hatte ich genug gesehen.

Ich schüttelte den Kopf.

»Was ist denn?«, fragte Hannah genervt.

Ich konnte ihr natürlich nicht erzählen, dass ich ab und zu davon geträumt hatte, Susanne Siegel aus ihrer Bluse zu schälen und zwischen ihren großen Brüsten zu versinken.

»Das sind Mitarbeiter von mir«, sagte ich nur. »Und die will ich nicht auch noch abends um mich herum haben.«

Wir fuhren nach Osten, setzten uns in den Fährkrug und bestellten Stint.

»Kommst du mit deiner Arbeit voran?«, fragte Hannah neugierig. Schon als kleines Mädchen wollte sie immer alles wissen, ich hatte mich dann manchmal dabei ertappt, ihr Dinge erzählt zu haben, für die sie eigentlich noch zu jung gewesen war.

»Na ja«, sagte ich, nahm einen kleinen Stint und biss herzhaft ein Stück davon ab. Schon immer hatte ich die Art gemocht, wie man diese Fischspezialität aß: Mit der Hand nahm man den panierten Stint am Schwanz und verschlang ihn mit Haut und den wenigen, unbedeutenden Gräten, die ganz Überzeugten störten sich noch nicht einmal am Kopf. Nur die Schwänze blieben übrig.

Ich erzählte meiner Tochter von Brummers Tod, seinen offensichtlichen Bestechungen und Borowskis Betrügereien. Und vom Streit zwischen dem Ehepaar und dem Steuerberater.

»Das hat etwas miteinander zu tun«, sagte sie überzeugt, »das habe ich im Gefühl.«

»Du liest zu viele Krimis«, erwiderte ich und nahm einen Schluck Bier, »oder ich habe dich schon früh mit den ganzen Gruselgeschichten aus meiner Arbeit verdorben.«

»Das ist doch sonnenklar: Das Mordopfer liegt nur ein paar Hundert Meter neben dem Haus, wo das zweite Opfer wohnt, also der Mann, der sein ganzes Geld verloren hat. Beide hatten etwas mit dem Steuerberater Jablonski zu tun. Siehst du da wirklich keinen Zusammenhang?«

»Borowski, nicht Jablonski«, verbesserte ich sie und wurde nachdenklich.

»Habt ihr eigentlich die Tatwaffe schon gefunden?« Hannah wäre eine gute Ermittlerin geworden. Derzeit lernte sie Rechtsanwaltsgehilfin, da war ein solcher Spürsinn sicher auch manchmal nützlich.

»Nein, wir vermuten, dass es ein kräftiger Ast oder ein Stück Treibholz war. Der Täter wird es anschließend in die Elbe geworfen haben.«

Ich sah auf die Oste und wollte von etwas anderem reden. Mich interessierte, wie es Jakob in den Tagen nach der Taufe gegangen war und ob sie sich in ihrer neuen Wohnung wohlfühlte, aber Hannah erzählte nur kurz angebunden, gab ein paar Details aus ihrem aktuellen Leben preis und kam über Umwege immer wieder auf den Mord zu sprechen.

»Weißt du eigentlich«, fragte sie mich, »wie ich darauf gekommen bin, Jakob an der Elbe taufen zu lassen?«

Ich schüttelte den Kopf und ließ den letzten Fisch in meinem Mund verschwinden.

»Ich liebe Flüsse, das weißt du ja, und als ich in der Zeitung von dem Land-Art-Projekt gelesen hatte, bin ich zur Vernissage gegangen. Da wurde gerade das Zelt aufgebaut, und ich habe den Pfarrer getroffen. Er hat erzählt, dass das Zelt ein paar Wochen stehen bleiben würde, der Rest hat sich von selbst ergeben. Ich bin eigentlich davon ausgegangen, dass die Taufe in der kleinen Holzkirche stattfindet, aber der Pfarrer wollte es unbedingt an der Elbe machen. Ich fand das auch ziemlich cool. Steht das Zelt eigentlich noch?«

Ich holte mein Handy aus der Tasche, öffnete die Bildergalerie und schob das Telefon zu ihr hinüber: »Die Bilder habe ich heute Nachmittag gemacht.«

Sie zappte sich durch die Fotos und wurde stutzig. »Ist das der Tatort?«

Ich sah auf das Bild und nickte.

»Da fehlt ein Holz!« Sie wischte aufgeregt über die Abbildung, bis das Land-Art-Kunstwerk vergrößert war. »Es waren zehn!«, fuhr sie fort. »Zehn rohe Hölzer waren in die Erde gerammt, und zehn bearbeitete lagen herum. Es waren zweimal zehn, ich habe bei der Eröffnung mit dem Künstler darüber geredet. Die Symmetrie der Zahl sei ihm wichtig, hat er gesagt, er wolle damit die Weite des Ufers mit Zahlen einengen.«

Ich sah sie mit offenem Mund an. »Ach so«, brachte ich nur heraus.

»Auf dem Bild sind aber nur neun zu sehen!« Sie triumphierte. »Da habt ihr eure Tatwaffe, jetzt müsst ihr sie nur noch finden.«

Ich war skeptisch, womöglich wollte ich auch meiner Tochter den kleinen Triumph nicht gönnen, schlauer als ihr Vater gewesen zu sein.

»Vielleicht war es ja auch Vandalismus. Kunst im öffentlichen Raum wird ja meistens irgendwann zerstört.«

»Das muss aber ein sehr feinsinniger Vandale gewesen sein«, konterte sie, »wenn er nur ein einziges Stück Holz mitnimmt. Vandalen schlagen normalerweise alles kurz und klein.«

Sie hatte mich überzeugt, und ich hätte am liebsten gleich Hildebrand angerufen, doch mir fiel ein, dass er in diesem Moment ein paar Kilometer weiter seine neue Liebe zum Essen ausführte, oder war es sogar umgekehrt? Vielleicht hatte sie ja die Initiative ergriffen?

»Wie geht es Marianne?«, fragte ich, als das Dessert serviert wurde.

»Wieso fragst du eigentlich immer wieder nach ihr? Du bist noch nicht drüber hinweg, oder?«

Sie hatte einen wunden Punkt getroffen. Ich machte eine abwehrende Handbewegung und schwieg. Es war tatsächlich so, ich hatte die Trennung noch nicht verwunden und erkundigte mich bei Hannah öfter nach meiner Exfrau. Jedes Mal, wenn ich Marianne sah – es gab manchmal Dinge zu klären, denn wir hatten damals keine Gütertrennung vereinbart, und ein paar Bankangelegenheiten waren noch immer nicht auseinanderdividiert –, begann mein Herz, schneller zu schlagen. Manchmal nur vor Aufregung, oft aber, weil ich sie am liebsten gepackt hätte und mit ihr in unser altes Leben zurückgekehrt wäre. Aber wahrscheinlich war es ähnlich wie bei Brummers: Ich konnte nicht mit ihr und auch ein bisschen nicht ohne sie.

»Du bist einsamer, als du es dir eingestehen willst«, stellte Hannah fest und wischte sich ein bisschen Schokoladeneis vom Pullover. Manchmal kleckerte sie immer noch wie ein kleines Schulmädchen.

»Schon gut«, sagte ich bedrückt. Hannah war in der Lage, mit einer winzigen Bemerkung alte Wunden aufzureißen.

»Schälst du dir immer noch eine Orange, wenn's schlimm kommt?«, erkundigte sie sich. Immerhin lag in ihrer Stimme nicht nur der ihr manchmal eigene, erbarmungslose Spott, sondern auch ein wenig Mitgefühl, was mich tröstete.

Mir ging es wie vielen anderen Eltern, die ihren Kindern Marotten oder dumme Angewohnheiten gestanden hatten, die besser niemals erwähnt worden wären. Die meisten Kinder lieben es nämlich, selbst wenn sie längst erwachsen sind, sich immer wieder über Spleens, Grillen oder Schnurren ihrer Erzeuger lustig zu machen.

In meiner Kindheit pflegten meine Eltern, wenn sie spätabends noch eine Orange aßen, uns Kindern einen Schnitz übrig zu lassen. Morgens strahlten wir, wenn auf dem Frühstückstisch für jedes Kind ein kleiner Teller stand, auf dem uns ein einzelner Orangenschnitz entgegenlachte, mit eingetrockneter Haut, dünn wie das feinste Papier und leicht bitter geworden in der Nacht. Aber das Fleisch und der Saft der Frucht schmeckten umso köstlicher. Vielleicht spürten wir in dieser Geste auch die Fürsorge der Eltern und das Glücksgefühl, dass sie an uns gedacht hatten.

In den ersten Monaten nach der Trennung von Marianne hatte ich einmal zufällig eine halbe Apfelsine über Nacht in meiner Küche stehen lassen. Als ich sie am nächsten Morgen entdeckte und aufaß, die papierne Haut der Frucht auf der Zunge spürte, war ich plötzlich von diesem tröstenden Gefühl der Kindheit umfangen, und mir ging es schlagartig besser. Leider hatte ich Hannah davon erzählt und ihr gestanden, dass ich ab und zu, wenn mich der Weltschmerz packte, von dieser harmlosen Marotte Gebrauch machte, um mich wieder aufzubauen.

Ich bestellte mein drittes Bier und einen Korn zum Abschluss – mein Ritual nach dem Stintessen.

»Willst du auch noch etwas, Hannah?«

»Den Autoschlüssel«, sagte sie trocken, und als ich sie abweisend ansah, wurde sie wütend. »Du hast schon einmal den Führerschein deswegen verloren, ich nehme mir sonst ein Taxi.«

Missmutig gab ich ihr den Schlüssel. Ich wollte keinen Streit mit ihr anfangen, und die Erinnerung an die Blutentnahme unter Aufsicht der Streifenpolizisten, die ich alle persönlich gekannt hatte, tat ein Übriges. Es war kurz nach einem Streit mit Marianne gewesen, noch vor unserer Trennung, und ich war so wütend gewesen, dass ich mich ins Auto gesetzt hatte und losgefahren war. Ich hatte kein Ziel gehabt und darüber hinaus vergessen, dass ich fast eine Flasche Soave intus hatte. Mit anderthalb Promille war ich knapp an einem Disziplinarverfahren vorbeigeschrammt.

Schweigend fuhren wir nach Hause. Ich ärgerte mich maßlos über mich selbst, denn ich hatte Hannah fast den Abend verdorben. Sie setzte mich in der Bungenstraße vor meiner Wohnung ab und meinte, sie werde mir das Auto am nächsten Tag vorbeibringen.

»Schönen Gruß an Annemarie«, sagte sie zum Abschied und lachte.

Ich legte ein Klavierkonzert von Beethoven auf, doch nach kurzer Zeit konnte ich das romantische Gedröhne nicht mehr hören und schob eine Bruce-Springsteen-CD ein, holte eine Flasche Weißwein aus dem Kühlschrank und setzte mich in meinen Sessel. Den Wein trank ich aus der Flasche. »Nachdenken über Christa T.« hieß ein erfolgreiches Buch aus der DDR-Zeit. Ich versuchte ein Nachdenken über Marianne S., Mechthild G., Susanne S. und Christina B., doch es gelang mir nicht.

Natürlich hatte ich kein Alkoholproblem. Hannah hatte überreagiert – nur weil man einmal mit ein paar Promille zu viel erwischt worden war, hieß das noch lange nicht, dass man ein Trinker war. Bevor Hannah auf die Welt kam, wohnten wir in einem kleinen Reihenhaus in einem Vorort von Stade. Dauernd wurden in der Nachbarschaft Geburtstage, Verlöbnisse, grüne, hölzerne oder silberne Hochzeiten gefeiert. Marianne gingen die Nachbarschaftsbesäufnisse irgendwann auf die Nerven, sie trank ostentativ nur noch Mineralwasser und verzog keine Miene, wenn von den leicht angetrunkenen Männern dumme Zoten über die möglichen Gründe gerissen wurden.

Wir zogen irgendwann weg, aber vorher mussten sich drei Nachbarn und ich einmal auf unserer Terrasse übergeben. Als Marianne das gesehen hatte, schickte sie, ohne mit der Wimper zu zucken, unseren Hund nach draußen, der die Reinigungsarbeiten übernahm, er schlabberte einfach alles auf, was wir von uns gegeben hatten.

Kurz nachdem Marianne schwanger geworden war, zogen wir um. Sie war froh, dass das Haus für drei zu klein gewesen wäre, denn sie wollte da weg. Stattdessen kauften wir ein größeres Haus im Uppsalaweg. Seitdem hatte ich nur noch selten zu viel getrunken, höchstens mal bei Geburtstagseinladungen oder wenn wir Gäste hatten. Dabei hatte ich immer den Vorteil, dass ich nicht aggressiv wurde, sondern zuerst sehr witzig und dann, wenn der Abend schon fortgeschritten war, sehr müde. Marianne hatte sich manchmal darüber geärgert, meistens aber nur mit den Schultern gezuckt, wenn ich die Nacht angezogen auf dem Sofa verbracht hatte und am nächsten Morgen verkatert aufgewacht war.

Aber ein Alkoholproblem habe ich wirklich noch nie gehabt.

10 Kapitel

Ich saß mit Susanne Siegel an einem riesigen Tisch, vor uns Berge von Stint, die wir wortlos in uns hineinstopften. Ich kämpfte mich durch Massen von Kartoffelsalat, trank das Bier aus riesigen Humpen, und als ich endlich an ihre Bluse durfte, war ich nicht mehr ich, sondern Dirk Hildebrand.

Verschwitzt wachte ich auf meinem Sessel im Wohnzimmer auf und sah auf die Uhr. Es war halb drei, und draußen donnerte es leicht. Ich zog mich um, ging ins Bett und versuchte zu schlafen, doch Hannahs Überlegungen gingen mir durch den Kopf. Die Zufälle waren bemerkenswert, da hatte sie sicher recht, aber daraus einfach einen Fall zu machen, wie sie es vorgeschlagen hatte, schien mir dann doch etwas gewagt. Bei der Tatwaffe hatten wir wohl tatsächlich etwas übersehen, da schien mir ihr Gedankengang richtig zu sein.

Ich schlief ein, aber schon nach kurzer Zeit wachte ich erneut auf. Ein Geräusch ließ mich hochschrecken, und ich wusste sofort, woher es kam: Annemarie war ungeduldig geworden, sie hatte Hunger. Ich machte das Licht wieder an und sah zu ihr hinüber. Sie saß regungslos in ihrem Terrarium und starrte mich an. Ich schämte mich, denn ich hatte sie seit Tagen nicht gefüttert. Sie tat mir leid, obwohl ich natürlich wusste, dass sie von Natur aus auf die Einteilung des Tages in Frühstück, Mittagessen und Abendbrot keinen Wert legte und ein paar Tage hintereinander problemlos ohne Futter bleiben konnte. Die Wasserversorgung hatte ich automatisiert, sie verdurstete also nicht, wenn ich längere Zeit nicht zu Hause war.

Annemarie war ein Chamäleon und sah immer griesgrämig

aus, sie war trotzdem zutraulich und das Lieblingsfeindobjekt von Marianne, als wir noch zusammen waren. Sie war geradezu eifersüchtig auf das Tier und rastete fast aus, wenn Annemarie sie mit einem Auge anstarrte und mit dem anderen wie beiläufig im Zimmer herumsah. Ich hingegen fand die Fähigkeit der Chamäleons, ihre Augen unabhängig voneinander zu bewegen, schlichtweg faszinierend. Welche Möglichkeiten ergäben sich für einen Ermittler wie mich, wenn ich jemanden mit einem Auge fixieren und mit dem anderen den Raum auf Verdächtiges absuchen könnte?

Annemaries Vorbesitzer war ein Junkie und Drogendealer, der uns ins Netz gegangen war. Bei der anschließenden Durchsuchung seiner Wohnung – er lebte noch im Haus seiner Eltern – fanden wir das riesige Terrarium mit der stumm glotzenden Annemarie. Seine Eltern wussten nicht, wohin mit dem Vieh, und hatten auch keine Lust, das Tier so lange zu füttern, bis ihr heroinabhängiger Sohn wieder vor der Tür stehen würde. Ich verliebte mich sofort in sie, ihr schlanker Körper und die Farbe hatten es mir angetan. Nachdem ein paar formale Dinge geklärt waren – schließlich wollte ich mich nicht dem Vorwurf aussetzen, Eigentum von Verdächtigen zu unterschlagen –, kam Annemarie zu mir. Den Namen hatte sie schon, als ich sie kennenlernte.

Wenn ich nach einem Streit mit Marianne noch einen draufsetzen wollte, holte ich Annemarie aus dem Terrarium. Sie war so zahm, dass sie auf meiner Hand ruhig sitzen blieb. Zusammen mit ihr lief ich langsam durch die Wohnung, immer auf der Suche nach Fliegen, die es bei uns zuhauf gab, ein Bauernhof hatte ein paar Hundert Meter weiter seine Ställe. Annemaries klebrige Zunge schoss mit tödlicher Präzision hervor, wenn sie ein Insekt oder eine Spinne entdeckt hatte, Marianne wurde es schon beim Zusehen schlecht, außerdem regte sie sich auf, dass unsere Putzfrau immer die klebrigen Reste von den Fenstern kratzen musste.

Nachdem ich zu Annemarie gekommen war wie die Jungfrau zum Kinde, hatte ich mir einen Insektenkescher besorgt und war durch den Garten gehüpft, um Futter für Annemarie zu fangen. Marianne war wütend geworden und hatte mir schließlich verboten, über den Rasen zu rennen, ich solle mich nicht vor den Nachbarn zum Hampelmann machen, hatte sie gefordert. Ich stellte dann nachts eine Lampe auf und sammelte die Nachtfalter ein, und als mir das zu mühsam wurde, verlegte ich mich auf das Bestellen von Chamäleonfutter im Internet.

Ich warf Annemarie ein paar Insekten ins Terrarium, war aber zu müde, sie bei ihren tödlichen Zungenküssen zu beobachten, was ich sonst gerne tat, und ging wieder zu Bett.

Am nächsten Morgen frühstückte ich lustlos und dachte daran, wie ich die zeremoniellen Mahlzeiten mit Marianne genossen hatte, wenn Hannah, sie und ich uns morgens um den Frühstückstisch versammelten, um den Tag gemeinsam zu beginnen. Die Zusammengehörigkeiten waren uns später auf allen Ebenen verloren gegangen, doch an den gemeinsamen Mahlzeiten hatten wir festgehalten.

In meiner neuen Wohnung hatte Hannah mich manchmal morgens vor der Schule besucht. Wir tranken einen Kaffee zusammen, und ich begleitete sie bis vor das Schultor. Die Polizeiinspektion liegt nur ein paar Straßen weiter, ich konnte den Spaziergang am frühen Morgen immer gut gebrauchen, um meine Gedanken zu sortieren.

Dirk Hildebrand ließ sich nichts anmerken. Vermutlich hatte er Hannah gar nicht erkannt und mich am Vorabend nicht gesehen. Er saß vor meinem Schreibtisch, und wir gingen den Fall noch einmal durch. Gerade erzählte ich ihm von Hannahs Vermutung, als Susanne Siegel hereinkam und einige Akten auf den Tisch legte – Sachen, die nicht sehr eilig waren, aber irgendwann erledigt werden mussten.

Hildebrand sah nicht auf, und sie würdigte ihn keines Blickes. War die Nacht nach dem Essen ein Desaster geworden, oder waren sie einfach nur gute Schauspieler?

»Inzwischen habe ich die Liste der Gäste abgearbeitet und dann noch alle Nachbarn der Kirche und des Restaurants auf Kalbsand befragt«, berichtete Kriminalkommissar Hildebrand.

»Hat sich Meerbusch zu seinem Kunstwerk geäußert? Ich meine, dass offensichtlich ein Teil fehlt?«

»Mit keinem Wort, aber ist das nicht vielleicht nur eine Mutmaßung Ihrer Tochter?«

»Die Anzahl hatte für ihn eine besondere Bedeutung, sagt sie.«

»Ich lasse das nachprüfen, in der Zeitung gibt es sicher ein Bild von der Eröffnung.«

»Wenn das stimmt«, sagte ich mit Nachdruck, »dann fahren wir das volle Programm: Hausdurchsuchung und Vernehmung hier bei uns. Ich würde ihn am liebsten heute noch befragen, ich warte nur noch ab, was Sie herausfinden. Noch etwas: Brummer hatte sich eine Pistole besorgt, er fühlte sich wohl bedroht.«

»Wissen Sie, wer ihn bedroht haben könnte?«

Ich schüttelte den Kopf.

»Seine Frau spielt die Ahnungslose.«

»Sollen wir die Knarre beschlagnahmen, oder hatte er sie legal?«

»Das wusste sie auch nicht, eine direkte Gefahr geht von der

Waffe wohl nicht aus. Im Haus der Brummers gibt es genug andere, er war Jäger.«

Hildebrand nickte und ging zur Tür.

»Wie lange sind Sie schon zusammen?«, fragte ich unvermittelt.

Er war vollkommen überrascht. »Woher wissen Sie das denn?«

Ich zuckte betont gelassen mit den Schultern und lächelte wissend.

»Haben Sie etwas gemerkt?«, wollte Hildebrand wissen.

»Ich bin da sehr sensibel«, log ich.

»Seit drei Monaten«, sagte er und schloss die Tür hinter sich.

Von wegen sensibel, dachte ich, ein dröger Trottel bin ich, der nicht merkt, wenn direkt vor seinen Augen die Hormone kochen! Kein Wunder, dass es bei mir mit den Frauen so schwierig war.

Die Bilder, die in der Zeitung veröffentlicht worden waren, bestätigten Hannahs Darstellung. Es waren sehr deutlich zehn stehende und zehn liegende Hölzer zu sehen, und der Journalist hatte auf seine naiven Fragen nach der Bedeutung von Meerbusch dieselbe kryptische Antwort bekommen wie Hannah: Er wolle die Weite des Ufers mit den symmetrischen Zahlen einengen.

Was für eine einfallsreiche Art, ein offensichtlich sinnfreies Werk mit Bedeutung aufzublähen, dachte ich, dabei sah es sehr gut aus, und meine eigene Interpretation fand ich ohnehin viel zutreffender. Der Künstler hatte den Gegensatz zwischen roh und bearbeitet, zwischen wertlos und wertvoll einfach ins Gegenteil verkehrt: das Rohe, Wertlose stand genau in Reih und Glied, das scheinbar Wertvollere, Bearbeitete lag wahllos herum. Darüber könnte man einen ganzen Abend philosophieren.

Ich rief Allmers an, doch ich hatte kaum meinen Namen gesagt, da polterte der Staatsanwalt schon los: »Sie haben vielleicht Nerven! Sie sollten sich melden, wenn Sie endlich etwas Handfestes haben. Oder sind Sie und Ihre Helferlein etwa überfordert?«

Ich atmete tief durch. Jetzt ganz ruhig bleiben, dachte ich. Dass er ein arrogantes Arschloch war, wusste ich schon lange.

Ungerührt brüllte er weiter ins Telefon: »Ich verlange, dass sofort eine Sonderkommission eingerichtet wird. Eine Soko Elbstrandmord. Unverzüglich! Ziehen Sie die besten Leute zusammen! Und das muss natürlich auch der Presse kommuniziert werden!«

Jetzt musste er doch Luft holen, und ich nutzte die Gelegenheit: »Wir brauchen einen Durchsuchungsbeschluss. Es gibt eine Spur. Es könnte der Land-Art-Künstler gewesen sein. Wir müssen sein Haus durchsuchen.«

»Wenigstens das! Aber warum nicht mehr? Keinen Haftbefehl?«

»Vielleicht heute Nachmittag, wir vernehmen den Verdächtigen erst einmal.«

»Ich werde ab jetzt täglich über den Stand der Ermittlungen der Sonderkommission informiert, haben Sie mich verstanden?«

»Natürlich. Die Details zum Durchsuchungsbeschluss schicke ich Ihnen per Fax. Auf Wiederhören, Herr Allmers.«

Genervt legte ich auf. Seit Werner Allmers' Amtsantritt war die Zusammenarbeit mit der Staatsanwaltschaft in Stade ziemlich anstrengend geworden.

Eine halbe Stunde später fuhren wir los: Hildebrand und ich in seinem Wagen – Hannah hatte mein Auto noch nicht zurückgebracht, ich rechnete erst am Abend damit –, und hinter uns drei Streifenwagen mit den Kollegen.

»Sonderkommission?« Hildebrand sah mich erstaunt an. »Was soll das bringen?«

Ich zuckte mit den Schultern. Natürlich war es ungehörig, über den Staatsanwalt zu lästern, trotzdem erwiderte ich: »Er hat einfach immer die besten Ideen. Und er hat sich sogar schon Gedanken über einen Namen gemacht. Elbstrandmord. Griffig, modern. Und nichtssagend.«

Hildebrand drehte sein Gesicht zu mir und schnaubte verächtlich.

Arno Meerbusch war sehr überrascht, als ich ihm den Durchsuchungsbeschluss präsentierte. Offensichtlich hatte er nicht damit gerechnet, in den Mordfall hineingezogen zu werden. Die Hausdurchsuchung erbrachte ebenso wenig wie die erste Befragung von Arno Meerbusch. Die Villa war geschmackvoll und ziemlich aufwendig eingerichtet, die Möbel alt und die Teppiche echt, soweit ich das beurteilen konnte. Anita Meerbusch zitterte vor Angst und Aufregung, und als die Polizisten anfingen, unter den Teppichen nach losen Dielen zu suchen, musste sie sich setzen.

Anschließend wurde die kleine Scheune durchsucht, die in einer Ecke des Gartens stand und in der Meerbusch seine Werkstatt eingerichtet hatte. Es lagen ein paar Reste des Kunstwerks herum, halb bearbeitete Eichenhölzer, die es wohl nicht in die engere Auswahl geschafft hatten. Ich ließ alle beschlagnahmen und in Folie verpackt ins Labor bringen, sie sollten nach DNA-Spuren des Opfers abgesucht werden.

Meerbusch kam freiwillig mit in die Polizeiinspektion. Er

wirkte unsicher, aber einigermaßen gefasst. Hildebrand und ein Kollege nahmen ihn mit, ich blieb auf Kalbsand.

»Das war nur eine Routinesache«, versuchte ich, seine Mutter zu beruhigen, die mir leidtat.

»Der schöne Ghom«, sagte sie immer wieder, »der schöne Ghom und der Kelim!«

Ich verstand kein Wort, und es dauerte eine ganze Weile, bis ich begriff, dass sie die Teppiche meinte, die ihrer Meinung nach von den Polizisten nicht pfleglich genug behandelt worden waren. Ich verstand ihre Empörung nicht, schließlich lief sie doch selbst jeden Tag mit Schuhen darüber.

»Frau Meerbusch, ich muss Ihnen ein paar Fragen stellen«, sagte ich und hoffte, sie damit von der Teppichmisere abzulenken.

Ich schätzte Frau Meerbusch auf Anfang siebzig. Sie entsprach dem Typ »faltig und drahtig«, nur ihre Stupsnase entschärfte diesen Eindruck ein wenig. Als junges Mädchen war sie bestimmt sehr umschwärmt gewesen.

»Nur zu«, meinte sie, »fragen Sie.«

»Am Sonntag, als der Tote gefunden wurde, waren Sie da in Ihrem Haus?«

Sie nickte. »Seit sie mir die Bäume abgesägt haben, gehe ich praktisch nicht mehr vor die Tür. Ich habe Angst, dass sie mir sonst eines Tages das Haus abreißen.«

»Wen meinen Sie?«

»Diese Hotelverbrecher«, sagte sie wütend.

»Aber für die Fällaktion haben sie sich doch entschuldigt«, meinte ich beruhigend.

»Das war Absicht, das weiß doch jeder. Diese Verbrecher wollen mein Grundstück haben. Hier soll ein scheußlicher Klotz mit Ferienwohnungen hingebaut werden. Und dazu ist denen jedes Mittel recht. Die würden sich auch für den versehentlichen Abriss des Hauses entschuldigen«, schnaubte sie.

»Sie wollen nicht verkaufen?«

Sie sah mich böse an. »Natürlich nicht! Ich wohne hier seit über vierzig Jahren, mein Mann hat in diesem Haus seine Reederei gehabt, Arno ist hier aufgewachsen – würden Sie das aufgeben für ein paar lumpige Euro?«

Ich konnte die rhetorisch gemeinte Frage nicht beantworten, aber ich verstand sie.

»Und Ihr Sohn?«, fragte ich. »War der auch den ganzen Tag hier im Haus?«

»Mein Sohn ist ein erwachsener Mann und ein erfolgreicher Künstler. Er hat in der Scheune seine Werkstatt, da werde ich den Teufel tun und ihm nachspionieren.«

»Hat er eine eigene Wohnung hier im Haus?«

»Selbstverständlich, die Polizisten haben sie doch vorhin durchsucht.«

Sie hatte sich wieder gefangen und antwortete ruhig und überlegt.

»Wie viel hat Ihnen die Hotelgesellschaft denn geboten für Ihre Villa?«, fragte ich neugierig.

»Wollen Sie das wirklich wissen?« Sie lachte sarkastisch.

Ich nickte.

»Zweihundertsechzigtausend Euro! Für die Villa und das gesamte Grundstück! Unglaublich, finden Sie nicht? Dafür kann ich mir gerade mal eine Zweizimmerwohnung in Stade kaufen.«

Es war tatsächlich ein unverschämtes Angebot, da musste ich ihr recht geben. Selbst wenn man ihr eine Million Euro geboten hätte, wäre der Preis nicht angemessen gewesen, bei der Lage und dem Zustand der Villa.

»Ich komme noch einmal auf den fraglichen Nachmittag

zurück«, fuhr ich fort, ohne das Angebot zu kommentieren. »Es hat stark geregnet, erinnern Sie sich?«

»Das stimmt«, sagte sie, »Arno kam ins Haus und war bis auf die Haut durchnässt. Er sagte, dass er auf dem kurzen Weg von der Scheune zum Haus von einem Regenguss überrascht worden sei.«

»Wann war das ungefähr?«

»Warten Sie«, Frau Meerbusch überlegte, »das muss so zwischen fünf und halb sechs gewesen sein, ich sehe am Sonntagabend immer so gerne diese Sendung, wissen Sie, wo das Mädchen plötzlich merkt, dass sie adoptiert worden ist, und sie dann …«

»Wann läuft die Sendung?«

»Sie beginnt immer um Viertel vor fünf. Als Arno hereinkam, hatte sie gerade angefangen.«

»Hat er sich geärgert, oder war er vielleicht aufgeregt?«, fragte ich nach.

»Oh, er war sehr aufgebracht, er fluchte richtiggehend. Arno hat an einer neuen Skulptur gearbeitet, wissen Sie, er soll in Hamburg einen Brunnen bauen, und dafür macht er gerade die Vorarbeiten. Dabei war ihm wohl der Hammer ausgerutscht. Und alles war für die Katz.«

Vielleicht ist ihm etwas ganz anderes ausgerutscht, dachte ich.

»Im Moment habe ich keine Fragen mehr«, sagte ich. »Oder doch. Darf ich noch einmal in die Scheune schauen?«

»Natürlich.«

In der Scheune fand ich keine Skulptur und auch nichts, was auf einen Brunnenbau hindeutete, keine Zeichnung, keinen Plan. Umso gespannter war ich auf Meerbuschs Vernehmung durch Dirk Hildebrand. Mein Kollege war ein Meister darin,

Menschen Dinge zu entlocken, die sie eigentlich niemals preisgeben wollten.

Ich zog mein Handy aus der Tasche, bestellte ein Taxi und setzte mich zum Warten auf einen Baumstumpf. Anita Meerbuschs Aussage belastete ihren Sohn, das war keine Frage. Und er hatte ein Motiv. Sollten wir die Tatwaffe finden, würde es eng für ihn werden, da war ich mir sicher.

Das Handy klingelte.

Mechthild Griemsmann.

»Schlegel«, meldete ich mich neutral.

»Paul?« Diesmal klang sie nicht so fröhlich. »Paul, bist du es?«

»Ja, wieso?«

»Bist du alleine?«, fragte sie fast flüsternd.

Oh Gott, hatte ich mit meiner Vermutung doch recht gehabt? Aber es kam ganz anders.

»Es geht noch weiter«, sagte sie verschwörerisch, »ich kann dir aber jetzt nicht alles sagen.«

»Was geht weiter?«

»Die Sache mit Borowski. Ich habe neue Informationen, die betreffen aber diesmal sie.«

»Christina Borowski? Die Chefin von CJ Versicherungen?«

»Genau. Das muss ich dir persönlich erzählen, ich mache dir wieder Kopien von allen Vorgängen. Wann können wir uns sehen? Ich bin bis halb vier hier im Büro. Wenn du tagsüber keine Zeit hast, kannst du gerne wieder am Abend vorbeikommen.«

Das hättest du wohl gerne, dachte ich, und ich vielleicht auch. Laut sagte ich zu ihr: »Ich bin auf Kalbsand fertig und nehme mir gleich ein Taxi in die Stadt. In einer halben Stunde bin ich bei dir im Büro.«

Die Verbraucherschützer in Stade hatten einen alten Friseurladen umgebaut und verfügten über zwei Büros und einen Beratungsraum.

»Schön, dass es geklappt hat«, sagte Mechthild Griemsmann und drückte mir einen flüchtigen Kuss auf die Wange. »Lass uns gehen.« Sie nahm eine große Tasche und hielt mir die Tür auf.

»Wohin?«, fragte ich verdutzt.

»Ich will das nicht hier im Büro mit dir besprechen.«

»Wir sind doch alleine?«, wunderte ich mich.

»Manchmal ist es gut, besonders vorsichtig zu sein. Ich hatte vor ein paar Monaten mal das Gefühl, dass jemand mithört, aber das ist eine andere Geschichte.«

Das ist doch Verfolgungswahn, dachte ich, aber ich ließ sie reden. Als ich merkte, dass sie mich nicht nach Hause zu sich, sondern in ein Café in der Innenstadt lotste, war ich beruhigt.

Erst als der Kellner zwei Cappuccino vor uns abgestellt hatte, legte sie los. Sie zog einen dicken Stapel Kopien aus der Tasche und legte sie vor mich hin. »Sieh dir das mal an.«

Es waren Bankbelege über Käufe und Verkäufe von Wertpapieren aus einem einzigen Depot. Und die Besitzerin hieß Anita Meerbusch. Ich begann mich zu wundern, denn manche Papiere waren nur wenige Tage in ihrem Depot geblieben. Es hatte den Anschein, als sei hektisch gekauft und verkauft worden.

Ich sah Mechthild Griemsmann fragend an.

»Es gibt einen alten Spruch aus den Zeiten, als die Banker noch Bankiers hießen: Hin und her macht Taschen leer«, sagte sie. »Die Frau von unserem feinen Herrn Steuerberater ist keinen Deut besser als er. Anita Meerbusch hat ein Aktienvermögen von drei Millionen Euro, oder besser gesagt: Sie *hatte* es, bevor sie es Christina Borowski anvertraute. Die verkauft ja nicht nur Versicherungen, sie hat auch eine Vermögensverwaltung. Frau Borowski hat das Depot verwaltet und es geschafft, dass es jetzt gerade mal dreihunderttausend Euro wert ist.«

Mir blieb der Mund offen stehen. »Dreihunderttausend?«

Mechthild nickte. »Dreihunderttausend. Sie hat wie eine Verrückte gekauft und verkauft. Anita Meerbusch besaß am Anfang so langweilige Aktien wie Lufthansa, Henkel oder Fresenius, dazu ein paar aus der zweiten Reihe – nichts Spektakuläres, aber solide Werte. Christina Borowski hat alles verkauft, in hochriskante Papiere investiert und einen unglaublichen Umsatz gemacht. In den letzten drei Jahren hat sie für über zwanzig Millionen hin und her verkauft! Zwanzig Millionen, das musst du dir mal vorstellen!« Mechthild Griemsmann war aufgebracht – zu Recht, wie ich fand.

»Zwanzig Millionen, das macht bei einer Provision von eins Komma fünf Prozent pro Transaktion dreihunderttausend Euro für die Bank, dazu kommen die Kick-backs.«

Ich verstand nur Bahnhof. »Die was?«

»Kick-backs sind versteckte Provisionen«, erklärte sie.

»Aber hat sie denn niemand kontrolliert?«, fragte ich ratlos. »Hat Anita Meerbusch nichts gemerkt?«

»Christina Borowski hat das natürlich geschickt eingefädelt. Das Depot war nicht bei der örtlichen Volksbank oder Kreissparkasse angelegt, sondern bei einer kleinen, feinen Privatbank in Hamburg. Es könnte sein, dass die Bank ihr einen Teil der Provisionen gutgeschrieben hat, das ist nicht unüblich in der Branche. Hamburg hat sie gewählt, weil sie wohl nicht wollte, dass ein besorgter Bankangestellter Anita Meerbusch einen Tipp gibt. Christina Borowski ist ja eine äußerst aparte und elegante Erscheinung, die weiß, wie man Leute für sich einnimmt. Bei den Geburtstagen von Frau Meerbusch ist sie zum Beispiel mit einem riesigen Blumenstrauß aufgetaucht, so ein Ding für hundert Euro mindestens.«

»Zumindest hier hat sie gut investiert«, sagte ich spöttisch. »Wer ist ihr auf die Schliche gekommen?«

»Arno Meerbusch, ihr Sohn«, sagte Mechthild Griemsmann. »Er hat sich mal die Mühe gemacht und alle Unterlagen gesichtet und ist dabei fast zusammengebrochen. Das ganze Familienvermögen: alles weg oder zumindest fast alles. Morgen will er gegen Frau Borowski Anzeige erstatten wegen Untreue und noch ein paar weiteren Punkten.«

Das wird er nicht können, dachte ich, zumindest nicht persönlich, aber ich sagte nichts.

11 Kapitel

»Was bedeutet eigentlich der Name Rilu in der Bezeichnung der Schiffsgesellschaft?«, erkundigte ich mich bei Susanne Siegel, die hinter ihrem Schreibtisch saß. Die langen Ausläufer der Schleife verschwanden unter dem Tisch.

»MS Rilu, Arnold F. Gerner GmbH & Co. KG«, las sie laut vor. »MS heißt Motorschiff, Rilu ist wohl die Abkürzung für Marie Luise oder der Name von Arnold F. Gerners Tochter. Gerner ist Reeder in Bremerhaven und Geschäftsführer der Firma.«

»Ich dachte, das sei Borowski?«, fragte ich missmutig nach. Allmählich konnte ich die ganzen Finanztransaktionen, die in diesem Fall eine immer stärkere Rolle zu spielen schienen, kaum noch auseinanderhalten, aber Susanne Siegel wusste, wie sie das Chaos in meinem Gehirn auflösen konnte.

»Konrad Borowski ist der Steuerberater«, erklärte sie, »aber es kommt noch besser: Er ist nämlich auch der Auftraggeber für den Schiffsbau. Zusammen mit einer Werft aus Bremen hat er die MS Rilu in Zypern bauen lassen, deshalb hatte er ein doppeltes Interesse daran, dass die Gesellschaft nicht insolvent wird. Zum einen hätte er die ganzen Honorare zurückzahlen müssen, falls ihm nachgewiesen worden wäre, dass er von der drohenden Insolvenz gewusst hat. Und zum anderen ist er natürlich bei der Bank für den Kredit verantwortlich und steht da persönlich im Obligo.«

»Im was?«, fragte ich genervt.

»Er muss die Kohle zurückzahlen«, sagte Susanne Siegel und sah mich mitleidig an.

»Welche Bank?«

»Die Dorfbank«, sagte sie, »ein kleines Institut, das normalerweise den Bauern neue Ställe finanziert oder ein Neubaugebiet erschließt, alles überschaubare Summen. Wenn Borowski zahlen muss, aber nicht kann, wird das für die Bank ein richtiges Problem. Das kann die Existenz der Bank gefährden, wenn da Millionen abgeschrieben werden müssen.«

»Dann lesen Sie mal das hier«, sagte ich und legte den dicken Packen Kopien, den mir Mechthild Griemsmann gegeben hatte, auf den Tisch. »Ist Dirk Hildebrand eigentlich schon fertig mit der Vernehmung von Arno Meerbusch?«

»Nein.«

Wir hatten in der Polizeiinspektion nur zwei Vernehmungsräume mit der Möglichkeit, die Gespräche im Nebenraum zu verfolgen. Beide waren besetzt, und Dirk Hildebrand war mit Meerbusch auf einen anderen ausgewichen. Ich öffnete die Tür und setzte mich mit an den Tisch. Meerbusch schwitzte, Hildebrand hatte ihn wohl ziemlich in die Enge getrieben.

Mein Kollege sah mich erleichtert an und rückte seinen Stuhl zur Seite, damit ich Meerbusch gegenübersitzen konnte.

»Herr Meerbusch«, fragte ich, »haben Sie eigentlich ein neues Projekt nach der Sache an der Elbe?«

»Da unterschätzen Sie das Auftragsvolumen, das für Kunst zur Verfügung steht«, meinte er.

»Keine Kunst am öffentlichen Bau oder vielleicht einen Brunnen im schönen Hamburg?«, bohrte ich nach.

Er schüttelte den Kopf.

»Wissen Sie noch, was für ein Wetter an dem Tag war, als der Mord geschah?«, fragte ich ihn.

»Natürlich, es hat geregnet«, sagte er, »fast den ganzen Tag.«

»Mussten Sie sich auch einmal umziehen? Wenn man nicht aufpasste, war man ja im Handumdrehen nass.«

Er nickte, dachte kurz nach und antwortete sehr überlegt: »Kurz vor dem Mittagessen bin ich von der Werkstatt ins Haus gegangen, um meiner Mutter bei den Essensvorbereitungen zu helfen. Da bin ich klatschnass geworden, obwohl es nur ein paar Meter sind.«

»Bestimmt haben Sie sich ziemlich aufgeregt, oder?«

»Wer es nass macht, macht's auch wieder trocken, sagt meine Mutter immer in ihrem unerschütterlichen Gottesglauben. Ich sehe das etwas anders, aber aufregen tue ich mich über so etwas nicht.«

»Und später, so gegen fünf, waren Sie da noch einmal draußen?«

Er schüttelte den Kopf. »Nein, ich wollte nicht nach draußen, es hat doch die ganze Zeit gegossen.«

»Herr Meerbusch«, sagte ich mit Nachdruck, »Ihre Karten stehen schlecht. Wir haben die Aussage Ihrer Mutter, dass Sie kurz nach fünf völlig durchnässt ins Haus gestürmt sind und sich kaum beruhigen konnten.«

»Meine Mutter ist Mitte siebzig«, antwortete Meerbusch ruhig, aber seine Stimme zitterte.

Ich spielte meinen Trumpf aus. »Um zwölf hat es nicht geregnet, ich war um diese Zeit zufälligerweise auf Kalbsand.«

Er sagte nichts, sah uns nur nachdenklich an.

»Gut«, sagte er dann plötzlich, »was wollen Sie hören?«

Insgeheim freute ich mich. Das war Hildebrands und meine Strategie bei Vernehmungen: Der eine begann, und wenn der Verdächtige meinte, wir hätten unser Pulver verschossen, und sich in Sicherheit wiegte, kam der andere und setzte neue Nadelstiche. Trotzdem überraschte mich, dass Meerbusch so schnell gestehen wollte.

»Ich war es aber nicht«, fuhr er fort.

»Wer war es denn Ihrer Meinung nach?«

»Das weiß ich nicht, ich jedenfalls nicht.«

»Dann erzählen Sie doch mal, wie es nach Ihrer Version abgelaufen ist«, sagte Dirk Hildebrand.

»Wollen Sie einen Kaffee?«, fragte ich.

Meerbusch nickte, wir gönnten ihm eine Pause, und dann begann er zu erzählen.

»Am Sonntag war vor dem Deich ziemlich viel Trubel. Der Pfarrer hatte ja schon vor einiger Zeit ein Zelt aufbauen lassen und hielt zwei Gottesdienste ab. Erst wurde ein Kind getauft, dann wurde eine Silberhochzeit kirchlich gefeiert. Ich war bei meinen beiden Kunstobjekten, weil ich die Befürchtung hatte, dass sie in dem ganzen Trubel beschädigt werden könnten. Nach dem Gottesdienst kam Brummer zu mir und sagte so leise, dass keiner es hören konnte: ›Der ganze Scheiß muss weg. Ich lasse dir noch Zeit bis morgen, sonst kommt der Bagger.‹ Ich war empört, schließlich war das eine Aktion des Kunstvereins – und da bildete er sich plötzlich ein, darüber bestimmen zu können.«

»Das Land gehörte ihm, wussten Sie das nicht?«

»Das weiß ich seit gestern. Ehrlich gesagt hatte ich keine Ahnung davon. Ich dachte, der Kunstverein hätte alles mit den Besitzern abgeklärt, aber dass Brummer nicht gefragt worden war, konnte ich ja nicht wissen. Brummer ist dann abgerauscht, und als ich Borowski in seinem Schlepptau gesehen habe, wurden mir plötzlich die Zusammenhänge klar. Dieses Arschloch hat mich nach Strich und Faden betrogen und macht hier mit Brummer gemeinsame Sache. Die wollten doch das Hotel bauen und uns aus dem Haus jagen. Erst verzockt der Steuerberater mein Geld, seine Frau jagt das ganze Vermögen meiner Mutter durch den Schornstein, und dann bieten sie uns einen lachhaften Preis für das Haus. Ich habe einen solchen Hass gegen dieses Geschmeiß, ich könnte die Wände hochgehen!« Er atmete schwer und wischte sich den Schweiß von der Stirn.

»Und dann ist es ja nicht weit, dem einen der beiden bei passender Gelegenheit eins über den Kopf zu ziehen, oder?«

»Ich muss gestehen, dass das eine Option gewesen wäre, trotzdem habe ich es nicht gemacht. Am Abend gegen Viertel vor fünf bin ich noch einmal rausgegangen, um nach meinen Kunstwerken zu sehen. Da kam Brummer im strömenden Regen über den Deich gestürmt. Er hatte wohl getrunken und wollte auf mich losgehen. Wie von Sinnen war der Kerl. Ich bin weggelaufen, wissen Sie, ich prügele mich nicht, das habe ich zum letzten Mal in der vierten Klasse gemacht. Und selbst wenn ich gewollt hätte: Er ist ein Schrank von eins neunzig, und wie groß ich bin, sehen Sie selbst.« Er stand theatralisch auf. »Der hätte mich doch umgepustet. Wer ihn umgebracht hat, weiß ich nicht.«

»Warum haben Sie das nicht gleich ausgesagt?«

»Als ich gemerkt habe, dass ein Holz fehlt, habe ich es mit der Angst zu tun bekommen. Außerdem gab es zwischen Brummer, Borowski und mir Streit, daraus kann man ohne Weiteres ein Motiv konstruieren.«

Ich beugte mich über den Tisch. »Sie bleiben hier, ich nehme Sie vorläufig fest wegen Mordverdachts. Sie können gerne Ihren Anwalt anrufen und die Aussage verweigern. Ich glaube Ihnen kein Wort, Herr Meerbusch.«

Hannah war der festen Überzeugung gewesen, dass es sich hier nicht um zwei verschiedene Fälle handelte, sondern dass Brummers Tod etwas mit den Machenschaften der Borowskis zu tun hatte. Arno Meerbusch hatte ein glasklares Motiv, und er hat zugegeben, zur Tatzeit am Tatort gewesen zu sein. Das einzige Puzzleteil, das noch fehlte, war die Tatwaffe, doch wenn auf den Hölzern, die wir sichergestellt hatten, DNA-Spuren vom Opfer gefunden würden, wäre er überführt. Ich begann, den Spürsinn meiner Tochter und ihre Kombinationsgabe zu bewundern.

»Er ist sportlich«, sagte Hildebrand, als wir uns nach der Vernehmung noch einmal zusammensetzten. »Ich finde, das Argument, dass er körperlich nicht in der Lage gewesen wäre, Brummer zu töten, zieht nicht. Suse weiß da sicher mehr.«

Ich staunte. Bis gestern hätte er von »Frau Siegel« gesprochen, doch jetzt hatte er offenbar keine Scheu mehr, seine neue Liebe mit einem Kosenamen zu erwähnen, den noch niemand in der Polizeiinspektion je benutzt hatte.

»Woher, wenn ich fragen darf?«

»Arno Meerbusch ist auf Kalbsand aufgewachsen und in Stade aufs Gymnasium gegangen. Vielleicht war er dort im Sportverein aktiv oder so – das wird sie schon herausbekommen.«

Dirk Hildebrand sah auf die Uhr. »Das wird heute aber nichts mehr, es ist kurz vor fünf.«

Er stand auf, verabschiedete sich und verließ mein Büro. Dirk Hildebrand achtete sehr auf seine Arbeitszeiten. Man konnte ihn zwar immer anrufen, wenn es dringend war, auch samstagnachts um halb eins, aber wenn er konnte, verließ er pünktlich das Büro.

Ich überlegte: Heute war Freitag, Susanne Siegel pflegte nicht in fremde Computer einzudringen, sie benutzte für solche Ermittlungen ihre unschlagbaren Verbindungen und Bekanntschaften. Vor Montagmittag konnte sie uns keine Ergebnisse liefern. Trotzdem wollte ich auf Nummer sicher gehen und rief Allmers an.

Ich freute mich, als nur seine Mailbox ansprang. »Guten Tag,

Herr Allmers, wir brauchen einen Haftbefehl, ich schicke jemanden mit den Unterlagen zu Ihnen. Auf Wiederhören.«

Arno Meerbusch war schon wieder in seine Zelle gebracht worden. Erstaunt sah er auf, als die Tür geöffnet wurde und ich eintrat.

»Kann ich gehen?«, fragte er.

Ich schüttelte den Kopf. »Ich habe einen Haftbefehl beantragt, Herr Meerbusch, aber es gibt noch eine andere Sache, über die ich mit Ihnen sprechen möchte.«

Er sah mich fragend an.

»Sie wollten morgen Anzeige gegen Christina Borowski erstatten, oder?«

»Woher wissen Sie das denn?«

»Machen Sie das, geben Sie Ihrem Anwalt alle Unterlagen und eine Generalvollmacht. Das ist wichtig.«

»Sie kennen die Geschichte? Meine Mutter hat den Borowskis sogar von sich aus einen Privatkredit angeboten, so hatten sie sie eingelullt. Sie hatten ihr erzählt, dass sie sich ein Haus bauen wollten. Sie hatten sie zwar nicht direkt darum gebeten, die Idee kam von meiner Mutter, aber sie waren so scharf auf das Geld und hätten die Gutmütigkeit meiner Mutter bedenkenlos ausgenutzt, sie wollte sogar auf die Zinsen verzichten! So skrupellos wurde sie um den Finger gewickelt. Ich konnte im letzten Moment einschreiten.«

Wenig später ging ich beschwingt durch Stade. Fall gelöst, Allmers angerufen, und im Kühlschrank erwartete mich eine Flasche Soave, dann noch ein bisschen Beethoven, ich dachte an das erste Klavierkonzert, besser konnte der Tag nicht zu Ende gehen. Und das Schönste: Es lag ein Wochenende vor mir, wie ich es schon lange nicht erlebt hatte. Ich hatte nichts vor.

Als ich am Samstag die Zeitung aufschlug – das war mein übliches Frühstücksritual: Müsli, Marmeladenbrote, starker Kaffee und die Zeitung –, stellte ich fest, dass die Titelgeschichte diesmal keine Weltpolitik oder den Besuch eines Ministerpräsidenten in einem Stahlwerk behandelte. Die Schlagzeile lautete: »Schnelle Arbeit der Soko Elbstrandmord – Verbrechen aufgeklärt«. Erst dachte ich an den üblichen Schnellschuss eines Journalisten, der einen Mord für aufgeklärt hielt, sobald ein Haftbefehl beantragt worden war, doch als ich den Artikel gelesen hatte, konnte ich nur den Kopf schütteln. Wütend rief ich Hildebrand an. Ob er an diesem Samstagmorgen womöglich noch in den Armen seiner Suse lag, war mir egal.

»Waren Sie das?«, schnaubte ich wütend ins Telefon. »Haben Sie die Zeitung informiert?«

»Natürlich nicht!«, gab er genauso erregt zurück. »Ich habe den Artikel auch gerade gelesen.«

Sofort bedauerte ich meinen Wutausbruch, selbstverständlich war Hildebrand loyal bis zur Selbstaufgabe.

»Entschuldigung«, sagte ich, »woher haben die denn dann die Informationen? Da sind Interna dabei. Woher wissen die etwas von einer Sonderkommission?«

»Ich kann es mir denken«, erwiderte er. »Das kommt aus der Staatsanwaltschaft.«

Wie immer, dachte ich. Staatsanwalt Allmers konnte es nicht ertragen, wenn die Kripo Erfolge hatte, die ohne sein Zutun zustande gekommen waren. Bestimmt hatte er sofort die Zeitung informiert und sein Licht unter den Scheffel gestellt. Wenn wir einen Misserfolg melden mussten, war er im Übrigen derjenige, der hinterher immer alles vorher gewusst hatte.

Der Artikel war eine Lobeshymne auf den Toten und stellte Meerbusch zwar nicht als Mörder dar, sondern ganz korrekt als einen Verdächtigen, der heute dem Haftrichter vorgeführt werde, der Grundtenor aber war klar: Er war es! Als Motiv wurde ein simpler Streit über die Land-Art-Kunstwerke postuliert – kein Wort über die Hotelbaupläne und Brummers Vorhaben, die Meerbuschs aus dem Haus zu vertreiben.

12
Kapitel

Dann überschlugen sich die Ereignisse, und am Ende waren wir so schlau wie zu Beginn.

Ich hatte das Wochenende gefaulenzt, niemanden angerufen, ein bisschen gelesen, viel geschlafen und war alleine an der Elbe spazieren gegangen. Aber nicht auf Kalbsand – die Festung Grauerort war näher, und ich wollte da schon immer mal hin.

Kaum war ich am Montag im Büro, da rief einer dieser Spinner an, die es lustig finden, die Polizei auf falsche Fährten zu führen, mit verstellter Stimme, Taschentuch vor dem Hörer und unterdrückter Nummer und Hinweisen, die so absurd und aus der Welt sind, dass man viel Energie benötigt, um nicht gleich zu explodieren.

»Sagen Sie Ihren Namen!«, bellte ich ins Telefon. »Ihren Namen und Ihre Adresse.«

Er reagierte nicht, sondern faselte irgendwas davon, dass wir bei der Hausdurchsuchung geschlampt hätten.

»Wer sind Sie?«, fragte ich entnervt, aber wieder ging er nicht auf meine Frage ein.

Schließlich legte er auf, und ich fragte mich, wer der Anrufer gewesen sein könnte. Es war ein Mann, das konnte ich mit Sicherheit sagen, obwohl man die Geschlechter manchmal bei stark verstellten Stimmen kaum auseinanderhalten konnte.

Ich rief Hildebrand herein und erzählte von dem rätselhaften Anruf.

Verärgert winkte er ab. »Nicht schon wieder! Man kommt sich ja vor wie der Dorfdepp. Bei der Hausdurchsuchung gab es ganz bestimmt keine Schlamperei, ich mache mich wegen solcher Leute doch nicht zum Hampelmann.«

»Sie haben recht. Wenn man auf so was eingeht, lädt man nur zum Weitermachen ein. Ist der DNA-Abgleich von dem Holzstück aus Meerbuschs Werkstatt inzwischen fertig?«

»Nein, so schnell geht das doch nicht.«

Ich fragte mich, warum ich eigentlich noch keinen einzigen Blick in den Obduktionsbericht geworfen hatte. »Was sagt Kreienbohm? Hat er die Art der Tatwaffe eingegrenzt?«

Dirk Hildebrand wusste, dass der Gerichtsmediziner Holzsplitter in der Wunde festgestellt hatte und deshalb mit an Sicherheit grenzender Wahrscheinlichkeit davon ausging, dass ein einziger Schlag mit einem Holz, wahrscheinlich Eiche, zum Tod geführt hatte. Es hatte ein Blutgerinnsel im Hirn gegeben. Brummer hatte keine Chance gehabt.

Mitten in unseren Überlegungen kam Susanne Siegel in mein Büro. Auch diesmal gönnte sie ihrem Liebhaber keinen Blick.

»Da möchte Sie jemand sprechen, Herr Schlegel. Sie sagt, es sei dringend.«

»Holen Sie sie herein«, sagte ich und bedeutete Hildebrand, er möge bleiben.

»Noch etwas, Frau Siegel«, rief ich hinter ihr her. »Sind Sie schon weiter bei den Recherchen zu Meerbuschs Jugend?«

Sie nickte. »Ich habe meine Fühler ausgestreckt, ich glaube, mittags weiß ich mehr.«

Die ältere Frau, die sich wenig später auf den Stuhl vor meinem Schreibtisch setzte, brachte kaum ein Wort heraus. Leise nannte sie ihren Namen, Elisabeth Freiberg, und erzählte, dass sie eine Nachbarin der Meerbuschs sei. Am vergangenen Sonntag, als Brummer zu Tode gekommen sei, habe sie mit ihrem Hund einen Spaziergang gemacht.

»Am Hundestrand?«

»Nein«, sagte sie, »ich gehe immer auf dem Deich, da habe ich einen schönen Blick auf die Gärten.« Sie stockte, vielleicht war ihr ihre Neugier peinlich.

»Und weiter?«

»Ich war kurz vor meinem Haus, da fing es fürchterlich an zu schütten. Das muss gegen fünf gewesen sein.«

Ich richtete mich auf, in mir begann es zu kribbeln.

Jetzt benötigte sie keinen Anstoß mehr, sondern machte eine Aussage, die Arno Meerbusch die Freiheit brachte.

»Da habe ich Brummer gesehen. Er ist so schnell den Deich hinuntergerannt, dass ich befürchtet habe, er fällt gleich hin. Er war nur ein paar Schritte von mir entfernt, da hat er unten Arno Meerbusch stehen sehen. Ich habe nicht verstanden, was er wollte, wissen Sie, es hat so stark geweht, da konnte man sein eigenes Wort nicht hören. Aber er hat Arno angeschrien und wild mit den Händen herumgefuchtelt. Arno hat sich das Gebrüll ein paar Sekunden angehört, aber als Brummer auf ihn losgehen wollte, ist er davongerannt. Brummer ist stehen geblieben und hat versucht, diese dicken Eichendinger aus der Erde zu ziehen.«

Ich war sprachlos.

»Und weiter?«, sagte Hildebrand schließlich. »Ist Arno Meerbusch noch einmal wiedergekommen?«

»Nein, er ist den Deich hochgelaufen und in seinem Haus verschwunden. Ich hatte ja auch nur noch ein paar Schritte, habe meine Hexe, also meinen Hund, gerufen und bin dann auch gegangen.«

»Sie sagten, Brummer sei den Deich hinuntergelaufen. Sind Sie sich da sicher, dass er es war, kannten Sie ihn?«

»Als er noch nicht so viel Geld hatte, habe ich mal ein halbes Jahr bei denen geputzt, aber sie haben schlecht bezahlt, da habe ich mir etwas anderes gesucht. Außerdem ist der öfter mal in der Lokalzeitung zu sehen. Und zuletzt war er doch wegen diesem Hotelprojekt in den Schlagzeilen.«

»Warten Sie bitte einen Moment draußen«, sagte ich, und als Frau Freiberg die Tür geschlossen hatte, musste ich erst einmal durchatmen.

»Alles auf null, wenn das stimmt«, sagte ich entnervt.

»Das müssen wir überprüfen. Wir machen sofort einen Ortstermin.«

»Das ist eine gute Idee.«

Wir baten Elisabeth Freiberg wieder herein, ließen sie die Aussage wiederholen und das Protokoll unterzeichnen.

»Wir fahren Sie nach Hause«, sagte ich, »oder sind Sie mit dem eigenen Wagen da?«

Auf dem Deich ließen wir Frau Freiberg den Weg abgehen, den sie angegeben hatte. Als sie die Position erreicht hatte, von der aus sie alles beobachtet haben wollte, übernahm ich die Rolle von Nikolaus Brummer und Hildebrand die von Arno Meerbusch. Ich rannte mit rudernden Armen den Deich hinunter und begann auf Hildebrand alias Meerbusch einzureden. Der drehte sich um und rannte den Deich hoch, bis zur Villa. Dann ging Elisabeth Freiberg den kurzen Weg zu ihrem Haus hinter dem Deich. Sie blieb bei ihrer Aussage, die plausibel und in sich schlüssig war, denn von dem Platz aus, wo sie gestanden hatte, konnte man tatsächlich alles genau sehen.

Ihr sei die ganze Sache erst wieder eingefallen, als sie gelesen habe, dass Arno der Mörder sein solle. Das habe sie so aufgewühlt, dass sie den ersten Bus nach Stade genommen habe und zur Polizei gegangen sei.

»Kommt er jetzt frei?«, fragte sie, und ich wusste nicht, was ich erwidern sollte.

Hildebrand sah das klarer. »Können Sie Ihre Aussage beeiden?«, fragte er ernst.

Elisabeth Freiberg nickte. »Selbstverständlich, es war so, wie ich es gesagt habe.«

Frustriert fuhren wir nach Stade zurück. Im Büro versorgte uns Susanne Siegel mit den Informationen über Arno Meerbusch, die wir angefordert hatten, die uns jetzt aber nicht mehr weiterbrachten. Er war mit fünfzehn Jahren Niedersachsenmeister im Speerwerfen und auch in den folgenden Jahren ein erfolgreicher Leichtathlet gewesen.

»Danke, Suse«, sagte Hildebrand.

Diese Bemerkung ließ Susanne Siegels Kopf so rot werden, als ob sie stundenlang in der Sauna gesessen hätte. Sie wusste gar nicht, wohin sie vor lauter Verlegenheit blicken sollte.

»Er weiß es«, sagte Hildebrand und legte seine Hand auf ihren Arm. »Einem Hauptkommissar darf nichts verborgen bleiben, das ist schließlich sein Beruf.« Es klang spöttisch.

Sie nickte mir, immer noch verlegen, zu und schloss die Tür hinter sich.

»Speerwerfer haben viel Kraft in den Armen«, sagte Dirk Hildebrand, »da hätte Brummer wenig Chancen gehabt.«

»Wenn unser Land-Art-Künstler denn der Täter gewesen wäre«, seufzte ich.

Am Nachmittag kam Arno Meerbusch frei. Unsere Arbeit fing wieder von vorne an.

Frustriert beendete ich den Tag im Büro und lief langsam durch die Altstadt nach Hause. In der Unterführung, die unter den Gleisen der Bahn hindurchführte, empfing mich der übliche Uringestank, und ich fragte mich, warum in aller Welt betrunkene Männer ihr Revier markieren mussten wie Hunde, immer höher, immer weiter. Er erinnerte mich an den Geruch aus dem Terrarium, wenn ich vergessen hatte, es zu säubern. Vielleicht hatten Männer und Reptilien doch einiges gemeinsam.

Der Burggraben ließ meine Laune wieder etwas steigen, ich stellte mich an das schmiedeeiserne Geländer der kleinen Brücke, das mit dem Stadtwappen verziert war. Stade war stolz, seit einigen Jahren wieder als »Hansestadt« zu gelten. Die alten Bäume am Ufer ragten bis in die Mitte des Stadtgrabens und boten bei starkem Sonnenschein eine willkommene Abkühlung.

Die Fußgängerzone war »total Achtziger«, wie Hannah mit fünfzehn oder sechzehn mal bemerkt hatte. Große Handelsketten hatten riesige Schaufensterfronten in die alten Häuser gefräst, es gab kaum noch kleine Spezialgeschäfte wie vor zwanzig oder dreißig Jahren, als sich »Koffer Schneider« und »Haushaltsgeräte Obermann« noch heftige Preisschlachten geliefert hatten, aber offenbar war das der Lauf der Welt.

Hannah hatte meinen Wagen noch immer nicht zurückgebracht, und ich überlegte, ihr eine SMS zu schreiben, ließ es aber sein. Sie würde schon kommen. Die Bungenstraße, in der meine Wohnung lag, gehörte zum Kern der ganz alten Stadt Stade, die vor ein paar hundert Jahren noch mit einer Handvoll Straßen rund um das gemauerte Hafenbecken ausgekommen war. Meine Wohnung war klein, doch das eine der beiden Zimmer hatte einen Balkon, der keinen Meter breit war, aber die Illusion vermittelte, man säße im Freien, wenn man sich im Sessel zurücklehnte und die Füße aufs Geländer legte.

Arno Meerbusch hatte weder gejubelt noch das Victoryzeichen gemacht, was viele überraschend aus der Untersuchungshaft Entlassene tun, entweder weil sie ihre Unschuld bestätigt sahen oder um ihren Triumph auszukosten. Er hatte still seine Sachen gepackt und war mit einem Taxi verschwunden. Ich war trotzdem wütend gewesen, ich wusste gar nicht, worauf im Einzelnen. Vielleicht war es die Wut über eine falsche Fährte, in die ich mich verrannt hatte.

Mir fiel keine plausible Alternative ein, es gab keinen Verdächtigen, kein klar erkennbares Motiv, eigentlich hatten wir nichts mehr in der Hand. Die ominöse Auseinandersetzung im Gasthaus war mein einziger Anhaltspunkt. Worüber hatten sich die drei gestritten? Wir würden noch einmal mit Elke Brummer und Konrad Borowski reden müssen, und natürlich mit seiner Frau, die mit keinem Wort erwähnt hatte, dass sich ihr Ehemann mit seinem Geschäftspartner in die Wolle gekriegt hatte.

Der kurze Blick in meinen Kühlschrank zeigte gähnende Leere. Eine Flasche Wein stand einsam in der Tür, es gab keine Butter, weder Käse noch Wurst, und auch der Steinguttopf, in dem ich Brot aufbewahre – so bleibt es am längsten frisch –, war bis auf einen kleinen Rest leer.

Die meisten Krimileser und Fernsehzuschauer, die am Sonntagabend den »Tatort« gucken, haben ein falsches Bild vom Leben der Kripoermittler. Nur selten rennt der Kommissar mit theatralisch erhobener Waffe vorneweg und verfolgt den Täter, der dann in einem Anfall von Reue dem Kommissar innerhalb von drei Minuten den gesamten Ablauf der Tat, die Motive und den Namen der Mittäter offenbart. Der Ermittler trifft auch nicht ständig mutterseelenallein mit dem flüchtigen Täter in einem dunklen Kellerverlies zusammen, woraufhin dieser unter dem Druck weinend alles gesteht. Damit der Zuschauer oder Leser auch ja versteht, was er eben gesehen oder gelesen hat.

In Wirklichkeit sitzt man die meiste Zeit im Büro oder fährt zu irgendwelchen belanglosen Befragungen, die aber alle abgearbeitet werden müssen, in der vagen Hoffnung, vielleicht die

Nadel im Heuhaufen zu entdecken. Es gibt jede Menge öde Ortstermine, und ich kann mich nur an ein oder zwei Fälle von Schwerverbrechen in meiner Laufbahn erinnern, wo mir das gelungen ist, was die Fernsehheinis dauernd schaffen: einen Fall trotz schwieriger Beweislage in ein oder zwei Tagen aufzuklären.

Das Leben als Kriminalkommissar ist das Leben eines Beamten, nicht das eines Privatdetektivs – ein Leben mit Pensionsansprüchen, schlechtem Gehalt und einer Frau, die häufig auch Beamtin ist.

Solche Gedanken gingen mir durch den Kopf, als ich die Haustür hinter mir schloss, um meinen Kühlschrank wieder aufzufüllen. Ich liebe gutes Essen, deshalb kam es zum Glück nur selten vor, dass der Kühlschrank am Abend so leer war. Dabei bevorzuge ich erstklassigen Käse, keine vorgeschnittenen Goudascheiben, die schmecken, als hätte man Klebstoff ausgewalzt, außerdem türkische Oliven, die finde ich am schmackhaftesten, gerne auch Lammsalami. Und gutes Brot.

Manchmal, dachte ich auf dem Heimweg, haben nicht nur die Journalisten, sondern auch unser Herr Staatsanwalt die gleiche Vorstellung vom Leben eines Ermittlers wie die chipsknabbernden Zuschauer der sonntäglichen Fernsehkrimis.

Am nächsten Tag ging die stumpfe Routine der Ermittlungen weiter: Akten lesen, Akten lesen, Akten lesen. Ich versuchte, Zusammenhänge herzustellen, die mir bei der ersten Durchsicht nicht aufgefallen waren. Den ganzen Tag verbrachte ich am Schreibtisch, trank Unmengen Kaffee und ließ mich von Susanne Siegel verleugnen, nur Hildebrand und sie durften mich stören. Selbst der Staatsanwalt schien begriffen zu haben, dass ich jetzt mehr Zeit benötigte, um nicht noch einmal den Falschen zu verdächtigen.

Ich leerte unsere große Pinnwand, an der wir immer die Tat rekonstruieren und alles Relevante, was uns dazu einfällt, auf Zetteln markieren, und beschloss, mich über die Personen und nicht so sehr über die Tat der Lösung zu nähern.

Alle Personen, die im Umfeld der Tat eine Rolle gespielt haben könnten, wurden auf kleine Zettel notiert, die ich untereinander an die Wand pinnte: Arno Meerbusch, Anita Meerbusch, Christina und Konrad Borowski, der Pfarrer und der Mann, der die Leiche gefunden hatte und an dessen Namen ich mich nicht auf Anhieb erinnerte.

Ich blätterte in den Akten, und nach ein paar Minuten hatte ich ihn gefunden: Hans-Christian Bloch. Es wunderte mich, dass der Name mir entfallen war, und ich begann zu grübeln. Ich hatte Bloch bisher zweimal gesehen, das erste Mal bei der Taufe und dann, als er den toten Brummer gefunden hatte. Beide Male war er mir aufgefallen, und jetzt hatte ich seinen Namen vergessen.

Ich schickte Hildebrand los und bat ihn, noch einmal mit allen zu reden, die auf der Gästeliste von Brummers Silberhochzeitsfeier im Gasthaus gestanden hatten.

Am Mittwochvormittag platzte Susanne Siegel in mein Büro. Normalerweise vergisst sie niemals anzuklopfen, und ihr Gesichtsausdruck ist eigentlich immer neutral, selbst wenn sie gute Nachrichten überbringt. Jetzt riss sie die Tür auf und warf mir eine dieser Umlaufmappen auf den Tisch.

»Lesen Sie mal«, forderte sie mich auf und sah mich erwartungsvoll an. An ihrem Hals hatte sich vor Aufregung ein großer roter Fleck gebildet, der sie nicht unbedingt hübscher, aber durchaus liebenswert machte. Ein kleines bisschen erinnerte sie mich an Annemarie, die allerdings immer ihren ganzen Körper farblich veränderte. Ich überlegte kurz, wie Fräulein Siegel aussehen mochte, wenn Dirk Hildebrand und sie … Doch dann riss ich mich zusammen und öffnete die Mappe.

»Na?«, fragte sie erwartungsvoll. »Was sagen Sie?«

»Nicht schlecht!«, meinte ich nach einem ersten Blick und sah zu ihr auf. »Nicht schlecht!«

Es war das Schreiben eines Hamburger Anwalts im Auftrag von Konrad Borowski, der sich bei der Staatsanwaltschaft Stade wegen Steuerhinterziehung und Sozialversicherungsbetrug selbst anzeigte.

»Wollen Sie die ganze Akte sehen?«, erkundigte sich Susanne Siegel.

Ich schüttelte den Kopf. »Die verstehe ich sowieso nicht.«

»Ich kann Ihnen das Ganze kurz zusammenfassen, wenn Sie möchten.«

Wieder einmal staunte ich über sie und hatte keinen Zweifel, dass sie die komplizierte Materie ohne Probleme für jemanden wie mich, der nicht in der Lage war, eine Bilanz zu lesen, in einfache Worte fassen konnte.

»Gerne«, sagte ich, »sehr gerne.«

Natürlich wollte und musste ich wissen, wie Borowskis finanzielle Verhältnisse waren. Ich führte ihn zwar nicht als Verdächtigen, aber seine unmittelbare berufliche und persönliche Nähe zum Mordopfer durfte ich nicht unterschätzen.

»Paragraf 266 a«, unterbrach sie meine Gedanken.

»Was meinten Sie?«, fragte ich verwirrt.

»Der Paragraf. Im Strafgesetzbuch, StGB«, erklärte sie. »Wer als Arbeitgeber die Sozialversicherungsbeiträge eines Arbeitnehmers vorenthält, kriegt fünf Jahre Freiheitsentzug oder eine saftige Geldstrafe.«

»Wissen Sie das auswendig?«, fragte ich überrascht.

»Natürlich«, sagte sie, ohne eine Miene zu verziehen. Dann lachte sie. »Nein, ich habe das nachgeschlagen. Hier ist eine Kopie.« Sie reichte mir ein Blatt, das ich rasch überflog.

Demnach machte sich ein Arbeitgeber auch strafbar, wenn er der für den Einzug der Sozialversicherungsbeiträge zuständigen Stelle unrichtige oder unvollständige Angaben machte oder sie über sozialversicherungsrechtlich relevante Tatsachen in Unkenntnis ließ, denn dadurch enthielt er dieser Stelle ja die eigentlich fälligen Sozialversicherungsbeiträge vor.

Ich las noch einmal, diesmal genauer:

§ 266 a Vorenthalten und Veruntreuen von Arbeitsentgelt

(1) Wer als Arbeitgeber der Einzugsstelle Beiträge des Arbeitnehmers zur Sozialversicherung einschließlich der Arbeitsförderung, unabhängig davon, ob Arbeitsentgelt gezahlt wird, vorenthält, wird mit Freiheitsstrafe bis zu fünf Jahren oder mit Geldstrafe bestraft.

(2) Ebenso wird bestraft, wer als Arbeitgeber der für den Einzug der Beiträge zuständigen Stelle über sozialversicherungsrechtlich erhebliche Tatsachen unrichtige oder unvollständige Angaben macht oder die für den Einzug der Beiträge zuständige Stelle pflichtwidrig über sozialversicherungsrechtlich erhebliche Tatsachen in Unkenntnis lässt und dadurch dieser Stelle vom Arbeitgeber zu tragende Beiträge zur Sozialversicherung einschließlich der Arbeitsförderung, unabhängig davon, ob Arbeitsentgelt gezahlt wird, vorenthält.

»Was Borowski gemacht hat, nennt man Umgehungstatbestand, soweit ich weiß«, meinte meine Mitarbeiterin lapidar.

»Danke!«, sagte ich nur und wunderte mich mal wieder über sie. Ich hatte noch keine Ahnung, worauf sich die Anzeige genau bezog, sie dagegen war schon über das Strafmaß informiert.

Ich sah ihr nach, während sie das Büro verließ, und ich merkte, dass sie ein wenig stolz war, mal wieder besser informiert gewesen zu sein als ihr Chef. Ich bewunderte sie, das tat ich eigentlich schon seit ihrem Arbeitsbeginn bei uns, und heute fiel mir bei ihr wieder der Widerspruch auf zwischen ihrer unscheinbaren äußeren Erscheinung und dem, was diese Frau konnte. Aber vielleicht stimmte ja bei ihr der dumme Spruch von den stillen Wassern, die angeblich tief waren. Ich freute mich, dass Hildebrand und sie zueinandergefunden hatten, meine Befürchtung, dass niemals jemand hinter ihrer Fassade ihren wahren Kern entdecken würde, hatte sich ja als unrichtig erwiesen.

Dann wählte ich Elke Brummers Telefonnummer. Bei unserem Gespräch hatte ich völlig vergessen, sie nach dem Streit zu fragen, den alle Zeugen gesehen und gehört hatten. Die namenlose Stimme gab das Telefon weiter.

Richtig, es habe einen Streit gegeben, sagte Elke Brummer sofort, für sie habe er die ganze feierliche Stimmung zerstört, aber das habe jetzt ja keine Bedeutung mehr, fuhr sie fort, der Anlass habe auch gar nichts mit ihrem Verhältnis zu tun gehabt.

»Welches Verhältnis?«, wollte ich wissen, denn ich war sofort hellhörig geworden. Stimmte die Vermutung des Bürgermeisters doch? War der Streit vielleicht der Grund für ihren Rückzug gewesen?

»Ich meine nicht das Verhältnis zwischen mir und meinem Mann, das war so gut und entspannt wie schon lange nicht mehr. Nein, bei dem Streit ging es um das Verhältnis zwischen meinem Mann und Konrad.«

Dann schwieg sie, und auch auf mehrmaliges Nachfragen von mir schnaubte sie nur Unverständliches in ihr Telefon.

Ich sah auf die Uhr. Es war kurz nach elf, und wenn ich mit meiner Vermutung richtig lag, war sie ein Fall für eine Entzugsklinik. Ich legte auf und beschloss, sie zu besuchen und mir bei der Gelegenheit die Pistole anzusehen. Hannah hatte am Sonntag meinen Wagen wiedergebracht. Vollgetankt, als ob sie ihrem armen Vater unter die Arme greifen wollte.

Wieder war es das gleiche Ritual. Die Stimme verlangte, dass ich meinen Ausweis vor die Kamera hielt, wieder schritt ich die lange Auffahrt hoch, und der bronzene Löwenkitsch dröhnte. Wenig später öffnete die weißblonde Dame mit unbewegtem Gesicht und führte mich in den Salon.

Elke Brummer hatte sich etwas erholt, man sah ihr aber trotzdem an, dass meine Vermutung richtig war.

»Mein Mann und Konrad Borowski haben sich gestritten«, sagte sie. »Nikolaus war mit Konrads Vorgehen nicht einverstanden, er hätte den Konflikt auf Kalbsand gerne im Einvernehmen mit den Anwohnern gelöst.«

»Und deshalb hat er die Bäume bei Meerbuschs fällen lassen?«, konterte ich spöttisch.

»Es gibt zwei Ebenen«, sagte Elke Brummer und war erstaunlich klar in ihrer Aussprache. »Mein Mann hat sich bei dem Projekt um die Ausschreibungen und Auftragsvergaben gekümmert, Konrad und seine Frau hingegen um die Finanzierung.«

»Das beantwortet meine Frage nicht«, meinte ich.

»Dazu komme ich jetzt. Das Fällen der Bäume war wirklich ein Versehen, der Lohnunternehmer hat nicht genau gewusst, wo die Grundstücksgrenze verläuft, es gibt schließlich keinen Zaun.«

»Und worüber haben sie sich auf der Feier gestritten?«

»Nikolaus wollte mehr für das Haus bieten, ungefähr das Doppelte. Konrad hatte schon zu viel Wein getrunken, und so gab ein Wort das andere. Sie haben sich gegenseitig unlauteres

Verhalten vorgeworfen, Borowski meinte, wenn er die Finanzen verantworten solle, müsse er auch freie Hand haben. Das sah mein Mann anders. Er meinte, sein guter Ruf stehe auf dem Spiel.«

»Sein guter Ruf«, sagte ich mit leicht sarkastischem Unterton. Sie schien es nicht zu bemerken.

»Möchten Sie einen Tee?«, fragte sie.

Ich schüttelte den Kopf.

»Wussten Sie eigentlich, dass Borowski der Steuerberater der Meerbuschs ist?«, fragte ich. Dass sie ihr ganzes Geld den Borowskis anvertraut hatten, verschwieg ich lieber.

Sie sah mich erstaunt an. »Deshalb wusste er so gut Bescheid.«

»Wie ging der Streit aus?«, fragte ich.

»Ich versuchte zu vermitteln, aber mein Mann war kaum zu beruhigen. Er ist ... er war sehr impulsiv. Konrad hat sich einfach umgedreht und ist zum Kuchenbuffet gegangen. Später war er verschwunden. Ich vermute, er ist wütend nach Hause gefahren.«

»Und Sie?«, fragte ich. »Wo sind Sie hingegangen?«

»Auf die Toilette. Ich war so aufgewühlt und konnte nicht in den Saal zurückgehen, als ob nichts geschehen wäre. Ich habe mir dann ein Taxi rufen lassen.«

»War Frau Borowski auch da, hat sie das alles mitbekommen?«

»Das weiß ich nicht«, antwortete Frau Brummer und stand auf. Sie wollte das Gespräch offensichtlich beenden.

»Ist Ihr Fuß schon wieder in Ordnung?«, erkundigte ich mich erstaunt.

Sie nickte und wollte mich zur Tür begleiten, als mir die Pistole einfiel.

»Ich würde gerne einen Blick auf die Pistole werfen. Haben Sie die Waffenbesitzkarte gefunden?«

Sie schüttelte den Kopf. »Für die Gewehre sind alle Scheine vorhanden, für die Pistole nicht.« Sie ging zum Safe und öffnete ihn.

Im obersten Fach lag eine Walther P1.

Ich wickelte die Waffe in ein Tuch, das sie mir gab, und fuhr nach Kalbsand. Nicht dorthin, wo Brummer sein Leben gelassen hatte, sondern an eine Stelle ein oder zwei Kilometer weiter, wo man ungehindert über den Fluss sehen konnte, ohne aussteigen zu müssen. Jetzt, um die Mittagszeit, war der Platz leer. Die Rentner, die ihren Opel oder Ford normalerweise dort parkten, um stundenlang Schiffe zu beobachten, waren alle beim Essen.

Ich stieg aus und lehnte mich an meinen Wagen. Die frische Luft tat mir gut. Ich überlegte, ob es einen Zusammenhang geben könnte zwischen Brummer, der eine Walther P1 im Safe gehabt hatte, und der Bahnhofsschießerei, bei dem mit dem gleichen Pistolentyp geschossen worden war.

Schließlich rief ich Susanne Siegel an und fragte sie, ob die Anzeige gegen Christina Borowski schon eingegangen sei. Nach ein paar Minuten rief sie zurück und erzählte, dass sie ein »bisschen herumtelefoniert habe«, eine ihrer euphemistischen Umschreibungen, wenn sie bei ihren legitimen Erkundigungen erfolgreich gewesen war, die nach meiner Einschätzung manchmal haarscharf an der Grenze zur Illegalität vorbeischrammten. Tatsächlich war die Anzeige eingegangen, und die Beschuldigte müsste gestern oder spätestens heute Post bekommen haben.

Ich sah auf die Uhr. Es war kurz nach eins. Bestimmt hatte die Post in Marschenfleth nicht so viel zu tun. Die Unterlagen müssten also schon im Versicherungsbüro angekommen sein. Ich bedankte mich bei Susanne Siegel, fuhr aber erst los, als die ersten Rentner eintrafen und mit bösen Blicken ihre Stammplätze auf dem Parkplatz einforderten, um dann in Ruhe die Zeitung lesen zu können.

Bald darauf hielt ich vor dem Versicherungsbüro.

Diesmal öffnete sich die Tür problemlos.

»Ich möchte Frau Borowski sprechen«, erklärte ich der jungen Frau, die mich abfing, als ich in den Bürotrakt einbiegen wollte, und hielt ihr meinen Dienstausweis vor die Nase.

»Sie haben keinen Termin?«, fragte sie verunsichert.

»Ich brauche keinen Termin!«

Langsam wurde ich ungeduldig. In diesem Dorf schienen alle von der Polizei zu verlangen, dass man Termine ausmachte, bevor man die Verdächtigen verhören durfte.

»Herr Schlegel!«, rief eine Stimme hinter mir, und als ich mich umdrehte, stand die kleine Kugel da, die Freundin von Susanne Siegels Bruder. Ich glaubte mich zu erinnern, dass sie Elke hieß. Oder Meike?

»Kann ich Sie kurz sprechen?«, fragte sie, und ich nickte.

Sie schickte die andere Frau weg. An ihrem Verhalten merkte ich, dass sie eine derjenigen war, die andere herumkommandieren durften. Dann bat sie mich in ein kleines Besprechungszimmer.

»Sie wollten zu Frau Borowski?«, fragte sie aufgeregt, und meine schon vorhandene Ungeduld wuchs weiter.

»Richtig.«

»Ich mache mir große Sorgen um sie.«

»Um mich?«, fragte ich verdutzt.

»Nein, um unsere Chefin. Vor einer Stunde ist sie aus dem Büro gestürzt, ist ins Auto gesprungen und davongefahren, ach was, gerast ist sie!«

»Vielleicht hatte sie einen Termin vergessen«, sagte ich, »so etwas ist mir auch schon passiert.«

»Sie hat geheult und geschluchzt, sie war völlig durcheinander.«

»Hat sie privaten Kummer?«, hakte ich nach und dachte an das Gerücht des Bürgermeisters.

»Auch nicht mehr als andere«, erwiderte die Frau sibyllinisch. »Ich kenne sie gut, und so habe ich sie noch nie gesehen.«

»Und welche Sorgen machen Sie sich jetzt konkret?«

»Vielleicht erscheint Ihnen das übertrieben, aber ich habe Angst, dass sie sich etwas antun könnte.«

»Na«, versuchte ich sie zu beruhigen, »ist das nicht ein bisschen weit hergeholt?«

»Vor zwei Jahren hat sich meine beste Freundin das Leben genommen«, sagte sie mit Nachdruck, und an ihrer Stimme merkte ich, dass sie sehr aufgewühlt war, »sie hatte vorher genau den gleichen Gesichtsausdruck, den habe ich damals nicht ernst genommen. Sonst würde sie wahrscheinlich noch leben.«

»Meinen Sie, Ihre Chefin ist nach Hause gefahren?«

»Keine Ahnung.«

»Wo wohnt sie denn?«, fragte ich. »Am besten fahre ich mal hin.«

Sie diktierte mir die Adresse, ich notierte sie in meinem kleinen Notizbuch.

»Eine Frage habe ich noch«, sagte ich, als ich schon fast in der Tür stand. »Ist sie vor oder nach der Post davongefahren?«

»Was hat das denn damit zu tun?«

»Vielleicht mehr, als man denkt«, sagte ich nur, und plötzlich erschien mir ihre Vermutung nicht mehr so abwegig. Wenn Christina Borowski heute erfahren haben sollte, dass eine wahrscheinlich Erfolg versprechende Anzeige gegen sie vorlag, konnte sie sich leicht die Konsequenzen ausmalen, bis hin zu einer Verurteilung. Ich war kein Fachmann für juristische Feinheiten, aber das Mindeste dürfte wohl Untreue, wenn nicht Betrug gewesen sein.

Ich rannte zu meinem Wagen und brauste davon. Wenn ein Blitzer im Dorf gestanden hätte, ich wäre wahrscheinlich meinen Führerschein losgeworden.

Normalerweise verlasse ich mich nicht auf mein Bauchgefühl. Kriminalistik ist in erster Linie trockene Arbeit am Schreibtisch, Intuition wird meist überschätzt. Diesmal jedoch sagte mir mein Gefühl, dass Christina Borowski in Gefahr war.

Die Borowskis wohnten in Stade, nur das Steuerberatungsbüro befand sich in Buxtehude. Eine Viertelstunde später bog ich in eine kleine Stichstraße in einer der besten Wohngegenden von Stade ein, in der ich vorher noch nie gewesen war. Unterwegs hatte ich Hildebrand und einen Notarzt alarmiert, trotzdem kam ich als Erster vor dem Haus an. Die Garage war geöffnet, ein gelber Mini stand darin.

Ich klingelte Sturm, und als sich nichts regte, klopfte ich laut gegen die Tür.

»Frau Borowski!«, rief ich. »Machen Sie auf, hier spricht die Polizei!«

Sie machte auf, und ich fand vor Überraschung und Erleichterung keine Worte.

»Herr Kegel?«, fragte sie, und ich hätte mich ohrfeigen können, den grundlosen Vermutungen der kugeligen Angestellten aufgesessen zu sein.

»Schlegel«, stotterte ich, »Hauptkommissar Paul Schlegel.«

Freundlich lächelte sie mich an. »Und?«

Hinter mir bog Hildebrand in die Straße ein, gefolgt von einem Notarztwagen, der glücklicherweise sein Signalhorn nicht eingeschaltet hatte.

»Moment«, sagte ich, drehte mich um und lief die paar Schritte zu Dirk Hildebrands Wagen.

»Fehlalarm«, meinte ich nur, »ihr könnt alle wieder nach Hause fahren.«

Hildebrand hob langsam die eine Augenbraue, wie er es immer tat, wenn er seine Missbilligung ausdrücken wollte, doch ich kümmerte mich nicht darum und ging zu Christina Borowski zurück.

Sie war offensichtlich ungehalten und nicht mehr so freundlich wie zuvor.

»Verraten Sie mir bitte«, sagte sie scharf, »was dieser ganze Spuk soll?«

Es ist ein furchtbares Klischee, dass Männer Frauen besonders anziehend finden, wenn diese wütend sind, aber genauso erging es mir.

Ich schaute sie an und musste mich zusammenreißen, etwas Vernünftiges zu sagen.

»Können wir das bitte drinnen besprechen?«

Sie nickte nur und ließ mich ein.

»Möchten Sie einen Espresso?«, fragte sie, aber ich merkte an ihrem Ton, dass sie aus Routine gefragt hatte oder um von ihrer Verunsicherung abzulenken.

»Gerne!«, sagte ich trotzdem. Sie wies mit der Hand zum Wohnzimmer, doch ich folgte ihr stattdessen in die Küche. Als sie es bemerkte, sah sie mich missmutig an.

»Wir haben uns Sorgen um Sie gemacht«, erklärte ich, während sie mit der Kaffeedose herumhantierte. Sie schien die teure Espressomaschine nur selten zu bedienen, kam erst mit der Mechanik nicht klar und konnte dann kaum den Löffel halten, mit dem sie das Pulver in die Maschine füllte. Sie schob aufgeregt die Dose hin und her, als ob sie etwas vor mir verbergen wollte. Erst im Nachhinein fiel mir auf, wie nervös sie gewesen war. Doch da war es längst zu spät.

»Wer ist bitte schön ›wir‹?«, fragte sie gereizt.

»Ihre Mitarbeiterin, die etwas rundliche Frau, ich weiß leider ihren Namen nicht. Und ich.«

»Meike Simon hat sich also Sorgen um mich gemacht. Wie rührend.«

Mir erschien ihr Sarkasmus unpassend. »Sie fand es ungewöhnlich, wie Sie Hals über Kopf Ihr Büro verlassen haben.«

Christina Borowski drückte auf den Knöpfen herum und ließ schließlich zwei Tassen Espresso durchlaufen. Sie drehte sich um, und erst jetzt sah ich, dass sie tatsächlich verheulte Augen hatte.

»So ein Quatsch!«, sagte sie nur. »Lassen Sie uns ins Wohnzimmer gehen.«

»Haben Sie heute schon die Post geöffnet?«, fragte ich, während ich den Zucker in meine Tasse rührte. Es waren diese großen, sündhaft teuren braunen Würfel, die einem guten Espresso den richtigen Kick geben konnten.

»Ach, das meinen Sie!« Christina Borowski lachte, und ich überlegte, ob es ein wenig hysterisch klang. »Mit solchen Lappalien müssen wir uns doch tagtäglich herumschlagen. Was glauben Sie, wie viele Kunden wild spekulieren und dann ihren Vermögensverwaltern oder den Banken die Schuld geben?«

»Ich kenne die Anzeige, allerdings nicht jedes Detail«, sagte ich. »Mir erschienen die Vorwürfe sehr schwer.«

»Aber sie haben keinerlei Substanz, ich habe mir da nichts vorzuwerfen. Im Gegenteil, ich habe jede Transaktion vorher mit der Kundin abgesprochen, telefonisch, manchmal bin ich sogar extra zu ihr hingefahren.«

»Das muss die Staatsanwaltschaft klären«, meinte ich und war insgeheim erleichtert. Vielleicht war es ja tatsächlich so, wie sie es darstellte. Ich konnte mir kaum vorstellen, dass sie bei den Aktiengeschäften betrügerische Absichten gehabt haben sollte, dazu war sie zu intelligent. Und zu nett, dachte ich noch, aber ich wusste, dass da meine Gefühle einem objektiven Urteil im Wege standen.

»Vielen Dank«, sagte sie, als ich meinen Kaffee ausgetrunken hatte, »dass Sie nach mir gesehen haben. Ich möchte Sie nicht hinauskomplimentieren, aber ich habe noch etwas vor.«

Ich verstand, erhob mich, bedankte mich für den Espresso und wollte noch etwas Nettes, Entspannendes sagen.

»Der Zucker war übrigens ausgezeichnet!«, bemerkte ich auf dem Weg nach draußen und bereute im nächsten Moment meine blödsinnige Formulierung.

Als sie die Tür hinter mir schloss, warf sie mir einen Blick zu, der mir durch Mark und Bein ging.

13 Kapitel

Das Fatalste, was einem als Ermittler passieren kann, ist, sich in jemanden zu verlieben, den oder die man vernehmen muss.

Auf dem Weg zur Polizeiinspektion fiel mir dieser Grundsatz wieder ein. Wir hatten ihn während der Ausbildung eingetrichtert bekommen, trotzdem kam es natürlich immer wieder vor. Mir war das in all meinen Jahren bei der Polizei noch nie passiert, doch das schien sich jetzt geändert zu haben. Zweimal hatte ich Christina Borowski gegenübergesessen, hatte versucht, sie unvoreingenommen zu vernehmen, aber jedes Mal, wenn ich ihre Stimme hörte, bekam ich einen trockenen Mund, meine Gedanken schwirrten, und meine Hände wurden feucht – wie früher als Teenager, als ich mich das erste Mal verknallt hatte.

Als ich auf das Gelände der Polizei abbog, klopfte mein Herz immer noch. Ich stellte den Motor ab und versuchte, mich zu beruhigen, aber der Widerstreit in meinem Kopf zwischen Unvernunft und klaren Gedanken kostete Kraft. Ich fragte mich, was sie wohl gemeint hatte, als sie beim Abschied sagte, sie habe noch etwas vor.

Dann fiel mir ein, wie nervös sie an der Espressomaschine hantiert hatte. Außerdem war sie ungehalten gewesen, dass ich ihr in die Küche gefolgt war. Warum nur? Irgendetwas irritierte mich in meiner Erinnerung, es gab einen Punkt, der mich beunruhigte, den ich aber nicht zu fassen bekam. Einige meiner Kollegen haben ein fotografisches Gedächtnis, bei ihnen brennt sich jedes Bild so tief ein, dass sie es noch Wochen später bis ins Detail vor sich sehen, als wäre es gestern geschehen. Da musste ich regelmäßig passen. Mein Gedächtnis, das ich in den vielen Jahren als Ermittler geschult hatte, war längst nicht so gut, wie ich es mir gewünscht hätte.

Kaum war ich aus dem Auto gestiegen, lief ich dem Staatsanwalt in die Arme, der schwer und untätig vor seinem Wagen stand. Allmers und Annemarie hatten mehr gemeinsam, als man vermuten mochte. Beide hatten eine unförmige Figur und einen unglaublich griesgrämigen Gesichtsausdruck. Auch wenn Annemarie zehn Zikaden verspeist hatte (die im Übrigen ein Vermögen kosteten), schenkte sie mir nie ein dankbares Lächeln. Und wenn das ganze Kommissariat nächtelange Überstunden gemacht hatte, um einen Vergewaltiger zu fangen, und irgendwann erschöpft, aber erfolgreich seine Arbeit beendet hatte, verzog Allmers dennoch keine Miene und setzte sich so bräsig auf seinen Stuhl bei der Pressekonferenz wie Annemarie auf ihren Ast. Bei beiden hatte man den Eindruck, dass ihr Hauptinteresse in der Verdauung lag.

»Wie weit sind Sie, Schlegel?«, raunzte er mich an.

Ich glaubte, mich verhört zu haben. Genau so fährt man Untergebene an, wenn man keine Ahnung von Mitarbeiterführung hat, dachte ich. Vielleicht sollten wir ihm zu seinem nächsten Dienstjubiläum mal eine Schulung zu diesem Thema schenken. Wie würde er wohl reagieren, schoss mir durch den Kopf, wenn ich lässig kontern würde: Läuft alles nach Plan, Allmers.

Was für ein blöder Spießer, dachte ich, beschloss aber, aus strategischen Gründen lieber etwas Höfliches zu antworten.

In diesem Augenblick fiel mir ein, was ich in Christina Borowskis Küche gesehen hatte. Eilig rief ich Allmers zu, es gehe voran, dann rannte ich zu meinem Auto zurück und raste davon. In den Augenwinkeln erhaschte ich einen Blick auf den Pförtner, der sich erstaunt aus seinem kleinen Fenster lehnte.

Es war ein Strick gewesen. Hinter der Dose mit dem Kaffeepulver hatte eine Schnur gelegen, sie war zwar nur dünn, daran glaubte ich mich zu erinnern, aber für das, was Meike Simon befürchtet hatte, ausreichend: Man konnte sich daran aufhängen. War sie so nervös gewesen, weil sie befürchtet hatte, ich könnte sie entdecken?

Mit quietschenden Reifen fuhr ich die Harsefelder Straße entlang, leider hatte ich in meinem Wagen kein Blaulicht, das man aufs Dach stellen konnte. Also hupte ich und verscheuchte mit angeschaltetem Warnblinker einen Mofafahrer, der mir den ausgestreckten Mittelfinger hinterherschickte.

Vor ihrem Haus sprang ich aus dem Auto, rannte zur Tür und klingelte wieder Sturm. Diesmal öffnete niemand, es war auch kein Geräusch im Haus zu hören. Ich musste über eine Mauer klettern, um in den Garten und hinters Haus zu gelangen.

Das Wohnzimmer hatte bodentiefe Fenster und eine Terrassentür. Als ich Christina Borowski sah, zog ich die Pistole und schoss. Die Glastür zersplitterte mit lautem Getöse.

Unter der Toten lag eine umgekippte Holzleiter, an einem Haken an der Decke hing der Strick, den ich registriert, aber nicht gesehen hatte. Ihr Gesicht war verquollen, die Augen starrten weit aufgerissen in die Ferne, so als ob sie nicht begreifen könnte, was sie sah. Ihre Zunge war riesig, blau und so angeschwollen, dass sie unanständig weit aus dem Mund hing. Unter ihr hatte sich eine Pfütze gebildet.

Ich handelte, wie ich es gelernt hatte, und versuchte, alle meine Gefühle auszublenden. Ich stürzte in die Küche, suchte mir ein scharfes Messer, stellte die Leiter auf und schnitt den Strick durch. Christina Borowski war schwerer, als ich erwartet hatte. Ich konnte mich kaum auf den Stufen halten und hatte Schwierigkeiten, sie vorsichtig auf den Boden zu legen. Sicherheitshalber versuchte ich ihren Puls zu ertasten und legte mein Ohr auf ihr Herz. Sie war tot.

Ich rief Hildebrand an, der kaum glauben konnte, was ich sagte. Weil ich es nicht fertigbrachte, neben ihr auf sein Eintreffen zu warten, setzte ich mich in meinen Wagen. Dort konnte ich meine Tränen nicht länger zurückhalten. Ich war aufgewühlt wie schon lange nicht mehr. Christina Borowski war die zweite Selbstmörderin, die ich kurz vor ihrem Tod getroffen und dennoch nicht davor hatte bewahren können.

Wieso nahmen Menschen sich das Leben aufgrund von Dingen, die sich doch mit Vernunft hätten lösen lassen? Ich erinnerte mich an eine Nachbarstochter, die vor ein paar Jahren nicht angeschnallt mit über hundert Stundenkilometern an einen Straßenbaum gerast war. Sie war achtzehn, hatte ein paar Wochen zuvor ihren Führerschein ausgehändigt bekommen und war seit einem halben Jahr mit ihrem ersten Freund zusammen gewesen, einem Klempnerlehrling aus Stade. Als er mit einer neuen Flamme aufgetaucht war und ihr den Laufpass gegeben hatte, kam sie noch einmal zu ihm, und sie verbrachten eine letzte Nacht zusammen. Dann stahl sie dem Ahnungslosen die Autoschlüssel. Sie hatte alles geplant, auch die letzte Nacht, zu der sie ihn mit irgendeinem Geheimnis mehr oder weniger erpresst hatte. Morgens um halb sechs schlich sie sich aus dem Bett ihres Exfreundes und stieg in sein Auto. Dann raste sie mit voller Absicht an einen Baum und war sofort tot.

Sie hatte sich mehrfach an ihrem Verflossenen rächen wollen, offenbarte ihr Tagebuch: Zum einen hatte er mit ihr gleich seine neue Freundin betrogen, was tatsächlich zum sofortigen Bruch zwischen den beiden führte. Zum anderen hatte sie sein Auto zu Bruch gefahren, das sein ganzer Stolz gewesen war. Und außerdem sollte er sein ganzes Leben mit der Schuld an ihrem Tod leben.

Schon eine Stunde nach der Beseitigung des Wracks waren neben dem Baum drei Holzkreuze wie Pilze aus dem Boden geschossen, in die der Name der Toten und das Unfalldatum eingeritzt waren und vor denen man Blumen abgelegt hatte. Ich vermutete schon lange, dass die Jugendlichen in Kehdingen in ihren Garagen einen Vorrat dieser makabren Zeichen der Anteilnahme horteten, um sie bei Bedarf schnell aufstellen zu können. Und der Bedarf war groß, vor allen Dingen an den Wochenenden, wenn die Diskotheken in den frühen Morgenstunden schlossen. Unfälle mit zwei oder drei Toten waren nicht selten in den letzten Jahren.

Der Selbstmord der Nachbarstochter aus Liebeskummer war trotzdem etwas Besonderes, weil er, wie es schien, eiskalt durchgeplant und äußerst spektakulär gewesen war. Wahrscheinlich hatte sie deshalb gleich drei Kreuze bekommen, als späte Anerkennung sozusagen.

Liebeskummer aber war wohl nicht der Grund, weshalb sich Christina Borowski umgebracht hatte. Ganz sicher war ich mir zwar nicht in meiner Diagnose, aber es sprach alles dafür, dass die Anzeige von Arno Meerbusch dahintersteckte.

Hildebrand wusste nichts von meinen Gefühlen der Toten gegenüber. Professionell streifte er sich Einmalhandschuhe über und lockerte den Strick am Hals der Toten. Er musterte die Abdrücke auf ihrer Haut und nickte. »Selbstmord.«

Ich hatte mich nach dem Eintreffen der Kollegen ins Badezimmer geschlichen und mir mit kaltem Wasser das Gesicht abgewaschen. Als ich die Tote sah, musste ich mich wieder zusammenreißen, niemand sollte etwas von meinen Gefühlen bemerken.

»Wieso wussten Sie?«, fragte Hildebrand leise, so als ob er die Ruhe der Toten nicht stören wolle. Ihm ging es so wie mir, wir können beide nicht einfach zur Tagesordnung übergehen und herumflachsen, wenn wir vor einem Mordopfer oder einem Selbstmörder stehen – anders als manche Kollegen, die sich in aller Seelenruhe einen Kaffee aus der Thermoskanne einschenken, bevor sie an einer blutigen Leiche an die Arbeit gehen.

»Sie hat heute von der Anzeige gegen sie erfahren«, erwiderte ich ebenso leise. »Ich war vorhin in ihrem Büro, und eine Angestellte hat mir von ihrer emotionalen Reaktion erzählt. Da habe ich eins und eins zusammengezählt.«

»Es spricht nichts für Fremdverschulden«, bekräftigte Hildebrand mit Blick auf die Tote. »Ein glasklarer Selbstmord.«

Ich nickte, aber eigentlich konnte ich nicht klar denken, Hildebrand hätte mir alles erzählen können.

»Rufen Sie bitte ihren Mann an«, sagte ich. »Die Tote muss gleich in die Rechtsmedizin. Und schicken Sie trotzdem die Spurensicherung her, ich will auf Nummer sicher gehen. Schließlich war sie irgendwie in den Mord an Brummer verwickelt.«

Es waren nur ein paar Kilometer bis zu meiner Wohnung, doch als ich angekommen war, konnte ich mich an keinen Meter der Fahrt mehr erinnern. Ich öffnete die Balkontür, legte meine Füße aufs Geländer und fragte mich, ob ich mich bis zur Bewusstlosigkeit betrinken sollte. Aber es war mehr eine rhetorische Frage. Normalerweise schmeckt mir Alkohol nur, wenn ich guter Laune bin – wenn es mir schlecht geht, ist er mir zuwider. Meistens. Es hatte in einem Leben ein paar Ausnahmen gegeben, aber die waren im Grunde zu vernachlässigen. Jetzt allerdings hätte so eine Ausnahme sein können.

Würden Selbstmörder ahnen, wie der gewaltsame Tod sie verunstaltet, vielleicht wäre das ein Grund, sich anders zu entscheiden. Ich habe schon Tote gesehen, die von Zügen, vor die sie sich geworfen hatten, in drei Teile zerschnitten worden waren, und manche, die von Brücken oder aus Hochhäusern sprangen, waren nichts als blutige Fleischklumpen. Der Tod durch den Strang lässt die Zunge blau aufquellen, die Schließmuskeln erschlaffen, die Menschen nässen ein wie Säuglinge, und wenn ihr Darm voll war, entleert sich auch der.

Ich musste an Konrad Borowski denken. Bis auf das vom Bürgermeister gestreute Gerücht gab es keinen Hinweis auf irgendwelche Eheprobleme, trotzdem musste ich das klären. Die Motive von Selbstmördern sind im Normalfall für die Kriminalpolizei irrelevant, hier war es aber anders: Die Selbstmörderin und das Mordopfer hatten sich gekannt, ich musste wissen, ob es noch weitere Zusammenhänge gab, und ich musste sichergehen, dass es wirklich Suizid war.

Manchmal, wenn ich bei der Bearbeitung eines Falles nicht mehr weiterwusste, hielt ich Zwiesprache mit meinem Chamäleon. Auch wenn Annemarie überhaupt nicht auf meine Fragen reagierte, schöpfte ich so etwas wie Trost und Hoffnung aus ihrem Blick, es war sogar schon vorgekommen, dass mir die Lösung eingefallen war, während sie mich unbewegt musterte. Heute jedoch war mir nach keiner Zwiesprache mit ihr zumute.

Ich holte mir tatsächlich ein Glas Soave. Einen Kaffee oder einen Espresso hätte ich jetzt nicht trinken können. Ich dachte an meinen letzten unbeholfenen Satz über den Zucker und fing an zu weinen. Die Sonne schien, die Kälte des Aprils schien endgültig besiegt zu sein, aber die Wärme schaffte es nicht, mich aus meiner Trauer zu holen. Ich hätte Christina Borowski, da war ich mir sicher, alles verziehen, alle Transaktionen, alle Falschheit und Berechnung, wenn sie plötzlich hier aufgetaucht wäre, sich auf den leeren Stuhl neben mich gesetzt und mit mir einen faulen Nachmittag auf meinem kleinen Balkon verbracht hätte. Sie hätte ihre Füße direkt neben meine auf das

Geländer gelegt, und ihr Rock hätte sich im leichten Wind bewegt, und mir wären ein paar verstohlene Blicke gestattet gewesen. Und dann wäre sie über Nacht geblieben. Ich hätte sogar eine Zahnbürste für sie gehabt.

Mir fiel Mechthild Griemsmann ein, die für männlichen Besuch keine Zahnbürste in petto gehabt hatte. Ich brauchte heute jemanden, an den ich mich anlehnen konnte, vielleicht wäre sie die Richtige dafür.

Aber ich rief Hannah an.

»Du sollst mich nicht bei der Arbeit anrufen«, bellte sie ins Telefon, »mein Chef ist da sehr algerisch.«

Trotz ihres Ärgers und meiner Stimmung musste ich lachen. Hannah verdrehte gerne die Worte, schon seit ihrer Kindheit liebte sie das Spiel mit der Sprache und amüsierte sich, wenn jemand irritiert nachfragte, ob sie wirklich »algerisch« oder nicht doch »allergisch« gesagt hatte. Früher konnte man kaum ein Gespräch mit ihr führen, ohne dauernd mit solchen Wortspielen konfrontiert zu werden. Einer ihrer Lieblingsverdreher war »Koniferen« statt »Koryphäen«, mittlerweile erlaubte sie sich das aber nur noch selten.

»Ich wollte nur wissen«, sagte ich, »ob du heute Abend Zeit hast. Komm doch mit Jakob zum Abendessen.«

»Das geht wahrscheinlich«, meinte sie. »Ich rufe dich später noch mal an.«

Meine Stimmung besserte sich. Ich leerte das Glas, stellte es in die Spülmaschine und inspizierte meinen Kühlschrank. In den letzten Tagen hatte ich nicht viel von meinen Einkäufen verbraucht, es fehlten nur ein paar Kleinigkeiten. Jakob aß gerne Käse, sehr zu meiner Freude futterte er sich regelmäßig durch das Käseangebot auf meinem Tisch, wenn er zu Besuch war.

Dirk Hildebrand würde in einer solchen Situation bestimmt einen Pizzaservice anrufen und seine Gäste mit labbrigen, lauwarmen Geschmacklosigkeiten abspeisen – etwas, was mir noch nie in den Sinn gekommen war. Marianne war eine begnadete Köchin, Hannah eiferte ihr nach, und ich hatte nie eingesehen, die Qualität meiner Ernährung zu senken, nur weil ich seit der Scheidung selbst dafür verantwortlich war. Ich besaß keine Mikrowelle, und auf viele der Errungenschaften der Lebensmittelindustrie verzichtete ich gerne. Lieber kochte ich mir Nudeln, schnitt ein paar frische Tomaten hinein und verfeinerte alles mit ein wenig Pesto, als mir mit geschmacksverstärkten Fertigsoßen den Gaumen zu verkleben.

Ich packte einen Baumwollbeutel ein und machte mich auf den Weg. Eine Flasche Mangosaft für Jakob war ein Muss, während Hannah, seit sie sprechen konnte, nur Mineralwasser trank. An der Käsetheke ließ ich mir ein Stück Pecorino, etwas Gruyère und echten, ein Jahr alten Emmentaler abschneiden. Dazu ein wenig Camembert, nicht zu jung, aber auch noch nicht überreif. Niemals kaufte ich eingeschweißten und vorgeschnittenen Käse. Es gab schon frisches Basilikum, und ich kaufte dazu ein bisschen Mozzarella mit frischen Tomaten.

Danach ging ich zu einem Bäcker, von dem ich wusste, dass er essbare Baguettes backte, und war zufrieden, freute mich auf ein Abendessen, das meine traurigen Gedanken ein wenig in den Hintergrund treten lassen sollte.

Voll bepackt machte ich mich auf den Heimweg und hatte endlich mal wieder Zeit, mit offenen Augen durch die Stadt zu gehen. Ich bin hier geboren und habe die Veränderungen miterlebt. Lange war Stade nichts als eine beamtenverseuchte Garnisonsstadt, an der alle Neuerungen abperlten. Als in den Sechzigern des letzten Jahrhunderts in jedem Provinznest eine Universität gegründet wurde, kam niemand auf die Idee, die

Hand zu heben und »hier« zu rufen. Es gab nicht einmal eine Diskussion über dieses Thema, da war sich die Beamtenschaft schnell einig, vor kaum etwas fürchtete man sich mehr als vor Studenten.

Erst als die Stadt völlig in der Bedeutungslosigkeit zu versinken drohte, nachdem ihr der Sitz der Bezirksregierung weggenommen worden war, musste man sich etwas überlegen. In den Fünfzigern hatte man eine Zeit lang darüber diskutiert, ob man die gesamte verwinkelte Altstadt mit ihren baufälligen Fachwerkhäusern dem Erdboden gleichmachen solle – eine Arbeit, die in den letzten Kriegstagen in vielen anderen Städten von englischen Brandbomben übernommen worden war. Stade war auch vor dem Krieg nur eine Verwaltungsstadt der unteren Kategorie gewesen und damit völlig nebensächlich in den Überlegungen der Kriegsplaner. Die paar Bomben, die fielen, trafen die außerhalb der Stadt gelegene Kaserne mit ihrem schlecht ausgebauten Flughafen.

Stade sah in den Fünfzigerjahren des 20. Jahrhunderts aus wie die DDR dreißig Jahre später: verfallende Bauten, marode Häuser und schlechte Straßen. Einer der Vorschläge war, sie nach dem Abriss »autogerecht« in moderner Betonatmosphäre wieder aufzubauen. »Autogerecht« war *das* Schlagwort, das die Stadtplanung der Nachkriegszeit beherrschte, Beton der Baustoff, mit dem man scheinbar alle Träume verwirklichen konnte.

Ich war vor ein paar Jahren mit einem Freund zufällig durch den Wallfahrtsort Neviges gefahren und hatte staunend vor sakraler Betonarchitektur aus den Sechzigern oder Siebzigern gestanden, einem Dom und einem Kloster, aus denen schon nach vierzig Jahren die Eisenträger rostend herausragten. Stade konnte sich glücklich schätzen, für solche Pläne zu arm gewesen zu sein. Das Vorhaben war am Geldmangel gescheitert, und als die finanzielle Situation durch ein paar spektakuläre Industrieansiedlungen besser wurde, hatte sich die herrschende Meinung geändert, und man steckte das Geld stattdessen in die Renovierung der Häuser, mit dem Resultat, dass eine Puppenstubenaltstadt entstand, manches putzig und ein Bild des Mittelalters vorgaukelnd, das so dem asiatischen Klischee von Europa entsprach, dass von dort das ernst gemeinte Angebot kam, alles aufzukaufen, abzutragen und in China wieder aufzubauen. Mir ist es aber allemal lieber, in dieser falschen heilen Welt zu leben als in einem Betongrab.

Trotz aller Anstrengungen ist Stade jedoch das geblieben, was es vor der Aufhübschung auch war: ein verschlafenes Provinznest, in dem abends die Bürgersteige hochgeklappt werden und dessen kulturelles Highlight ein jährlicher Opernball ist. Stade hat natürlich gar keine Oper, nur eine Stadthalle, die gerne von reisenden Ensembles aus Weißrussland mit billigen zweit- oder drittklassigen Aufführungen bespielt wird und die jährlich so viel Geld verschlingt, dass man damit jeden Stader zweimal im Jahr bequem nach Hamburg ins Theater fahren könnte.

Meine Wohnung war eine verwinkelte Behausung mit schrägen Wänden, nachträglich mit Gipskartonplatten unter ein Dach gequetscht. Sie war eng und im Sommer sehr heiß. Für den Vermieter schien es als Ausgleich auszureichen, dass sie im Winter umso kälter war. Trotzdem wohnte ich gerne dort. Die Bungenstraße ist so schmal, dass es keinen Durchgangsverkehr gibt, und als vor ein paar Jahren die altertümliche Disco, in die ich sogar noch als Jugendlicher gegangen war, in die Vorstadt umzog, war es auch mit den nächtlichen Ruhestörungen durch betrunkene Jugendliche vorbei. Mir gefiel der Blick über die Dächer der Altstadt, außerdem konnte ich mir keine größere

Wohnung leisten, denn ich musste Hannah jeden Monat ein bisschen Geld zustecken. Sie verdiente als Azubi zu wenig, um mit ihrem Kind und eigener Wohnung über die Runden zu kommen. Ich war so froh, dass sie aus Mariannes Haus ausgezogen war, dass ich mich sofort zu dieser Unterstützung bereit erklärt hatte.

Nachdem sie wieder nach Stade zurückgekehrt war, hatte sie zunächst ein paar Wochen bei mir gewohnt. Als es uns zu eng wurde, beschloss sie, zu Marianne in den Uppsalaweg zu ziehen, um dort die Geburt abzuwarten. Sie habe schließlich immer noch ihr Zimmer dort, argumentierte sie. Ihre Mutter jedoch hatte sich gesträubt. Sie »fühle sich für den Kleinen nicht zuständig«, hatte sie erklärt, Hannah könne doch bei mir bleiben. Schließlich sei ich so vernarrt in Kinder, und mit dem Kleinen sei ich im Übrigen genauso verwandt wie sie. Sie werde sich jedenfalls nicht noch einmal um verschissene Windeln kümmern, hatte sie Hannah an den Kopf geworfen, dabei aber nicht mit der Hartnäckigkeit ihrer Tochter gerechnet. Für Hannah war der Streit, der zu ihrem Auszug geführt hatte, längst vergessen, Marianne dagegen war wie immer nachtragend.

Letztlich war Hannah in ihr altes Zimmer gezogen, doch es hatte ständig Streit gegeben. Sie hielt es erstaunlich lange dort aus und hatte erst vor Kurzem, als Jakob in die Kita konnte, ihre Sachen gepackt, sich eine eigene Wohnung genommen und eine Ausbildungsstelle gefunden. Ich hatte den Eindruck, sie war ganz zufrieden mit ihrer Wahl.

Als Jakob auf seinem Stühlchen saß und mit Begeisterung aß, wusste ich, dass die Idee, die beiden zum Abendessen einzuladen, mich wahrscheinlich vor einem Vollrausch gerettet hatte. Ich vergaß für eine Weile die Bilder der toten Christina Borowski und meine Trauer über ihren Tod und amüsierte mich über meinen Enkel, der seine Kaubewegungen mit lauten Geräuschen der Behaglichkeit begleitete, ähnlich dem Schnurren einer Katze. Nach ein paar Minuten brabbelte er etwas wie »Opa Sooß« und kletterte zu mir herüber.

Ich beschloss, Hannah nichts von Christina Borowskis Suizid zu erzählen.

14 Kapitel

Ich hatte nur ein schmales Gästebett, weshalb Jakob, wenn er mit Hannah bei mir war, immer in meinem großen Bett schlafen durfte. So gut, meinte sie dann jedes Mal, schlafe er bei ihr zu Hause nie ein. Allerdings musste man ihn immer erst vom Terrarium weglotsen. Das Tier und er sahen sich minutenlang bewegungslos an, und wenn Annemarie dann plötzlich ein Auge bewegte, kreischte Jakob vor Vergnügen.

Als er eingeschlummert war, setzten Hannah und ich uns in der Küche zusammen, tranken Kräutertee, und ich erkundigte mich bei ihr, wie es ihr in ihrer neuen Wohnung gefalle. Sie wohnte im Ortsteil Schölisch und genau wie ich unter dem Dach.

»Gut. Ich bin froh, nicht mehr im Uppsalaweg zu wohnen.«

Ich hob die Augenbrauen. »Warum?« Dabei wusste ich schon, dass sie mir diese Frage nicht beantworten würde. Vielleicht wollte ich nur hören, dass sie sich mit Wolfgang noch weniger verstanden hatte als mit ihrer Mutter.

»Das muss ich dir nicht erklären, oder?«, sagte sie, und wir beschlossen, das Thema zu wechseln.

»Wie weit bist du denn mit deinem Mörder?«, fragte sie, und es klang nach echtem Interesse. »Der Künstler war es wohl nicht?«

»Wahrscheinlich war er es wirklich nicht, auch wenn ich mir da noch nicht ganz sicher bin.«

»Hast du einen neuen Verdacht?«

»Ich glaube, dass es einer der Hochzeitsgäste war, da hatten einige ein Motiv.«

»Und zwar?«

»Das Motiv ist immer Macht, ausnahmslos.«

»Ich dachte, Sex oder Geld?«

»Eben«, sagte ich nur und sah sie an. »Wir haben alle befragt, die nach der Silberhochzeit zum Mittagessen gegangen sind, aber…«

»… keiner hat was gesehen, gehört oder getan«, unterbrach sie mich.

Ich nickte. »Kehdinger Sturköpfe. Das hat wahrscheinlich etwas mit ihrer Geschichte zu tun. Die Kehdinger waren nie Leibeigene, bis ins 19. Jahrhundert gab es sogar noch eine Thingstätte. Vorne war die Elbe und im Rücken das Moor, eigentlich war dieser Landstrich uneinnehmbar, nur durch Verrat ist es früher gelungen, vielleicht sind sie deshalb so misstrauisch, was Fremde betrifft. Vor allen Dingen, wenn der Fremde aus dem nächsten Dorf kommt. Bis vor Kurzem haben die jungen Männer bei den Schützenfesten die Konkurrenz aus den Nachbardörfern schon am Ortseingang abgefangen und ihnen einen Denkzettel verpasst, damit die bloß nicht auf die Idee kamen, etwas mit den jungen Mädchen anfangen zu wollen. ›Wi petten unsere Heuner al sölben‹, hieß es, Wir treten unsere Hühner selbst. Verstehst du?«

Hannah nickte müde.

»Da gibt es eine Geschichte, die mir der Pfarrer erzählt hat«, fuhr ich fort, »die erklärt das mit den Fremden am besten. Er habe eine alte Bäuerin gefragt, wann sie das letzte Mal auf dem übernächsten Nachbarhof gewesen sei, sie hätte dazu zwei Kilometer zurücklegen müssen. Ihr Hof lag im Moor, der andere auf der Marsch. Sie meinte, das sei sicher dreißig Jahre oder mehr her, die Marschbauern seien immer so ein besonderes Völkchen… Sag mal, hörst du mir überhaupt zu?«

Sie seufzte. »Papa, ich kenne die Geschichte, du erzählst sie jedes Mal. Bitte verschone mich, ich muss sie nicht zum hundertsten Mal hören.«

Ich schluckte, und bevor ich etwas erwidern konnte, legte sie noch eine Schippe drauf: »Und fang jetzt nicht mit der Geschichte an, wie das Alte Land zu seinem Reichtum gekommen ist!«

»Mache ich das sonst immer?«, fragte ich verunsichert.

»Jedes Mal! Mit absoluter Sicherheit, Papa! Manchmal frage ich mich, ob du Besuch von Jakob Creutzfeldt gehabt hast.«

»Nein«, erwiderte ich, »Alois war da. Alois Alzheimer, ich soll dich schön grüßen.«

Ich ertappte mich tatsächlich immer öfter dabei, die gleiche Marotte wie meine Mutter zu pflegen, die ihre Geschichten so oft wiederholte, sie manchmal tatsächlich zwei- oder dreimal hintereinander erzählte, bis alle Zuhörer entweder ermüdet dösten oder das Zimmer verlassen hatten. Hannah unterstellte mir dann immer, ich litte an der Creutzfeldt-Jakob-Krankheit, was unweigerlich zu meiner Replik mit Alois Alzheimer führte.

»Du wirst Oma immer ähnlicher«, sagte Hannah. »Sie hat zum Schluss nur noch in der Vergangenheit gelebt. Und wenn ich es mir überlege, geht es dir bei deinem Beruf auch nicht anders.«

»Mein Beruf? Was hat der denn damit zu tun?«

»Na ja«, meinte sie, »du schaffst ja im eigentlichen Sinne nichts Neues, wie zum Beispiel ein Architekt oder ein Ingenieur. Du gestaltest nichts, du wühlst in der Vergangenheit des Opfers herum und kommst eigentlich nie in der Gegenwart an, selbst wenn du einen Fall aufgeklärt hast. Das könnte ich nicht, in meinem Beruf erschaffe ich zwar auch nichts Neues, aber ich arbeite sozusagen immer in der Gegenwart mit Blick auf Zukünftiges.«

Ich schenkte mir ein weiteres Glas Soave ein und schloss die

Balkontür. Es war kalt geworden, der Himmel hatte aufgeklart, und von der lauen Wärme des Nachmittags war nur noch die Erinnerung geblieben.

»Aber einer muss doch diese Arbeit machen«, wandte ich zaghaft ein.

»Natürlich, die Moral muss wiederhergestellt werden.« Ich war mir nicht sicher, ob sie das sarkastisch gemeint hatte. »Ich habe nichts gegen Polizeiarbeit.«

»Die öffentliche Moral, möchte ich klarstellen«, sagte ich und legte Nachdruck in die Stimme. »Die private ist mir egal, solange sie mich nicht persönlich tangiert oder in meinen Arbeitsbereich hineinragt.«

»Die Leute schreien nach Gerechtigkeit und meinen Rache, ist es nicht so, Papa?«

»Zumindest sehr oft.«

Hannah stand auf, um ins Bett zu gehen, aber sie ließ mir den Vortritt im Bad. Ich hörte sie mit Annemarie plaudern, und als ich mit der Zahnbürste im Mund zu ihr ging, drehte sie sich um und sagte: »Er ist mit dem schönen Gefühl gesegnet, ein toller Hecht zu sein.«

»Sie«, korrigierte ich, »sie ist ein Weibchen.«

»Stimmt nicht, Papa. Ein Freund von mir hat auch Chamäleons, er hat mir die Unterschiede erklärt. Beim Jemenchamäleon sind nur die Männchen so gefärbt, die Weibchen sind viel unscheinbarer und nicht so groß. Und dazu haben die Männchen an den Fersen der Hinterbeine einen kleinen Sporn.«

Ich nahm Annemarie aus dem Terrarium. Hannah zeigte auf die Hinterbeine. Die beiden Sporne waren nicht zu übersehen.

»Erstaunlich«, sagte ich und setzte ihn wieder zurück, beschloss aber sofort, dass er ihren (oder musste ich jetzt »seinen« sagen?) Namen behalten solle.

Ich traute meinen Augen nicht, als ich am nächsten Morgen die Zeitung aufschlug. Ich war sehr früh aufgestanden, hatte Brötchen für uns drei geholt und die Zeitung aus dem Briefkasten genommen, sie aber nicht weiter beachtet. Hannah freute sich auf das nahe Wochenende, sie hatte sich sogar den morgigen Freitag freigenommen. Was ich am Wochenende vorhabe, fragte sie, während sie Jakob den Anorak überstreifte.

»Ich habe Bereitschaftsdienst. Am Samstagmorgen gehe ich wohl in die Polizeiinspektion, ich will noch ein paar Akten lesen.«

»Und am Sonntag?«, wollte sie wissen, und ich wunderte mich über ihre hartnäckigen Fragen.

»Eigentlich nichts, ich muss nur in der Nähe bleiben, falls das Handy klingelt.«

Sie meinte, das sei schade, denn eine Freundin habe ihr von ihrem Ausflug mit der Personenfähre von Cranz nach Blankenese erzählt und ihr die kleine Tour sehr empfohlen.

»Ich hatte gedacht, wir drei könnten das am Sonntag machen und dann in Blankenese irgendwo mit Blick auf die Elbe Kuchen essen. Das Wetter soll schön bleiben.«

Als die beiden das Haus verließen, öffnete ich die Balkontür und sah ihnen gerührt hinterher. Vor drei oder vier Jahren wäre so ein Familiennachmittag der reinste Gräuel für Hannah gewesen, doch heute, mit Jakob, der mit kleinen Schritten neben ihr über das Kopfsteinpflaster stiefelte, kam so ein Vorschlag von ihr. Ich bedauerte sehr, dass ich nicht zusagen konnte, machte die Balkontür zu und setzte mich an den Frühstückstisch.

Nachdem ich mir Kaffee nachgeschenkt hatte, vertiefte ich mich in die Zeitung. Ich hatte damit gerechnet, an prominenter Stelle den Namen Christina Borowski zu lesen – ein Selbstmord der Chefin einer bekannten Versicherungsagentur war so spektakulär, dass keine Zeitung daran vorbeigehen konnte. Aber es war sein Name, der mir sofort ins Auge stach: Auf dem Titelblatt wurde auf ein »großes Interview« im Lokalteil verwiesen, und ich wunderte mich, wie man am Tag des Selbstmords seiner Frau ein Interview geben konnte.

Als ich die Lokalseite aufschlug, wunderte ich mich noch mehr. Die obere Hälfte der Seite wurde von Konrad Borowskis Foto beherrscht, man spürte förmlich die selbstsichere Arroganz, die dieser Mann ausstrahlte. Unten links war ein Kasten eingerückt, in dem die Zeitung die Zusammenhänge klarstellte. Er sei zwei Tage vor dem »tragischen Tod« seiner Gattin zum Interview in die Redaktion gekommen, und man habe ihn natürlich gefragt, ob man bei den Planungen bleiben könne, das Interview an diesem Tag zu drucken, trotz der Belastung, der er ja nun ausgesetzt sei. Borowski habe sich damit einverstanden erklärt, wofür sich die Zeitung ausdrücklich bedankte.

Es war ein paar Tage her, dass sich Konrad Borowski wegen Steuerhinterziehung und Sozialversicherungsbetrug angezeigt hatte. Susanne Siegel hatte mir inzwischen die Zusammenhänge so dargelegt, dass sogar ich sie verstanden hatte. Er hatte die Dreistigkeit besessen, sich zu diesem Thema interviewen zu lassen, und je mehr ich las, desto übler wurde mir. Ich stellte mir vor, wie unsere Gesellschaft aussehen würde, wenn sich alle, die gegen ein Gesetz verstoßen hatten, in der Zeitung dazu äußern dürften. Vielleicht sollte ich den kleinen Handtaschenräubern, Zuhältern und Wohnungseinbrechern, die ich festnahm, empfehlen, künftig vor der Gerichtsverhandlung noch schnell ein Exklusivinterview zu geben, um die Gerichtsbarkeit ein bisschen auf ihre Seite zu ziehen?

Natürlich war es Sinn und Zweck dieses Interviews, in den Köpfen der Leser (zu denen auch die Richter, Schöffen und

Staatsanwälte gehörten) ein bestimmtes Bild von Borowski zu erzeugen, nämlich das des reuigen Sünders, der seine Schuld eingesehen und sofort freiwillig, ohne staatliches Eingreifen beglichen hatte und damit der Forderung der Gesellschaft nach Wiedergutmachung nachgekommen war. Wozu dann noch eine Strafe? Der Artikel suggerierte die Vorstellung, dass der Gerechtigkeit damit Genüge getan und der Schaden beglichen sei. Schließlich habe Borowski einen sechsstelligen Betrag überwiesen, alles andere sei doch nur noch der Ruf nach Rache und nicht der nach Gerechtigkeit, und *das* sei in Wirklichkeit im höchsten Maße unmoralisch.

Unglaublich, dachte ich, diese Debatte hatte ich doch gestern erst mit Hannah geführt. Borowski legte die Gesetze aus, wie er sie brauchte, unser kleiner Provinz-Berlusconi. Da war sie wieder, die Frage nach der Moral. Und da behauptete meine Tochter, mein Beruf wühle nur in der Vergangenheit herum.

Angeekelt warf ich die Zeitung in den Papierkorb und wunderte mich, dass das Blatt einem offensichtlichen Gesetzesbrecher diese Plattform geboten hatte. Wenn er Glück hatte und die Steuerfahndung noch nicht auf ihn angesetzt war, würde er mit der Steuersache durchkommen. Bei der anderen Geschichte würde es eng werden. Bei Sozialversicherungsbetrug kennen die Richter wenig Mitleid, vor allen Dingen nicht bei einem Fachmann, hier gilt Vorsatz und nicht Dummheit, und das wirkt strafverschärfend, da nützen auch keine wehleidigen Interviews im Vorfeld.

Borowski hatte Angst, das merkte man in jeder Äußerung. Womöglich würde der »tragische Tod« seiner Frau dazu führen, dass man Mitleid mit ihm hatte – zumindest solange man das Motiv ihres Freitods nicht kannte.

Was für ein sauberes Pärchen, dachte ich und war plötzlich

von meiner Schwärmerei für Christina Borowski geheilt. Sie zockte mit fremden Papieren, bis nichts mehr übrig war, und er betrog den Staat nach Strich und Faden. Er hatte Handballer aus dem Verein, bei dem er als Sponsor auf jedem Trikot stand, per 450-Euro-Job nur geringfügig versichert, um die Sozialabgaben zu sparen. Weil das den Sportlern zu wenig gewesen war, hatte er sie auf dieselbe Art noch in seiner Kanzlei und bei einer Scheinfirma beschäftigt. Der Schaden war sechsstellig, und bei der dafür vorgesehenen Strafe war keine Bewährung möglich. Und keine Geldstrafe, sondern zwingend Gefängnis. Schade, dachte ich, dass es kein Zuchthaus mehr gab, so wütend war ich über diesen aufgeblasenen Arroganzling.

Wenigstens war das Wetter gut. Der Tag begann mit strahlendem Sonnenschein, und es hatte den Anschein, als ob wir tatsächlich bald ein wenig Frühsommer genießen könnten. Ich schwang mich aufs Fahrrad und fuhr, immer noch wütend, durch Stade zur Polizeiinspektion.

Hildebrands nochmalige Befragung einiger Gäste hatte nichts Neues gebracht. Ich beschloss, mir die Leute vorzunehmen, die von Brummer finanzielle Zuwendungen erhalten hatten. Ich nahm mir die Empfänger der höchsten Zahlungen vor. Die anderen würde ich Hildebrand überlassen. Meine Liste umfasste sieben Männer:

Hans Grasser 60 000
Ferdinand Reimann 45 000
Kurt Meier 13 500
Dr. Hans-Erich zum Felde 10 000
Eberhard Kenner 3100
Friedel Naumann 2400
Georg Schanner 1500

»Ich brauche Informationen über diese Leute«, sagte ich und übergab Susanne Siegel meine Liste. »Berufe, Arbeitsstelle, Familienstand und so weiter.«

»Bei dreien weiß ich es so, da muss ich nirgendwo nachsehen«, sagte sie. »Reimann ist der Bäcker, Dr. zum Felde ist so was wie der heimliche Bürgermeister, er war der Vorgänger von Grasser und hat immer eine sehr feste Meinung, die er auch laut kundtut.«

»Stellen Sie die Infos möglichst bald zusammen, ich will heute noch losfahren.«

Die Tischlerei Grasser lag in einer kleinen Seitenstraße kurz vor dem alten Sommerdeich, ein unscheinbares Hinweisschild an der Hauptstraße wies den Weg.

Ich war mir sicher, dass ich Hans Grasser nicht antreffen würde – es war später Vormittag, und er war wahrscheinlich im Rathaus –, doch ich wollte mir den Betrieb ansehen. Also ging ich ins Büro, zeigte meinen Dienstausweis und fragte nach dem »Chef«.

»Wollen Sie den Junior oder den Senior sprechen?«, erkundigte sich die Frau hinter dem altertümlichen Bildschirm, der noch aus den Anfangszeiten der Computerisierung zu stammen schien. Bevor ich etwas sagen konnte, fuhr sie aufgeregt fort: »Ist etwas passiert? Ich bin Hilde Grasser, die Seniorchefin.«

»Nein, ganz und gar nicht«, beruhigte ich sie, »ich habe nur ein paar Fragen im Zusammenhang mit dem Tod von Nikolaus Brummer.«

Ihr Blick verfinsterte sich.

»Kannten Sie ihn?«, fragte ich.

»Und ob«, erwiderte sie.

»Sie mochten ihn nicht?«

»Mein Mann hielt sehr viel von ihm, ich weniger.«

»Gründe?«

»Das liegt so lange zurück, das hat heute keinen Wert mehr.«

»Ich möchte es aber doch wissen«, sagte ich, »manchmal sind die kleinsten Details wichtig.«

»Wir sind zusammen zur Schule gegangen, Nikolaus und ich, und als die Mädchen älter wurden, Sie verstehen ...?«

Er schien seinem Ruf schon in früher Jugend alle Ehre gemacht zu haben.

»Ist er zudringlich geworden?«, fragte ich.

Sie schüttelte den Kopf. »Er hielt sich einfach für unwiderstehlich, und wenn ein Mädchen Nein sagte, hat er sich gerächt. Mit Gerüchten und dummem Gerede. Aber das ist lange her.«

»Und Ihr Mann hat sich gut mit ihm verstanden?«

»Das musste er zwangsläufig, schließlich ist er der Bürgermeister, und Nikolaus hat einen großen Betrieb, so jemanden darf man nicht vergrätzen. Was glauben Sie, was hier los wäre, wenn das Bauunternehmen plötzlich weg wäre? Umgekehrt war es aber genauso. Nikolaus hat nämlich auch den Bürgermeister gebraucht.«

»Und ihm dafür Geld geliehen«, sagte ich und war gespannt auf ihre Reaktion.

Sie zögerte und wirkte überrascht.

Dann nickte sie. »Ohne den Kredit hätten wir den Laden dichtmachen müssen. Ein großer Auftraggeber hatte Insolvenz angemeldet, nachdem wir alles geliefert hatten, und uns mitgerissen.«

Ich kannte eine andere Version, aber das erschien mir jetzt nicht wichtig. Stattdessen fragte ich: »War das alles, ich meine, gab es sonstige Gefälligkeiten?«

Sie schüttelte den Kopf.

»Haben auch andere wichtige Leute in der Gemeinde Geld geliehen bekommen?«

»Auf keinen Fall«, meinte sie mit Nachdruck. »Nikolaus hat zu meinem Mann gesagt, er sei der Einzige und solle bloß den Mund halten, das dürfe nicht an die große Glocke gehängt werden, er habe so etwas noch nie gemacht.«

»Ist das Geld schon zurückbezahlt worden?«

Sie schüttelte den Kopf. »Es geht uns zurzeit nicht besonders gut.«

Ich bedankte mich. Mit Grasser brauchte ich nicht mehr zu reden, denn es war genau so, wie Elke Brummer es mir erklärt hatte: Die Geldempfänger wussten nichts voneinander.

Die Bäckerei von Ferdinand Reimann lag nur ein paar Straßen weiter. Er schlief, als ich nach ihm fragte. Die Verkäuferin war begeistert, von einem richtigen Kommissar befragt zu werden. Sie beantwortete treuherzig meine Fragen nach dem Betrieb, nach ihrem Chef und der allgemeinen Situation kleiner Bäckereien. Ich merkte ihr an, dass sie sich schon darauf freute, zum Handy zu greifen, sobald ich aus der Tür war, um das halbe Dorf zu informieren. Ehrlich gesagt hatte ich mir von der Befragung nicht viel erhofft, doch eine wichtige Information bekam ich immerhin.

Die Verkäuferin erzählte, dass ihr Chef ein begeisterter Jäger sei und so oft wie möglich losziehe.

»Vor einem Jahr«, sagte sie aufgeregt, »hat er sogar einen Bären geschossen.«

»Jetzt binden Sie mir aber einen Bären auf«, sagte ich lächelnd.

»Doch!«, sagte sie mit Nachdruck. »Im Kaukasus.«

Ich staunte. Da lieh sich der Mann Geld für den Hausbau und fuhr gleichzeitig zum Jagen in den Kaukasus.

»Das muss ein teurer Bär gewesen sein«, sagte ich vorsichtig.

Ihre Antwort kam prompt: »Er ist eingeladen worden, das hat ihn überhaupt nichts gekostet, selbst der Flug wurde bezahlt.«

»Wer war denn der großzügige Spender?«

»Der Bauunternehmer«, sagte sie, »der, den sie umgebracht haben.«

Mich wunderte nichts mehr.

»Nur die beiden?«, fragte ich und ahnte schon die Antwort.

»Ich glaube, das war eine Reisegruppe, ich weiß aber nicht, wer sonst noch dabei war.«

»Der Bürgermeister?«, hakte ich nach.

»Ich glaube schon«, sagte sie, »ich glaube, er hat so etwas erwähnt.«

Ich sah auf die Uhr. Es war kurz vor Mittag, wenn ich mich beeilte, würde ich Grasser vielleicht noch im Rathaus antreffen.

Ich hatte die Tür der Bäckerei noch nicht richtig geschlossen, da zog die Verkäuferin ihr Handy aus der Tasche und tippte eine Nummer ein. Das wird nicht das einzige Gespräch am heutigen Tag bleiben, dachte ich.

Grasser erzählte mir, dass nicht Brummer, sondern Borowski einige »ausgewählte Bürger des Dorfes« zur Bärenjagd in den Kaukasus eingeladen hatte. Ich wollte wissen, nach welchen Kriterien diese Auswahl vorgenommen worden sei, und er meinte, alle hätten Jäger sein müssen.

»Und weiter?«, bohrte ich nach. »Da hätte er ja die Hälfte des Dorfes einladen können.«

»Keine Frauen«, sagte Grasser mit vollem Ernst.

»Natürlich«, sagte ich, aber er verstand meinen Spott nicht. »Und weiter?«

Grasser zögerte. Kamen ihm Zweifel an der Legitimität dieser Reise? Wohl kaum, dachte ich, wer sich mit so einem Haufen Geld vor der Pleite retten lässt, geht auch auf gesponserte Reisen.

»Wann war denn dieser nette kleine Ausflug?«

»Letztes Jahr im Juni, zwei Wochen lang.«

»Und, haben Sie auch etwas erlegt?«

Er schüttelte den Kopf. »Ich habe die meiste Zeit im Bett verbracht, ich hatte schon den Flug nicht vertragen, und von dem Essen habe ich Magenprobleme bekommen.«

Recht so, dachte ich, ließ mir noch das genaue Datum und den Namen der Fluggesellschaft geben und verabschiedete mich.

»Ich benötige die Passagierliste«, sagte ich zu Susanne Siegel. »Die Herren sind von Hamburg aus geflogen, ich glaube, erst mal nach Tiflis. Und schicken Sie mir Herrn Hildebrand rein, wenn er wieder im Haus ist.«

Sie nickte und verschwand.

Dirk Hildebrand kam wenige Minuten später in mein Büro und hörte sich staunend an, was ich im Dorf herausgefunden hatte.

»Wissen Sie noch, wann diese Abstimmungen über den Hotelbau stattgefunden haben?«

»Das haben wir gleich«, sagte ich und blätterte ein wenig in der umfangreichen Akte Brummer. »Am 23. September.«

»Ich gehe jede Wette ein, dass alle Fraktionen mit Ja gestimmt haben. Es ist sehr raffiniert gewesen, nur Jäger einzuladen. Da kommt kein Verdacht auf, auch wenn der eine oder andere Jäger zufällig an den Entscheidungen mitwirkt.«

»Das glaube ich auch, trotzdem haben wir ein Problem: Das alles erklärt nicht den Mord. Wir haben kein Motiv.«

»Wir sollten versuchen, das Pferd von hinten aufzuzäumen«, schlug Hildebrand vor. »Wir machen ein Ausschlussverfahren, sammeln sämtliche Motive, die uns einfallen, und streichen alle, die uns unwahrscheinlich erscheinen.«

Ich nickte, denn ich hatte auch keine bessere Idee.

»Dann fange ich an«, sagte ich und notierte auf einem großen Blatt: »Eifersucht, Rache, Auftragsmord, Macht, Geld, Sex, Affekthandlung.«

»Unerwiderte Liebe«, ergänzte Hildebrand. »Neid, verletzte Eitelkeit, Habgier, Vertuschung.«

»Das reicht erst einmal«, meinte ich, schrieb auch Hildebrands Vorschläge auf und hängte das Blatt an die Pinnwand.

»Als Erstes streichen wir die unerwiderte Liebe«, meinte Hildebrand. »Sehr unwahrscheinlich bei seinem Frauenkonsum.«

»Und die Habgier«, sagte ich. »Da sehe ich nämlich weit und breit keinen, der von seinem Erbe profitieren könnte außer der Frau. Und die scheidet sicher aus.«

»Wir streichen die verletzte Eitelkeit«, schlug Hildebrand vor.

»Und den Neid. Warum soll der Neid gerade im strömenden Regen ausgebrochen sein? Weg damit.«

»Und Eifersucht?«, fragte Hildebrand.

»Bleibt erst mal stehen«, entschied ich.

»Und was ist mit Rache? Wer sollte sich rächen wollen? Anita Meerbusch wegen der abgesägten Bäume?« Hildebrand dachte eine Weile nach und fuhr dann fort: »Zeitpunkt und Ort der Tat sind doch für diese ganzen Motive äußerst … wie soll ich sagen … ungewöhnlich oder unpassend. Ich glaube, wir können ausschließen, dass es eine geplante Tat war. Wenn es jemand wirklich auf Brummer abgesehen haben sollte, hätte es doch tausend bessere Orte und Zeitpunkte für einen Mord gegeben. Außerdem wäre der Mörder bestimmt etwas eleganter vorgegangen.«

Ich überlegte. Hildebrand hatte recht. Das schloss aber noch lange nicht alle Motive aus.

»Auftragsmord?«, überlegte ich laut, schüttelte aber gleich den Kopf. »So etwas wird normalerweise geplant und scheidet deshalb aus. Ich meine, welcher Mörder steht mit der Keule da und wartet darauf, dass Brummer alkoholisiert und wütend den Deich hinunterrennt?«

»Sehr unwahrscheinlich«, stimmte Hildebrand zu, »ich kann mich an keinen Fall erinnern, bei dem jemand im Auftrag erschlagen wurde, da ist das Risiko viel zu hoch. Auftragskiller benutzen eine Schusswaffe und würden niemals an einem Ort zuschlagen, von dem sie nicht sofort verschwinden könnten.«

»Das bedeutet, dass wir uns noch einmal die Rekonstruktion des Tatablaufs ansehen müssen. Wo stand das Opfer, wo der Täter? Wir haben leider immer noch nicht die Tatwaffe. Ich vermute ja, dass der Täter sie in die Elbe geworfen hat. Wir haben in einem Umkreis von fünfhundert Metern jeden Grashalm umgedreht und nichts gefunden.«

Hildebrand kniff die Augen zusammen, das tat er immer, wenn er intensiv nachdachte. Ich ließ ihn grübeln, meistens hatte er gute Einfälle, wenn er sich so anstrengte.

»Wenn wir davon ausgehen, dass die Tatwaffe in die Elbe geworfen wurde«, murmelte er, »würde das bedeuten«, und jetzt wurde seine Stimme wieder lauter, »dass der Mörder nach der Tat zum Fluss gelaufen ist. Ich bin bisher davon ausgegangen, dass er den Tatort in die andere Richtung verlassen hat: über den Deich und dann zum Parkplatz bei der Kirche oder beim Restaurant.«

»Wenn er die Tatwaffe in die Elbe geworfen hat, könnte es sein, dass er beobachtet worden ist«, ergänzte ich. »Von den Spaziergängern zum Beispiel, die am Hundestrand ihre Hunde ausführen. Jemand, der selbst Hunde hat, findet es wahrscheinlich nicht auffällig, wenn in größerer Entfernung ein Stöckchen ins Wasser geworfen wird, auch wenn es in Wirklichkeit ein Eichenbalken und eine Mordwaffe ist. Zum Zeitpunkt der Tat war Ebbe, die Strömung ist dann so stark, dass das Holz sofort verschwindet.«

Hildebrand sah verstohlen auf die Uhr. Als ich ihn fragend ansah, meinte er: »Wir haben noch etwas vor.«

Ich verstand und gab ihm und Susanne Siegel für den Rest des Tages frei.

Auch am Freitag bewegten wir uns auf der Stelle und kamen bei der Aufklärung nicht voran. Ich beschloss, mich bis Montag nicht mit Brummer, Borowski und Grasser zu beschäftigen, sondern alles aufzuarbeiten, was in den letzten Tagen auf meinem Schreibtisch liegen geblieben war.

15 Kapitel

Das Wetter blieb tatsächlich über das ganze Wochenende schön. Hannah unternahm den Ausflug mit Jakob über die Elbe alleine und berichtete mir am Sonntagabend begeistert davon. Ich hatte wegen meiner Rufbereitschaft das ganze Wochenende damit verbracht, meine Wohnung zu putzen und Wäsche zu waschen – lauter Dinge, die ich unter der Woche immer vor mir herschob. Oder für die ich schlichtweg keine Zeit hatte.

Am Montag brach ich schon sehr früh auf und ging langsam zu Fuß zu meiner Dienststelle. Die Luft war klar und frisch, in der Nacht hatte es ein wenig Nachtfrost gegeben, auf einigen Autoscheiben war Raureif zu erkennen. Der Verkehr hatte noch nicht richtig eingesetzt, und ich hatte Muße, über den Fall nachzudenken.

Wieder mussten wir alle bisherigen Überlegungen über Bord werfen. Zuerst hatten wir Meerbusch für den Täter gehalten, dann hatte sich bei mir die Überzeugung herausgeschält, dass die verdeckte Korruption im Dorf etwas mit dem Mord zu tun haben könnte, hinzu kam das auffällige Verschwinden der beiden Borowskis kurz vor dem Mord. Beide waren skrupellos, wenn es um ihren finanziellen Vorteil ging, aber wenn ich ehrlich war, hatten wir keinerlei Anzeichen, dass sie tatsächlich in den Mord verwickelt gewesen waren.

»Kommen Sie!«, sagte ich zu Hildebrand, als er mich begrüßte. »Haben Sie Gummistiefel im Auto? Die können Sie gebrauchen, wir fahren an die Elbe.«

Unterwegs erklärte ich ihm, was ich vorhatte. Ich wollte den Weg vom Anleger zur Fundstelle abschreiten, um herauszufinden, wie viel Zeit man für die Strecke brauchte.

Als wir an der kleinen Holzkirche auf Kalbsand zum Deichparkplatz abbogen, sagte Hildebrand plötzlich: »Schöne Kirche. Da könnte man drin heiraten.«

»Ist es schon so weit?«, fragte ich, und an seiner Reaktion merkte ich, dass er eher laut gedacht hatte, als dass er mich über seine Heiratspläne hätte unterrichten wollen. Er errötete wie ein kleines Mädchen.

»Der Pfarrer ist sehr tolerant«, fuhr ich fort. »Ich kenne ein Paar, da war der Bräutigam noch nicht mal in der Kirche, und trotzdem hat er die beiden getraut.«

»Warum heiratet man kirchlich, wenn man nicht in der Kirche ist?«, fragte Hildebrand erstaunt.

»Sie wollte es wohl, und er hatte nichts gegen den Segen des Pfarrers, er meinte, das sei wie mit der Homöopathie: In so kleiner Dosis helfe es vielleicht, schaden könne es auf keinen Fall.«

Wir gingen zur Treppe, die über den Deich führte. Ein Kind, das mit seiner Mutter an den Strand wollte, warf gerade ein Papier in den Mülleimer, und wir zuckten zusammen, als eine quäkende Stimme aus dem Papierkorb erklang: »Der Gewerbeverein dankt für Ihr Umweltbewusstsein!«

Das begeisterte Kind sammelte alle Papierfetzen auf, die es finden konnte, und warf sie nach und nach in den Schlund des Eimers, der sich jedes Mal bedankte, bis die entnervte Mutter das kleine Mädchen wegzog.

»Wer denkt sich so etwas aus?«, fragte ich ratlos. Hildebrand zuckte mit den Schultern.

Wir überquerten den Deich. Links neben den Buden mit Dosenbier und Chickenwings begann der Hundestrand. Wir sahen auf die Uhr und liefen los, aber nach ein paar Metern hielt ich an.

»Wir trennen uns«, sagte ich zu Hildebrand. »Sie gehen schnell, als ob Sie hinter Ihren Hunden herlaufen müssten, und ich betont langsam, weil meine überall herumschnüffeln.«

Während ich lief, beobachtete ich die Spaziergänger mit ihren Hunden. Die Tiere liefen zum Teil frei herum, andere waren an der Leine. Ich zählte drei Schäferhunde, zwei Mischlinge, einen Dalmatiner und drei Vertreter von Rassen, die ich nicht kannte. Keine Leonberger. Ich hielt mich an einen älteren Mann, der gemächlich mit seinem betagten Schäferhund direkt am Wasser entlanglief, so, wie ich mir vorstellte, dass die Leonberger gelaufen waren, am Tag, als sie den Toten gefunden hatten.

Da ich ihn nicht überholte, sondern sogar stehen blieb, wenn er es tat, wurde der Alte misstrauisch. Ich wollte ihm keine Angst machen und stellte mich vor.

»Kripo?«, fragte er ängstlich. »Aber hier dürfen die Hunde doch …?«

»Natürlich, ich habe nur ein paar Fragen. Aber wollen wir nicht weitergehen?«

Der Mann pfiff seinem asthmatischen Begleiter, und zu dritt setzten wir uns wieder in Bewegung.

»Sind Sie öfter hier?«, erkundigte ich mich.

Er nickte. »Ich bin gerne hier, die Luft tut Henry gut.«

»Henry?«

Er zeigte auf seinen Schäferhund.

»Kennen Sie die Leonberger, die hier ab und zu laufen?«

»Natürlich«, sagte er, »wer kennt die nicht? Die Hunde sind in Ordnung.«

»Die Hunde?«

»Sie sind noch älter als Henry, und die vier verstehen sich gut.

Allerdings können sie nicht mehr so gut laufen, und es dauert ewig, bis man von der Stelle kommt.«

»Und der Besitzer?«

Er machte eine wegwerfende Handbewegung. »Zu seinen Hunden ist er nett, aber er denkt, der Strand gehört ihm. Der Mann ist fürchterlich rechthaberisch und außerdem ein ziemlicher Choleriker. Aber das habe ich nur im Vertrauen gesagt.«

Wir waren angekommen, und ich verabschiedete mich. »Sie haben mir sehr geholfen.«

Hildebrand wartete schon ungeduldig im Pappelwäldchen. »Fünfunddreißig Minuten«, sagte er.

Ich sah auf meine Uhr und stellte fest, dass ich fast fünfzig Minuten gebraucht hatte.

»Ich habe mich mit einem älteren Hundebesitzer unterhalten«, erklärte ich. »Er hat ungefähr das gleiche Tempo wie unser Zeuge mit den Leonbergern, denke ich. Die sind wohl mindestens so alt und rachitisch wie sein eigener Hund. Und genauso langsam.«

Hildebrand nickte. »Der Zeuge hat doch angegeben, den Weg in einer halben Stunde zu schaffen. Da hat er sich wohl getäuscht.«

»Wenn der Mörder seelenruhig an der Elbe in Richtung Anleger spaziert ist, muss er ihm begegnet sein. Wir müssen ihn noch einmal befragen, vielleicht erinnert er sich. Allzu viele Leute können ihm an diesem Tag nicht entgegengekommen sein.«

Wir sahen uns noch einmal Meerbuschs Kunstwerke an, allerdings war nur noch eines davon intakt. Die Eichenpfähle engten mit ihrer Symmetrie noch immer das Ufer ein, das Areal mit den Schilfstücken hingegen war verwüstet, es hatten wohl Hunde darauf gespielt und große Löcher gegraben.

»Das gehört dazu«, erklärte ich Hildebrand. »Diese Art von Kunst lebt nicht ewig. Kinder, Hunde oder das Wetter beschleunigen den Verfall, so ist es vom Künstler gewollt.«

»Wir müssen uns den Mann mit den Leonbergern wirklich noch einmal vornehmen«, sagte Hildebrand und ging nicht weiter auf meine kunsttheoretischen Ausführungen ein. »Ich vergesse immer seinen Namen.«

»Bloch«, sagte ich, »Hans-Peter Bloch.«

»Hans-Christian«, verbesserte mich Hildebrand. »Jetzt fällt es mir wieder ein. Der Mann heißt Hans-Christian Bloch. Sobald wir in Stade sind, soll Suse mal in ihren Computer gucken, ob wir außer seiner Aussage noch etwas anderes über ihn finden.«

»Haben Sie einen Verdacht?«, fragte ich verwundert.

»Mal sehen.«

Um zwei Uhr sollte Christina Borowski auf dem Stader Horstfriedhof beerdigt werden. Die Obduktion hatte ergeben, dass kein Fremdverschulden vorlag, und so war ihr Leichnam schnell freigegeben worden. Eigentlich hatte ich erwartet, erst nach der Trauerfeier eine Anzeige in der Zeitung zu lesen mit dem Hinweis: »Wir haben in aller Stille Abschied genommen«, aber Konrad Borowski hatte sich für eine öffentliche Beisetzung entschieden. »Plötzlich und unerwartet« sei seine geliebte Frau verstorben, stand in der Anzeige, und jeder wusste, was das bedeutete: Es war die übliche Umschreibung für einen Selbstmord.

Konrad Borowski versuchte Fassung zu bewahren. Statt eines Pfarrers hatte er eine Trauerrednerin engagiert. Ich kannte sie von anderen Beerdigungen, und auch sie wiederholte ihre Floskeln in schöner Reihenfolge. In Pathos und Ausdruck war kein Unterschied zu einem geistlichen Beistand zu hören.

Die Kapelle war voll, als ich um kurz vor zwei auf den alten Friedhof kam. Welch ein Unterschied zu Brummers Beerdigung, dachte ich, allein die majestätischen Bäume sorgten bei den Trauergästen für eine erhabene Stimmung. Der Horstfriedhof war alt, nach den verwitterten Grabsteinen zu urteilen, wahrscheinlich sehr alt, die Atmosphäre ein wenig morbide. Ich stellte mich zu den Trauernden vor die geöffnete Tür der Friedhofskapelle. Es war wieder etwas kälter geworden, die Blätter der Bäume waren nicht weiter gewachsen, das Wetter konnte sich noch immer nicht entscheiden, ob es sich schon zum Frühling bekennen wollte.

Vorne stand der Sarg, dessen Umrisse man unter den Massen an Blumen nur erahnen konnte. Kein einziger Kranz schmückte den Raum, alles war mit frischen Blumen dekoriert. Es sah sehr geschmackvoll aus und entsprach sicher dem Stilgefühl und der Lebensart von Christina Borowski. Die Vorstellung, dass unter diesem Holzdeckel der Körper einer Frau lag, die ich sehr begehrt hatte, machte mich traurig, und als die Musik nach draußen drang, traten mir Tränen in die Augen. Ich hörte die Gitarren von Pink Floyd, die »Wish you were here« anstimmten, erst ganz leise, dann kamen die Töne immer näher. Natürlich war es kitschig, doch es traf auch den härtesten Journalisten oder Kriminalbeamten ins Herz. Die meisten Trauergäste zogen ihre Taschentücher heraus, Konrad Borowski schluchzte. Von der Tür aus hatte ich ihn gut im Blick.

Den Phrasen, Floskeln und Sprachschnörkeln der Rednerin hörte ich bald nicht mehr zu, ich merkte, dass sie die Tote nicht gekannt hatte und ihre Rede aus den üblichen Biografieschnipseln und Betroffenheitsversatzstücken zusammengebaut hatte.

Als schließlich der Sarg aus dem großen Tor herausgerollt wurde, trat ich einen Schritt zurück und Mechthild Griemsmann auf die Füße.

»Hoppla«, sagte sie leise, und als ich mich erschrocken umdrehte, hielt sie meinen Arm fest.

Im selben Moment klingelte mein Handy. Hildebrand.

»Wir haben einen Toten«, sagte er ohne Regung.

Scheiße!, dachte ich. Jetzt nicht!

»Der Verletzte von der Bahnhofsschießerei ist tot. Der ist aus dem Koma gar nicht mehr aufgewacht.«

»Wann?«, fragte ich leise.

»Heute Morgen.«

»Ist er denn inzwischen identifiziert worden?«, flüsterte ich, während der Sarg mit Christina Borowski an mir vorüberrollte.

»Schon längst«, sagte er. »Und es gibt einen Bezug zu unserem Fall. Alles Weitere später im Büro.«

Ich steckte mein Handy ein und drehte mich zu Mechthild um. »Und? Warum bist du hier?«

»Das Gleiche könnte ich dich fragen«, meinte sie. »Aus Neugier vielleicht?«

Ich wollte ihr nichts von meinen schwankenden Gefühlen erzählen, die ich für die Tote empfunden hatte. »Berufliche Neugier«, erklärte ich deshalb.

Wir gingen zusammen hinter dem Sarg her und verließen nach der Feier gemeinsam den Friedhof. Ich hatte mich für die Gäste interessiert, und tatsächlich schien halb Marschenfleth gekommen zu sein. Im Endeffekt waren es so viele Menschen gewesen, dass ich den Überblick verloren hatte, ich kannte ja auch nur wenige aus dem Dorf. Trotzdem bereute ich nicht, erschienen zu sein, denn ich hatte das ehrliche Bedürfnis, von Christina Borowski Abschied zu nehmen.

»Ich brauche jetzt einen Kaffee«, sagte meine Begleiterin. »Lass uns irgendwo einen trinken.«

Ich ließ meinen Wagen am Friedhof stehen. Mechthild war zu Fuß gekommen, und wir liefen schweigend in die Stadt. Ich überlegte, dass Konrad Borowski noch einmal befragt werden musste, Hildebrand hatte diese undankbare Aufgabe beim ersten Mal übernommen, jetzt musste ich es noch einmal versuchen. Ich freute mich nicht darauf.

Wir bestellten zwei Tassen Kaffee und setzten uns, eingepackt in unsere Jacken, vor die kleine Bäckerei, die ein paar Stühle in die Frühjahrssonne gestellt hatte. Ich wusste weder, wie ich ein Gespräch beginnen sollte, noch, worüber wir reden könnten.

»Ich habe weiteres Material für dich«, sagte Mechthild in unser Schweigen. »Hast du Interesse?«

Ich schwankte, mein hauptsächliches Interesse galt erst einmal der Aufklärung des Mordes an Nikolaus Brummer. Mechthild schien das zu verstehen und schnitt das Thema nicht mehr an.

»Ehrlich gesagt habe ich gar keine neuen Unterlagen«, sagte sie plötzlich und hielt sich mit beiden Händen an ihrer Kaffeetasse fest. Ich merkte, dass ihre Stimme zitterte. »Das war nur ein Vorwand, weil ich nicht wusste, wie ich anfangen sollte.«

»Was wolltest du anfangen?«, rätselte ich und war erleichtert, dass es ihr genauso erging wie mir.

»Ich bin nervös wie ein junges Mädchen«, sagte sie entschuldigend, dann holte sie tief Luft. »Ich habe dich die ganze Zeit beobachtet, als du vor mir standest, und habe dabei an unsere Nacht gedacht. Da ist mir klar geworden, wie sehr mir das gefallen hat und dass ich darauf nicht verzichten will. Weißt du, ich will nicht wie eine Nonne leben. Deshalb habe ich beschlossen, mir ab und zu einen Mann nach Hause einzuladen, wenn ich schon keinen für die Dauer finde.«

»Die richtigen Gedanken auf einer Beerdigung«, sagte ich und lachte.

»Bitte keinen Spott«, erwiderte sie ernst. »Du kannst dir vielleicht nicht vorstellen, wie schwer es mir fällt, so einfach darüber zu reden.«

»Entschuldige, ich wollte dich nicht verletzen.«

»Ich würde heute gerne damit anfangen«, sagte sie, dabei wurde sie vor Verlegenheit rot und sah auf den Boden.

Ich legte meinen Arm um sie und war einverstanden.

»Ich bringe meine Zahnbürste mit«, sagte ich, als ich sie zum Abschied umarmte. »Um acht?«

Ich freute mich auf den Abend. Wir hatten vereinbart, dass sie für den Käse und ich für Brot und Wein zuständig sein sollte. Auf dem Weg ins Büro machte ich einen Abstecher zu meinem Lieblingsbäcker und kaufte dann am Alten Hafen zwei Flaschen Rioja, obwohl ich im Frühjahr eigentlich lieber Weißwein trank. Es geht nämlich nichts über ein Stück frisches Baguette, Ziegenkäse und einen tiefen Schluck Rotwein – das ist einfach der perfekte Beginn einer vergnügten Liebesnacht.

Hildebrand hatte einen Zettel auf meinen Schreibtisch gelegt, mit der Bitte, ihm Bescheid zu geben, sobald ich zurückgekehrt sei. Ich bat ihn in mein Büro, und schon als er eintrat, sah ich ihm an, dass er wichtige Neuigkeiten hatte.

»Ich hatte den richtigen Riecher«, sagte er stolz, »der Kerl ist nicht ganz koscher.«

»Der Tote von der Bahnhofsschießerei? Das wundert mich nicht.«

»Zu dem komme ich später noch. Nein, ich dachte an Bloch, unseren Hundefreund.«

Erst jetzt sah ich, dass er eine Akte dabeihatte, aus der er vorzulesen begann.

»Mit fünfzehn: Brandstiftung in einem Jugendheim, wo er untergebracht war. Schaden: achtzigtausend Euro. Die Strafe: hundert Sozialstunden. Mit sechzehn: Nötigung – er hatte eine Erzieherin stundenlang eingesperrt. Wieder gab es Sozialstunden, diesmal hundertfünfzig, und eine Ermahnung. Mit siebzehn: Fahren ohne Führerschein, ein Jahr später gleich noch mal. Mit achtzehn: Verurteilung nach Jugendstrafrecht wegen Körperverletzung. Ein Jahr Knast auf Hahnöfersand. Er wurde vorzeitig entlassen, nachdem er in Haft ganz brav seinen Hauptschulabschluss nachgemacht hatte. Der zuständige Sozialarbeiter hatte ihn mit einer guten Prognose ausgestattet, das Übliche, keine Wiederholungsgefahr und andere weichgespülte Argumente, dann ging es wohl ein oder zwei Jahre gut, zumindest ist er nicht aktenkundig geworden. Er hat bei Hagenbeck eine Lehre zum Tierpfleger angefangen, dann ist er rausgeflogen, er hatte an seinen Kollegen Hasch vertickt.«

»Nicht ganz koscher? Das ist wohl ein bisschen untertrieben bei der Aufzählung.«

»Das war ironisch gemeint«, erklärte Hildebrand, »soll ich weiterlesen?«

»Bitte nur die Punkte, die für uns wichtig sein könnten.«

»Er kann offenbar sehr gut mit Tieren umgehen«, fuhr Dirk Hildebrand fort. »Von Hagenbeck hat er ein Zeugnis bekommen, in dem das bestätigt wird. Darin bedauert man, dass das bei Menschen nicht so sei. Das wird natürlich etwas blumig umschrieben, aber man kann es rauslesen.«

»Und weiter?«

»Ein paar Jahre lang nichts. Irgendwann ist er im Rotlichtmilieu wiederaufgetaucht, es folgte das Übliche: Türsteher, Betreiber eines Clubs, Zoff mit ein paar Prostituierten. Und dann:

Verurteilung wegen Körperverletzung mit Todesfolge. Er hatte sich mit einem Kollegen geprügelt.«

»Und so einer geht seelenruhig mit ein paar asthmatischen Hunden spazieren? Wie alt ist er eigentlich, und was macht er inzwischen?«

»Er ist achtunddreißig und wohnt im Moor zwischen Stade und Kalbsand.«

»Und wovon lebt er? Es muss ihm ja gut gehen, wenn er zweimal am Tag mit den Hunden spazieren gehen kann.«

»Das wissen wir nicht, aber ich glaube, er verbringt seine Tage nicht damit, Hundekuchen zu backen.«

Ich lachte, manchmal traf Hildebrand mit seinen Formulierungen wirklich ins Schwarze.

»Der Tote von der Bahnhofsschießerei war übrigens ein alter Bekannter von Bloch«, fuhr er fort.

Ich staunte. »Und der taucht einfach so in Stade auf?«

»Das kann natürlich Zufall sein«, meinte Hildebrand, »aber ich glaube nicht daran.«

»Und die Waffe?«, fragte ich. »Weiß man schon, wer mit welchen Waffen geschossen hat?«

»Der Hamburger – er heißt übrigens Schaller, Christian Schaller – hatte eine Walther P1 und der andere Mann eine Beretta, neun Millimeter. Schaller war zur gleichen Zeit und im selben Club Türsteher wie Bloch, sie galten als unzertrennlich.«

»Wir sollten Bloch mal einen kleinen Besuch abstatten«, beschloss ich.

Ich nahm mir noch einmal seine Aussage zu Brummers Tod vor, fand darin erst nichts Auffälliges, stolperte dann aber über die Beschreibung der Hunde. Leonberger seien keine Jagdhunde, hatte er gemeint, aber trotzdem seien alle drei »wie an der Leine gezogen« zur Leiche gerannt.

Ich rief Marianne an. Sie hatte unsere Hunde immer erzogen, mir war das manchmal zu viel Getue gewesen, Hasso hier und Hasso da. Ihr gehorchten die Tiere aufs Wort, während sie meine Befehle erst nach dem zweiten oder dritten Mal akzeptiert hatten.

»Du?«, fragte sie verwundert. »Seit du vom Tauffest verschwunden bist, hast du nichts mehr von dir hören lassen. Wolfgang und ich fanden das übrigens sehr unhöflich Hannah gegenüber.«

Gespräche mit Marianne fingen meistens damit an, dass sie mir Vorwürfe machte, aber im Laufe der Jahre hatte ich gelernt, sie einfach zu ignorieren. Außerdem war es mir egal, was ihr Liebhaber von mir hielt.

»Ich wollte dich etwas zu Hunden fragen«, sagte ich. »Du kennst doch Leonberger, diese riesigen Viecher?«

»Ja«, sagte sie neugierig, »was ist mit denen?«

»Wie sind die so, ich meine vom Temperament her?«

»Stinklangweilig, die liegen meistens nur übel riechend in der Ecke, warum fragst du? Willst du dir etwa einen zulegen? Du und so ein dicker Köter – dafür ist doch deine Wohnung viel zu klein, wer soll sich tagsüber um den kümmern, und wer soll denn mit dem zum Kacken auf die Straße? Mach das bloß nicht.«

Mit dieser Wortschwalltechnik hielt sie vermutlich auch ihre Schüler in Schach, aber ich ließ mich davon schon lange nicht mehr beeindrucken.

»Kannst du dir vorstellen«, fuhr ich ungerührt fort, »dass solche Hunde zweihundert Meter durch ein Pappelwäldchen rennen und eine Leiche verbellen?«

»Du rufst mich nur an, wenn du etwas Berufliches wissen willst«, sagte sie beleidigt. »Um deine Frage zu beantworten: Nein, die Viecher sind stinkefaul. Das würden die nur machen, wenn die Leiche schon ein paar Tage vor sich hin müffelt, sonst eher nicht. Wie lang hat die denn schon in diesem Wäldchen gelegen?«

»Der war maximal eine Stunde vorher gestorben.«

»Dann kannst du das ausschließen, der roch ja noch nach Aftershave.«

»Danke«, sagte ich.

»Bitte«, konterte sie spitz. »Und schöne Grüße an Mechthild, ihr turtelt ja gewaltig, das hätte ich von euch beiden nicht gedacht, ihr habt euch doch noch nie verstanden, na ja, wenn zwei Langweiler sich treffen, funkt es sicher gewaltig, das knistert richtig, da fliegen die Fetzen, wie ist denn das passiert? Und was sagt deine geliebte Annemarie dazu? Ich konnte es kaum glauben, als ich euch heute Nachmittag gesehen habe, einträchtig beim Kaffeetrinken, und dann hat mein kleiner Romeo seinen Arm auf ihre erotische Schulter gelegt und sie an sich gedrückt.«

»Es reicht«, sagte ich, »bis dann.« Ich legte auf. Diese Stadt ist ein Dorf, selbst ein harmloses Tête-à-Tête an einem kühlen Frühjahrsnachmittag blieb nicht unentdeckt. Ich beschloss, Mechthild nichts von dem Telefonat zu erzählen.

16 Kapitel

Ich dachte mir, ein Elbstrandspaziergang könnte der perfekte Beginn eines erotischen Abends sein. Deshalb holte ich Mechthild ab, die sich zu freuen schien, zumindest tat sie so. Später erklärte sie mir, dass sie Angst bekommen habe, ich wolle eine richtige Beziehung, als ich um fünf vor der Tür der Verbraucherschützer auf sie wartete. Sie selbst, so versicherte sie, wolle im Moment lieber nichts Festes, ihr sei es lieber, sich jedes Mal für oder gegen mich entscheiden zu können.

Erst hatte ich überlegt, einfach einen Blumenstrauß mitzubringen, aber die Idee mit der Elbe fand ich besser. Ich fuhr sie aber nicht nach Kalbsand, sondern schlug Bassenfleth vor, und sie war einverstanden.

Nach einer Viertelstunde klingelte das Telefon, auf dem Display stand »Allmers«. So viel zum romantischen Spaziergang, dachte ich und nahm das Gespräch an.

»Herr Schlegel?« Seine schlechte Laune war nicht zu überhören. »Wo stecken Sie denn? Sind Sie unterwegs?«

»Ich sehe mir noch einmal den Tatort an«, log ich.

»Haben Sie immer noch keine belastbaren Beweise?«, fragte er. »Die Öffentlichkeit wird langsam ungeduldig. Und ich auch.«

»Wir sind ziemlich nah dran«, beschwichtigte ich ihn. »Außerdem gibt es noch eine andere Spur. Geldzahlungen an verschiedene Personen im Dorf, die irgendwie in Entscheidungen eingebunden sind, kostenlose Reisen als Bestechungsmaßnahme.«

»Da lassen Sie mal die Finger von«, schnauzte er mich an, »das ist eine Nummer zu groß für Sie, dafür haben wir Wirtschaftsspezialisten. Stellen Sie lieber einen Bericht über die aktuelle Ermittlung zusammen, spätestens übermorgen will ich den auf dem Tisch haben. Wenn Ihre Hinweise fundiert sind, leite ich ihn an die Kollegen von der Wirtschaftskriminalität weiter. Auf Wiederhören!« Es klang so, als hätte er seinen Hörer auf den Apparat geknallt.

Morgen fahre ich zu Borowski, beschloss ich.

»Ärger?«, fragte Mechthild.

Ich schüttelte den Kopf. »Das Übliche, dem Herrn Staatsanwalt geht's nicht schnell genug, er hätte am liebsten schon vor dem Mord einen Täter.«

Mechthild lachte. »Was wird jetzt aus der Anzeige gegen Christina Borowski? Hat Frau Meerbusch irgendeine Chance, ihr Geld wiederzubekommen?«

»Wenn die Beschuldigte tot ist, werden normalerweise alle Ermittlungen eingestellt. Für Anita Meerbusch heißt das nichts Gutes, vielleicht hat sie mehr Chancen, wenn sie gegen die Bank vorgeht, mit der Christina Borowski alles abgewickelt hat.«

»Ich erinnere mich an einen Fall, ich glaube, es war in Hannover oder Bremen, bei dem es ganz ähnlich abgelaufen ist, allerdings war da kein Vermögensverwalter eingeschaltet.«

Wir schwiegen eine Weile. Plötzlich sah sie mich mit ernstem Blick an. »Sollen wir das wirklich machen?«, fragte sie, und als ich nicht wusste, was sie gemeint haben könnte, erklärte sie: »Dass wir ab und zu eine Nacht miteinander verbringen?«

»Ich freue mich jedenfalls auf heute Abend«, meinte ich.

»Findest du es nicht unmoralisch?«

»Unmoralisch? Im Sinne einer theologischen Definition ist das sicher unmoralisch, aber ist dir das wichtig?«

»Natürlich nicht«, sagte sie, »aber es gibt auch heute noch Menschen, die vielleicht zufällig in der Nachbarschaft wohnen, die genau registrieren, wer wann bei mir zu Besuch kommt. Ich habe Angst vor dummem Gerede.«

»Mechthild!«, versuchte ich, sie zu überzeugen. »Wir leben doch nicht mehr im 20. Jahrhundert!«

Sie lachte herzlich. »Und was sagt dein persönlicher Moralkanon dazu?«

»Du bist sechsundvierzig, oder?«

»Leg noch ein Jahr drauf.«

»Na gut. Wie dir geht es vielen Frauen und Männern, und zwar nicht nur in deinem Alter. Ich habe vor Kurzem gelesen, dass eine verheiratete Frau von Mitte fünfzig ein ausgefüllteres Sexualleben hat als eine Fünfundzwanzigjährige, die alleine lebt. Kaum jemand hat den Mut, das offen anzusprechen. Warum sollte es unmoralisch sein, ab und zu seinen Wünschen nachzugeben? Verwerflich ist es doch nur, wenn man jemanden dabei verletzt.«

»Viel schwieriger ist es, jemanden anzusprechen, du hast ja gemerkt, wie schwer mir das sogar bei dir gefallen ist. Das geht nur, wenn man wirklich Vertrauen zu jemandem hat, man muss dabei noch nicht einmal verliebt sein.«

Ich legte meinen Arm um ihre Schulter und freute mich über ihre Worte.

Schließlich nahm sie den Faden wieder auf und erzählte weiter: »In dem Fall, von dem ich dir erzählen wollte, hat ein Bankberater ein Jobangebot von einer anderen Bank bekommen, und zwar einer richtig großen mit Filialen in der ganzen Welt. Er hat einige seiner Kunden überredet, mitsamt ihren Konten und Geldern gemeinsam mit ihm dorthin zu wechseln. Es waren einige reiche Witwen dabei, und dadurch, dass er sozusagen eine Morgengabe mit in die neue Bank gebracht hatte, durfte er dort schalten und walten, wie er wollte. Er hat die Sache genauso skrupellos betrieben wie Christina Borowski.

Das Ganze kam erst heraus, als eine alte Dame starb und die Erben entsetzt feststellen mussten, dass nur noch die Hälfte ihres Vermögens da war. Sie haben nicht ihn verklagt, sondern Forderungen an die Bank gestellt, natürlich mit der Drohung, notfalls zu klagen.«

»Und die Bank hat sie kalt lächelnd abblitzen lassen, oder?«, fragte ich. In den letzten Jahren waren einige vergleichbare Fälle durch die Zeitungen gegeistert, die alle ähnlich gestrickt waren und die stets ausgegangen waren wie beim Roulettespiel: Gewonnen hatte immer die Bank.

»In diesem Fall sind die Erben hartnäckig geblieben. Sie haben einen der besten Bankrechtler engagiert, und nach ein paar Verhandlungsrunden haben sich beide Seiten auf einen Kompromiss geeinigt, die Bank hat fast eine Million bezahlt.«

»Respekt, da hat sich der teure Jurist ja gelohnt«, sagte ich. »Und was ist aus dem Banker geworden, der das alles zu verantworten hatte?«

»Der ist jetzt Filialleiter einer Kreissparkasse irgendwo in der niedersächsischen Provinz.«

Ich lachte. »Hoffentlich nicht in Stade.«

Es war schön, bei unserer ersten Nacht so unverhofft in ihrem Bett gelandet zu sein, es gefiel mir aber ebenso gut, den Abend zuerst mit ihr an der Elbe und dann in ihrer Wohnung am Esstisch mit Käse, Brot und Wein zu verbringen. Dabei zog ich sie manchmal schon mit den Augen aus, immer im Wissen, dass ich bald mit meinen Händen ihre nackte Haut fühlen würde.

»Wir lassen alles stehen«, sagte sie und deutete auf das Geschirr, »ich will jetzt duschen.« Sie verschwand im Badezimmer, und als ich das Wasser rauschen hörte, folgte ich ihr, zog mich aus und öffnete die Duschkabine.

»Ich hatte gehofft, dass du kommst«, meinte sie, küsste mich, und als sie später das Wasser abstellte, war uns die Zeit zu kostbar, um uns richtig abzutrocknen. Wir fielen schon auf halbem Weg ins Schlafzimmer übereinander her.

Die Zahnbürste benutzte ich erst am nächsten Morgen.

Mechthild fuhr nach dem Frühstück mit dem Fahrrad in ihr Büro, ich nahm meinen Wagen. Wir hatten bei Brötchen und Kaffee kein hochphilosophisches Gespräch über offene Beziehungen mittelalter Menschen geführt, sondern waren uns über den Fortgang unserer Affäre schnell einig geworden. Sie würde mich anrufen, versprach sie, wenn sie gelegentlich die Nacht unter einer gemeinsamen Decke verbringen wollte.

»Leibesübungen«, meinte sie lachend, »wenn mir danach ist.«

Noch immer hatte sie ein großes Nachholbedürfnis gehabt. Sie hatte mir im Lauf der Nacht erzählt, dass sie seit ihrer Scheidung vor acht Jahren mit niemandem das Bett geteilt hatte. Als ich so überraschend in ihrer Wohnung aufgetaucht sei, habe ihr Entschluss festgestanden, nur habe sie sich beim ersten Mal Mut antrinken müssen.

Ich hatte das erste Mal seit langer Zeit gute Laune, als ich auf den Parkplatz der Polizeiinspektion fuhr.

Susanne Siegel saß mit einer großen Propellerschleife auf dem Busen an ihrem Schreibtisch und sah mich erstaunt an, als ich an ihr vorbeischwebte. Selbst ihr Hinweis, Allmers wolle mich unbedingt sprechen, konnte meine Laune nicht schmälern.

»Haben Sie den Bericht schon fertig?«, fragte er kurz angebunden, als ich ihn anrief.

»Ist in Arbeit, ich schicke ihn rüber, sobald er fertig ist«, sicherte ich ihm zu und legte mit einem kurzen Gruß auf. Ich tippte nur wenige Zeilen zum Ermittlungsstand, erläuterte, wie sich die einzelnen Vernehmungen ergänzten oder widersprachen, deutete kurz die Korruptionsfälle an und ließ das Wichtigste aus. Dann schickte ich ihm den Bericht per E-Mail. Damit hatte er erst einmal genug Futter, fand ich.

Anschließend stellte ich mich an die Pinnwand und studierte noch einmal die Überlegungen, die Hildebrand und ich zu den Motiven angestellt hatten. Im Grunde, dachte ich, bleibt nur ein Motiv übrig: Eifersucht. Vielleicht war es auch eine Tötung im Affekt, Brummer konnte sicher sehr provokant sein.

Doch wer mochte der Täter sein?

Meerbusch war unschuldig, die Aussage der Nachbarin, die noch dazu beide kannte, war schlüssig und deckte sich mit seinen Angaben und den örtlichen Gegebenheiten.

Frau Brummer hätte sicher eine bessere Gelegenheit gefunden, ihren Mann zu töten, als bei ihrer Silberhochzeit, außerdem waren ihre Kleider trocken gewesen.

Es war weit und breit niemand zu erkennen, der seine Situation durch Brummers Tod verbessert hätte.

Ich musste an die Vermutung des Bürgermeisters denken, die ich als bloßes Gerücht abgetan hatte: Brummer sollte eine Affäre mit Christina Borowski gehabt haben. Ich hatte diese Möglichkeit nie ernsthaft in Betracht gezogen, denn ich konnte mir kaum vorstellen, dass eine so kultivierte Frau mit diesem ungehobelten Klotz romantische Wochenenden in verschwiegenen Hotels verbracht haben sollte. Sein Beuteschema war leicht zu durchschauen und mit einem einzigen Wort zu beschreiben: weiblich. Aber was sollte Christina Borowski umgekehrt an ihm gefunden haben? Zumal Grasser selbst zu denen gehört hatte, die bei ihr abgeblitzt waren. Mich erstaunt immer wieder, wie Verehrer, die nicht zum Zuge gekommen waren, das Objekt ihrer Begierde schlechtreden.

Trotz meiner Zweifel rückte Konrad Borowski vom Rand

der Ermittlungen immer mehr ins Zentrum. Ich musste herausbekommen, wann genau die beiden die Silberhochzeit verlassen hatten, bisher hatte er nur seine Frau als Zeugin angegeben. Und die war tot.

Der andere, der mir immer suspekter wurde, je länger ich darüber nachdachte, war der ehemalige Türsteher, der jetzt zurückgezogen im Moor wohnte.

»Haben Sie heute die Zeitung noch gar nicht gelesen?«, fragte Susanne Siegel verwundert.

Es war bekannt, dass ich morgens vor dem Büro ausgiebig die Zeitung studierte.

»Sie war heute noch nicht da«, log ich, denn ich musste den beiden nicht auf die Nase binden, in welchem Bett ich mich in der letzten Nacht wohlgefühlt hatte.

»Das LKA hat gestern verschiedene Rathäuser im Kreis durchsucht.«

Mir fiel vor Überraschung der Stift aus der Hand. Hildebrand bückte sich und überreichte ihn mir grinsend.

»Wegen Korruption?«

»Ja, aber nicht so wie in unserem Fall. Da geht es um Auftragsvergaben für Häuserabrisse, Straßensanierungen und Kindergartenbauten. Es gab wohl Preisabsprachen unter den Anbietern, die Baufirmen hatten anscheinend Maulwürfe in den Rathäusern platziert, man munkelt von Geldern, die geflossen sind, von teuren Geschenken und kostenlosen Autos.«

Ich staunte. »Warum wussten wir nichts davon?«

Die Antwort konnte ich mir allerdings selbst geben: Das LKA agierte völlig autonom, und in einem solchen Fall wollten sie gar keine Beamten aus der Region dabeihaben. Die Gefahr, dass etwas durchsickern könnte, wäre zu groß.

»Und Brummers Firma?«, fragte ich nach. »Steckt die auch

mit drin?« Es hätte mich gewundert, wenn es nicht so gewesen wäre, allerdings schien mir Brummer gerissener als viele seiner Konkurrenten, er hatte wahrscheinlich überhaupt keinen bezahlten Maulwurf im Rathaus nötig gehabt.

Hildebrand zuckte mit den Schultern. »Wir wissen noch nichts Genaues, zurzeit schwirren die Gerüchte.«

»Gab es denn Festnahmen?«

»Ich glaube schon. In den Unternehmen wurde ja auch ermittelt und durchsucht. Ein oder zwei Rathausangestellte sollen vorläufig festgenommen worden sein.«

Jetzt wusste ich, warum der Staatsanwalt mich in der Korruptionssache so harsch zurückgepfiffen hatte. Er hatte Angst um die Ermittlungen gehabt.

Hildebrand schien meine Gedanken zu erraten. »Brummers Kredit an den Bürgermeister war wohl nicht Gegenstand der Ermittlungen, im Rathaus von Marschenfleth ist auch niemand festgenommen worden.«

»Aber es ist durchsucht worden?«

»Selbstverständlich, haben Sie etwas anderes erwartet?«

Das Ausmaß der Käuflichkeit, der Schmiergelder und Bestechungen, der falschen Angaben und Durchstechereien aus den Rathäusern empörte mich. Hier wurden öffentliche Konten abgeräumt. Niemand musste ein Stemmeisen zum Einbruch in die Hand nehmen oder wie in alten Filmen einen Schweißbrenner nach tagelangem Graben vor dem Tresor anwerfen. Der Schaden war trotzdem immens, aber es gab keinen direkt Geschädigten, weil die Kontoinhaber nicht dafür hafteten.

Bloch wohnte in einem alten Bauernhaus, von denen es im Moor viele gab. Oft war die Landwirtschaft aufgegeben worden, weil die Bauern gestorben waren. Die Erben hatten die Höfe als Wohnhäuser vermietet oder verkauft und waren nach

Stade oder Hamburg gezogen. Die Gebäude der kleinen Hofstellen waren oft marode, es waren meistens einfallslose Backsteinbauten mit wenigen Zimmern und kalten Wänden.

Unser Hundefreund blieb betont gelassen, als wir auf seinem Hof aus dem Wagen stiegen. Ich kannte diese Art der Reaktion, jemand, der schon so viel mit der Polizei zu tun gehabt hatte, wusste, wie er sich zu verhalten hatte, trotzdem konnte er seine Nervosität nicht verbergen.

Ich hatte beschlossen, ihn nicht nach Stade vorzuladen, denn ich wollte ihm nicht das Gefühl geben, wir würden seine Aussage in Zweifel ziehen. Er sollte sich sicher fühlen.

»Wir haben noch ein paar Fragen zu dem Toten, den Sie gefunden haben«, eröffnete ich das Gespräch.

Bloch sah auf uns herab, er war mindestens einen Kopf größer als Hildebrand und ich.

»Sie waren an dem Tag doch mit Ihren Hunden unterwegs?«

Bloch nickte stumm.

»Die sind ziemlich alt und laufen nicht mehr so schnell, oder?«

»Herrgott!«, sagte er ärgerlich. »Was wollen Sie eigentlich von mir?«

»Dürfen wir uns mal ein bisschen umsehen?«, fragte Hildebrand.

»Bitte sehr!«, meinte Bloch unfreundlich, und Hildebrand schlenderte über den Hof.

»Wohnen Sie schon lange hier?«, setzte ich die Befragung fort.

»Seit zwei Jahren.«

»Und was machen Sie beruflich?«

»Internet«, sagte er nur, »ich mache was im Internet.«

»Und davon kann man leben?«

»Das sehen Sie doch.« Während er mit mir sprach, behielt er

Hildebrand genau im Blick. »Nicht in die Scheune!«, rief er ihm plötzlich drohend zu. »Da sind die Hunde drin!«

»Sie laufen immer noch jeden Tag an der Elbe entlang?«, fuhr ich fort. Hildebrand hatte inzwischen abgedreht und ging hinter das Haus.

»Ja, natürlich, die Hunde brauchen ja den Auslauf.«

»Den hätten sie hier auch, Ihr Grundstück ist doch riesig.«

»Die brauchen aber das Wasser.« Ich erinnerte mich an die Hunde, die bei Jakobs Taufe durchs Wasser gelaufen waren und sich direkt neben uns trocken geschüttelt hatten.

»Kannten Sie den Toten eigentlich?«, erkundigte ich mich.

»Als ich den Namen gehört habe, wusste ich, wer das war. Ich habe ihn aber nicht persönlich gekannt.«

»Wir fahren jetzt mal zusammen an die Elbe«, erklärte ich. »Nehmen Sie bitte die Hunde mit.«

»Was soll das denn?«, fragte er aggressiv.

Doch ich meinte nur: »Wir können auch Verstärkung anfordern. Bitte laden Sie Ihre Hunde ein und fahren zum Parkplatz am Anleger.«

Hildebrand sah erstaunt zu, wie Bloch die Hunde in seinen uralten Passat einlud. Die hinteren Sitze hatte er ausgebaut, damit die Hunde liegen konnten.

»Wenn der was mit Internet macht, fresse ich einen Besen«, meinte er leise, während wir in mein Auto stiegen. »Ich habe durch ein Fenster ins Haus gesehen. Er hat einen Computer aus dem vorvorletzten Jahrhundert, ich glaube, hier muss man sogar noch mit einem Modem ins Netz. Wo soll's denn hingehen?«

»Ich will mit Bloch noch einmal den Weg ablaufen«, sagte ich. »Mich interessiert, wie lange er braucht. Haben wir eigentlich ein aktuelles Bild von ihm in seiner Akte?«

»Das ist schon ein paar Jahre alt, aber man kann ihn erkennen. Wer soll sich das ansehen?«

»Elke Brummer, die Witwe. Überlegen Sie doch mal: Brummer hat eine Walther P1 im Safe, Schaller ballert mit so einer Waffe am Bahnhof herum, und Bloch kennt beide. Es ist nur eine vage Vermutung oder vielleicht wieder eine falsche Spur, aber wir sollten alles versuchen.«

Am Anleger ließ Bloch die Hunde aussteigen, die genauso schwerfällig aus dem Wagen sprangen, wie sie hineingekommen waren. Nachdem sie den Deich überquert hatten, mussten sie stehen bleiben und nach Luft hecheln. Bloch ging voran. Bis wir am Pappelwäldchen angekommen waren, waren über fünfzig Minuten vergangen, und die Hunde waren erschöpft.

»Danke, Herr Bloch«, sagte ich freundlich. »Das war's schon. Sie können jetzt gehen. Wir melden uns, wenn noch Unklarheiten bestehen.«

»Das war alles? Und dafür haben Sie mich hierhergescheucht?«, sagte er ärgerlich.

»Kennen Sie eigentlich einen Christian Schaller?«, fragte ich unvermittelt.

Bloch zuckte mit den Schultern. »Und wenn?«

»Ja oder nein?«

»Seit Jahren nicht gesehen.« Bloch blieb betont gelassen.

»Schaller ist tot«, sagte Hildebrand mit Nachdruck.

»Wir müssen alle mal sterben.«

»Schaller wurde erschossen, am Bahnhof in Stade.«

»Ich habe damit nichts zu tun, ich bin seit Jahren aus der Szene ausgestiegen.«

»Und jetzt genießen Sie Ihren Lebensabend?«, bemerkte ich sarkastisch. »Das nimmt Ihnen doch niemand ab. Wovon leben Sie, wenn ich fragen darf?«

»Das habe ich doch schon gesagt, soll ich das noch mal wiederholen?«

Ich schüttelte den Kopf und sagte: »Auf Wiedersehen.« Dann ließ ich ihn stehen und ging mit Hildebrand davon.

Bloch sah mir böse hinterher, pfiff nach seinen Hunden, die sich nahe am Wasser ausruhten, und folgte uns langsam.

17
Kapitel

»Seine Aussage kann so nicht stimmen«, sagte ich zu Hildebrand, als wir wieder auf dem Deich standen. »Seine Hunde schaffen den Weg niemals in einer halben Stunde, so wie er es ausgesagt hatte. Wenn wir annehmen, dass der Tote tatsächlich schon nach einer halben oder Dreiviertelstunde nach dem Mord gefunden worden ist, dann muss Bloch den Mörder gesehen haben. Er hat sich etwa eine Stunde in dem Bereich aufgehalten, den ein rasch gehender Mann in einer halben Stunde durchqueren kann.«

»Wenn der Mörder an der Elbe entlanggelaufen ist, was wir bisher nur vermuten.«

»Er muss sich so vom Tatort entfernt haben«, beharrte ich, »die Tatwaffe kann sich nicht in Luft aufgelöst haben, er hat sie mit Sicherheit in die Elbe geworfen.«

»Wenn wir davon ausgehen«, überlegte Hildebrand, »gibt es nur zwei Möglichkeiten: Bloch lügt, weil er den Mörder decken will. Oder er lügt, weil er selbst der Mörder ist.«

»Eigentlich müssten wir ihn festnehmen. Das klingt mir alles sehr verdächtig.«

Hildebrand war skeptisch. »Wir haben keinen einzigen Beweis, nur Vermutungen. Alles steht und fällt mit unserer These, dass die Tatwaffe in die Elbe geworfen wurde und dass Bloch dem Mörder begegnet sein *müsste,* wenn der sich über den Strand entfernt hat. Damit kriegen wir keinen Haftbefehl.«

Hildebrand hatte recht, wir stocherten im Nebel und bildeten uns ein, die Sonne würde scheinen.

»Wenn wir eine Verbindung zwischen ihm und Brummer finden würden, könnten wir ihn vielleicht kriegen«, meinte ich. »Kopieren Sie im Büro bitte die Fotos von Bloch aus der Akte. Heute Nachmittag besuche ich Konrad Borowski.«

Das Haus des Steuerberaters war tatsächlich der Glaspalast, den Hildebrand mir beschrieben hatte. Der Luxus stach einem sofort ins Auge. Das Erdgeschoss bestand praktisch aus einer großen Empfangshalle. Das war eine Architektur, die ich sonst nur aus amerikanischen Filmen kannte, einschüchternd und überdimensioniert. Man musste die Halle erst alleine durchqueren, bis man an der gegenüberliegenden Seite von einem Empfangsteam hinter einem stylischen Tresen empfangen wurde.

Ich sagte meinen Namen, und das Lächeln der jungen Frau war so falsch wie ihre Wimpern. Natürlich freute sie sich nicht, mich zu ihrem Chef führen zu dürfen, wie sie mir unaufgefordert mitteilte.

Der Aufzug schnurrte. Im oberen Stockwerk lag das Büro von Konrad Borowski neben den Räumen der beiden anderen Mitinhaber wie in einem Penthouse. Rundherum Glas – die Sicht auf die Altstadt von Buxtehude war wirklich so atemberaubend, wie Hildebrand erzählt hatte.

Die Sekretärin von Konrad Borowski sah gelangweilt auf, als ich vor ihr stand. Sie erhob sich wortlos und führte mich zu ihrem Chef.

Man sah ihm die Trauer um seine Frau nicht an, geschäftsmäßig bot er mir einen Sessel an und fragte: »Was führt Sie hierher?«

Beileid zu wünschen, ist mir schon immer schwergefallen, die Falschheit der Floskeln war so offensichtlich, dass sie mir kaum von den Lippen gingen.

»Mir ist der Tod Ihrer Frau sehr nahegegangen«, sagte ich

und fand, ich hatte den richtigen Ton getroffen. Was ich sagte, stimmte ja auch.

Borowski nickte. »Sie sind aber sicher nicht hergekommen, um mir das zu sagen?«

»Ich habe noch ein paar Fragen im Zusammenhang mit dem Tod von Nikolaus Brummer. Wir haben mehrere Zeugenaussagen zu dem Streit, den Sie mit dem Toten und dessen Ehefrau hatten.«

»Ich habe das alles schon Ihrem Kollegen erzählt«, sagte er unwirsch. »Das war kein Streit, sondern eine Auseinandersetzung. Und bei Auseinandersetzungen mit Nikolaus wurde es manchmal einfach etwas lauter.«

Das hatte ich anders gehört, dachte ich, blieb aber freundlich. »Mich interessieren die Zeitabläufe, dann kann ich das alles besser einordnen und verstehen.«

Borowski musste sich beherrschen, das konnte man ihm ansehen, schließlich leierte er seine Aussage so herunter, dass ich annehmen musste, er hätte sie sich vorher genau überlegt.

»Wenn zwei so unterschiedliche Menschen aufeinandertreffen, kann es schon mal passieren, dass es zu heftigen Wortwechseln kommt. Wir haben uns über das Projekt auf Kalbsand unterhalten. Er war mit meinem Vorgehen nicht einverstanden. Ich wollte neben der maroden Villa dieses Künstlers noch zwei weitere Gebäude in der Nachbarschaft kaufen, um Entwicklungsmöglichkeiten zu haben.«

Interessant, dachte ich, mit seinen Schiffsgeschäften droht ihm eine Pleite, er ist bald wegen Sozialversicherungsbetrug angeklagt, und trotzdem will er fröhlich weitere Häuser kaufen. Mit welchem Geld?

»Es war an der Zeit, mich mit Immobilien zu bevorraten«, sagte er und lehnte sich zurück. Ich hatte den Eindruck, er war von seinem Satz sehr beeindruckt.

Sich mit Immobilien bevorraten! Was für eine unglaubliche Phrase und was für ein arrogantes Arschloch, dachte ich, ließ mir aber nichts anmerken.

»Wo waren Sie nach dem Streit?«, wollte ich wissen.

»Wie gesagt, es war kein Streit, es war eine Auseinandersetzung unter Freunden und Geschäftspartnern. Ich habe mich zu meiner Frau gesetzt, wir haben noch ein oder zwei Tassen Kaffee getrunken, dann sind wir nach Hause gefahren. Ich habe gedacht, wenn er am nächsten Tag nüchtern ist, kann man sich wieder normal mit ihm unterhalten.«

»Hatten Sie sonstige Schwierigkeiten miteinander, ich meine, persönlicher Art?«

»Wie meinen Sie das?«

»Brummer war für seinen Frauenkonsum bekannt. Wie hat er sich Ihrer Frau gegenüber verhalten?«

Borowski schoss von seinem Sessel, als ob er sich auf eine Wespe gesetzt hätte. »Meine Frau ist kaum unter der Erde, und dann wagen Sie es, solche Gerüchte in die Welt zu setzen?«, brüllte er, und sein Gesicht war vor Wut rot angelaufen.

»Ich setze keine Gerüchte in die Welt«, sagte ich ganz ruhig. »Ich habe Sie nur gefragt, wie sich Brummer zu Ihrer Frau verhalten hat, nicht umgekehrt.«

Borowski ließ sich wieder in den Stuhl fallen. »Wie bei allen Frauen«, sagte er leise.

»Und umgekehrt?«

»Natürlich nicht, meine Frau war angewidert.«

Ich zog das Bild von Bloch aus der Tasche. »Ich wollte Sie fragen, ob Sie diesen Mann schon einmal gesehen haben.«

Er nahm den Abzug, warf einen kurzen Blick darauf und gab ihn mir zurück. »Nein, nie gesehen.«

Ich glaubte ihm.

»Heute sind viele Rathäuser im Kreis durchsucht worden,

dazu die Büroräume von Brummers Bauunternehmen. War die Polizei auch bei Ihnen?«

Er sah mich überrascht an. »Warum denn bitte?«

»Bei meinen Ermittlungen im Fall Brummer bin ich auf Kredite an Entscheidungsträger und auf Zuwendungen oder besser gesponserte Reisen gestoßen, dabei tauchte auch Ihr Name auf.«

Borowski fing an zu lachen, eine Reaktion, mit der ich nicht gerechnet hatte.

»Meinen Sie, wir hätten diese Typen geschmiert? So ein Blödsinn, warum sollten wir denen Geld in den Hintern schieben, die haben doch sowieso alles abgenickt, was Brummer wollte. Er war der Pate im Dorf, verstehen Sie? Was Brummer wollte, wurde gemacht. Da haben diese Kleingeister immer schön Ja gesagt. Auch ohne Extrakohle. Haben Sie schon mal was von der ›Pflege der politischen Landschaft‹ gehört? Das war so ein Schlagwort aus den Achtzigern, glaube ich.«

Ich nickte, dieselbe Formulierung war mir zu Beginn der Ermittlungen auch eingefallen.

»So darf man es nicht machen«, fuhr er fort. »Mit dem dicken Geldbündel winken, wie plump! Beziehungspflege ist das Stichwort. Schicken Sie Ihre Frau mit der vom Vorsitzenden des Tennisvereins für ein Wochenende in ein Wellnesshotel. Oder überlassen Sie einfach jemandem Ihr Ferienhaus für eine Woche, das ist besonders günstig, das kostet Sie höchstens ein bisschen Strom. Besonders effektiv war diese lächerliche Jagdreise in den Kaukasus, wo sich diese Deppen die Ärsche auf schlechten Kosakensätteln wund geritten haben und darauf auch noch stolz waren. Ich bin da nicht mit, das habe ich Brummer überlassen.«

Es sprudelte nur so aus ihm heraus.

»Dass Brummer Kredite vergeben hat, habe ich auch erst

vor Kurzem erfahren. Ich wäre dazu viel zu misstrauisch. Und dann seine Spenden! Er dachte, er könne mit Geld alles regeln, aber so ist es nicht. Man braucht auch ein bisschen Köpfchen.«

Um die Leute über den Tisch zu ziehen, dachte ich den Satz zu Ende, behielt den Gedanken aber für mich.

»Das war übrigens noch eine Sache, über die wir uns gepflegt unterhalten haben. Ich hatte ihm ins Gesicht gesagt, dass er sich damit sein eigenes Grab schaufelt.« Erschrocken hielt er inne, offenbar wurde ihm plötzlich die Doppeldeutigkeit seines Satzes bewusst.

»Wollten Sie damit sagen …«, begann ich.

Doch er winkte ab. »Das war nur so dahingesagt, aber passt doch, oder?«

Sein Lachen verfolgte mich noch, als ich die Tür seines Büros hinter mir schloss.

Borowski hatte Brummer benutzt, aber nicht umgebracht, da war ich mir jetzt sicher, trotzdem benötigte ich den endgültigen Beweis. Ich drehte mich um und sah durch die Glaswände, wie Borowski telefonierte. Seinem Gesichtsausdruck entnahm ich, dass er sich köstlich über die dämliche Polizei amüsierte. Als er mich bemerkte, legte er sofort auf und winkte mich wieder herein.

»Noch was?«, fragte er gut gelaunt. Und da erkannte ich seine Stimme wieder. Er war der Anrufer gewesen, der uns vorgeworfen hatte, die Hausdurchsuchung bei Meerbusch sei schlampig abgelaufen. Ich überlegte kurz, dann beschloss ich, ihn nicht darauf anzusprechen. Es hätte mich nicht weitergebracht. Meerbuschs Unschuld stand fest. Die Frage war höchstens, warum er den Verdacht so unbedingt auf den Künstler lenken wollte. Wusste er eventuell, wer Brummer getötet hatte, und wollte ihn decken?

Ich nickte. »Können Sie nachweisen, dass Sie zur fraglichen Zeit nicht auf Kalbsand waren?«

»Natürlich!« Seine anmaßende Selbstsicherheit ging mir gehörig auf die Nerven.

Er klingelte seine Sekretärin herein und wies sie an, mir den Ordner mit den Barbelegen zu überreichen. Fein säuberlich war dort eine Tankquittung mit dem fraglichen Datum, der richtigen Uhrzeit und der Autonummer eines Wagens abgeheftet.

»Die brauche ich fürs Finanzamt«, erklärte er, ohne dass ich ihn dazu aufgefordert hätte. »Die Nummer ist von meinem Audi, das können Sie nachprüfen.«

»Machen Sie bitte eine Kopie davon«, bat ich die Sekretärin.

Die Arroganz des Steuerberaters war noch größer, als ich nach Hildebrands Schilderungen erwartet hatte. Was mich aber richtig wütend machte, war, wie selbstsicher er sich mit den Geldzahlungen brüstete und dabei gleichzeitig höhnisch die Polizei auslachte. Mir fielen lauter Adjektive ein, die ich ihm am liebsten an den Kopf geworfen hätte: herrisch, überheblich, anmaßend, eingebildet, hochnäsig, hochmütig und vieles andere mehr. Ich hatte für die Wut von Arno Meerbusch großes Verständnis, wahrscheinlich war Borowski seinen Opfern genauso auf der Nase herumgetanzt wie mir und der ganzen Polizei.

Ich setzte mich ins Auto und fuhr zu Elke Brummer.

Während der Fahrt verstand ich plötzlich: Ein inhaftierter Meerbusch würde viel mehr Schwierigkeiten haben, Borowski zur Rechenschaft zu ziehen. Deshalb wollte er ihm den Mord anhängen.

»Ja, bitte?«, begrüßte mich die namenlose Stimme in der Villa Brummer.

»Hier ist Hauptkommissar Schlegel«, sagte ich in die Sprechanlage.

»Sie wünschen?«

Diesmal platzte mir der Kragen.

»Sie wissen, wer ich bin!«, brüllte ich ins versteckte Mikrofon. »Und was ich wünsche, geht Sie einen Scheißdreck an. Wenn Sie nicht sofort dieses dämliche Tor aufmachen, nehme ich Sie fest wegen Behinderung …«

Weiter musste ich nicht gehen. Im nächsten Moment öffnete sich das Tor, und ich lief den Kiesweg hoch. Oben stand die Haustür schon offen. Der Gesichtsausdruck der Dame war helle Empörung.

»Wo ist Frau Brummer?«, fragte ich.

»Sie kommt sofort«, sagte sie tonlos, »warten Sie bitte im Salon. Sie kennen den Weg, oder?«

»Sind Sie weitergekommen?«, fragte Elke Brummer wenige Minuten später erwartungsvoll. »Setzen Sie sich doch bitte.«

»Ich habe nur eine Frage«, sagte ich und zog Blochs Bild aus meiner Jackentasche. »Haben Sie diesen Mann schon einmal gesehen?«

»Wer ist das?«, fragte sie zurück und sah sich das Bild an.

»Das tut nichts zur Sache«, erwiderte ich.

»Das ist der Mann, mit dem Nikolaus im Garten gesprochen hat. Erst haben sie sich ganz gesittet unterhalten, dann sind sie offenbar in Streit geraten. Nikolaus hat mir aber nicht gesagt, weshalb. Ich glaube, von ihm hat er die Waffe bekommen.«

18 Kapitel

Noch auf dem Grundstück von Elke Brummer tippte ich die Nummer von Staatsanwalt Allmers in mein Handy.

»Das wird aber auch Zeit!«, bellte er ins Telefon.

Ich sah ihn vor mir, wie er in seinem ungelüfteten Büro schlecht gelaunt hinter seinem Schreibtisch saß.

»Ich brauche einen Durchsuchungsbeschluss und einen Haftbefehl«, sagte ich, ohne auf seine schlechte Laune einzugehen.

»Diesmal muss der Schuss aber sitzen. Noch so einen Reinfall wie mit Meerbusch leisten Sie sich nicht, haben Sie mich verstanden?«

Würde er etwas von Kollegialität verstehen, dachte ich, hätte er auch sagen können: »Eine weitere Panne können wir uns nicht leisten.« Aber das kam für ihn offenbar nicht infrage.

»Ich bin mir sicher, dass er der Täter ist«, sagte ich. »In einer halben Stunde bin ich in Stade, Hildebrand und Frau Siegel bereiten schon alles vor.«

Grußlos beendete ich das Gespräch und überlegte mir, während ich in meinen Wagen stieg, wer wohl Allmers' Steuerberater war. Borowski? Zumindest hatte der das angesagteste Büro im Kreis, und jeder, der meinte, Rang und Namen zu haben, war dort Mandant, so viel hatte Susanne Siegel herausgefunden. Wahrscheinlich saß auch im Büro von Konrad Borowski eine Bekannte, eine Verwandte oder zumindest die Freundin einer solchen.

Hildebrand bereitete die Papiere vor, die wir vorlegen mussten, um Haftbefehl und Durchsuchungsbeschluss zu bekommen.

Allmers unterzeichnete sofort, ihm konnte es nicht schnell genug gehen, und ich organisierte in der Zwischenzeit den Einsatz.

Wir starteten zu zehnt, drei Streifenwagen, Hildebrand und ich mit einem Zivilfahrzeug. Ich wollte kein Risiko eingehen, die Statur von Bloch hatte mir Respekt eingeflößt, Hildebrand und ich hätten gegen ihn im Zweifelsfall keine Chance.

»Kein Blaulicht auf dem Weg ins Moor«, bestimmte ich, »erst wenn wir hundert Meter vor dem Hof sind, fahren wir das volle Programm: Blaulicht, Sirene und mit Vollgas auf den Hof. Ich will den Überraschungsmoment.«

Hildebrand und ich wechselten auf der Fahrt kein Wort, ein übliches Ritual bei uns. Alles Wichtige war vorher festgelegt worden, wir mussten nichts mehr absprechen. Ich weiß von Kollegen, die in solchen Situationen vor lauter Aufregung herumplappern, denn aufregend ist eine Festnahme immer. Hildebrand und ich hielten es anders. Unsere Spannung entlud sich nicht in sinnlosen Dialogen, wir wussten beide, dass es die Konzentration des anderen stören würde.

Ohne Hast fuhren wir zu dem Hof, den Bloch gemietet hatte. Hildebrand hatte Susanne Siegel auf den Grundriss der Gebäude angesetzt, ihre Schwester arbeitete im Bauamt des Landkreises. In manchen Fällen hatte die Verhaftung von Verdächtigen in Desastern geendet, weil diese sich in verwinkelten Wohnungen verschanzt hatten und niemand wusste, wie man sie stürmen konnte.

Wir fuhren voraus, und hundert Meter vor der Hofeinfahrt stellte ich das magnetische Blaulicht aufs Dach und drückte den Schalter für die Polizeisirene. Die Streifenwagen folgten, wir gaben Gas und fuhren mit quietschenden Reifen auf den Hof. Wir hielten uns links, ein Streifenwagen blieb in der Mitte, einer bog rechts ab. Der letzte blockierte die Ausfahrt. Die Kollegen sprangen aus ihren Wagen und rannten geduckt zur Haustür. Sie war unverschlossen. Wir hatten vorher besprochen, dass sie mit gezogenen Pistolen ins Haus gehen sollten, die anderen hatten die Aufgabe, den Hof und eventuell den Rückzug zu sichern.

Grotheer und Meier, zwei erfahrene Polizisten, gingen vorsichtig ins Haus. Wir warteten vor der Tür, und unsere Anspannung wuchs von Minute zu Minute.

Plötzlich wurde ein Fenster im oberen Stockwerk geöffnet, wir duckten uns und dachten, Bloch werde gleich aus dem Fenster springen.

»Keiner da!«, rief Grotheer enttäuscht. »Der Vogel ist ausgeflogen.«

»Sind Sie sicher?«, fragte ich. »Gibt es einen Keller?«

Hildebrand schüttelte den Kopf. »Das gibt es im Moor ganz selten, das Haus ist nach dem Krieg ruckzuck hochgezogen worden, die hatten kein Geld für so etwas.«

»Scheiße!«, sagte ich laut. »So eine Scheiße!«

Ich ahnte die Reaktion des Staatsanwalts, den ich nur mit Mühe davon hatte abhalten können mitzukommen. Er ließ sich bei anderen Einsätzen gerne chauffieren und verstörte die Kollegen mit schlechten Ratschlägen. Das war uns immerhin erspart geblieben, aber seine Wutausbrüche und Unverschämtheiten, wenn wir mit leeren Händen zurückfahren müssten, wollte ich mir nicht vorstellen.

»Die Hunde«, sagte Hildebrand, »die waren doch letztes Mal in der Scheune, oder?«

»Vorsicht!«, rief ich hinter ihm her, als er zur Scheune rannte. »Seien Sie vorsichtig!«

Hildebrand winkte ab, vor den Hunden hatte er keine Angst. Auch ich befürchtete bei den alten Kötern keine wilde Beißerei, aber ich traute dem Frieden auf dem Hof noch nicht und hätte mich nicht gewundert, wenn Bloch sich bei seinen Hunden in der Scheune versteckt hätte.

Aber sie war genauso verlassen wie das Haus. Wir öffneten das große Scheunentor und staunten. Der große Raum war gefüllt mit Holzkisten, die einen sehr massiven Eindruck machten. Sie waren nicht groß, aber sehr stabil verarbeitet, und es waren keinerlei Aufkleber oder Schriftzeichen darauf angebracht, aus denen man auf den Inhalt hätte schließen können.

Hildebrand hob eine hoch und staunte. »Schwer!«, sagte er, aber das hätte er gar nicht sagen müssen, jeder sah, dass die Kisten nicht umsonst so gebaut waren.

Hildebrand sah mich fragend an, und ich nickte. »Aufmachen!«

An die Scheune war eine kleine Werkstatt angebaut, dort fand sich ein Stemmeisen, und bald splitterte der erste Deckel ab. In der Kiste lagen zehn nagelneue Pistolen, Typ Walther P1.

»Kaliber neun Millimeter«, sagte Hildebrand und nahm eine in die Hand, »die waren bei der Bundeswehr ewig in Gebrauch, ich glaube, in der Grundausbildung werden die heute noch verwendet. Und bei den Feldjägern.«

»Jetzt wissen wir auch, wovon er gelebt hat«, bemerkte ich. »Der Schmus mit dem Internet und dem zurückgezogenen Leben auf dem Land ist mir ja gleich komisch vorgekommen.« Ich wandte mich an die Kollegen: »Alles durchsuchen, das muss alles auf den Kopf gestellt werden. Hier gilt Gefahr im Verzug.«

Ich zählte zehn Kisten der gleichen Größe, dazu drei größere, alle in der gleichen Qualität.

»Bloch kann bewaffnet sein«, sagte ich zu Hildebrand, »ich würde mich wundern, wenn er sich aus diesem Vorrat nicht bedient hätte.«

Bei der Durchsuchung wurden außer den Pistolen keine anderen Waffen gefunden. Wir trugen die anderen Kisten auf den Hof und öffneten sie. Alle Pistolen waren fabrikneu, hatten Seriennummern, und das Baujahr war deutlich zu lesen.

»Die wurden früher oft bei der Bundeswehr geklaut«, sagte Hildebrand, »erstaunlich ist nur, dass sie noch nicht verkauft worden sind. Die werden nämlich schon seit zehn Jahren nicht mehr produziert.«

»Das wird uns Herr Bloch sicher überzeugend erklären können«, spottete ich.

»Dafür müssen wir ihn aber erst einmal kriegen«, bemerkte Hildebrand lakonisch.

»Ich habe einen ganz banalen Verdacht. Ich glaube, er ahnt nichts davon, dass wir ihn festnehmen wollen. Vermutlich führt er gerade seine Hunde spazieren.«

»Auf Kalbsand?«, fragte Hildebrand ungläubig. »Sie meinen, er spaziert ganz harmlos den Elbstrand rauf und runter?«

»Genau das«, sagte ich, »wir fahren hin.«

Ich ließ einen Streifenwagen auf dem Hof zurück. Die Kollegen sollten warten, bis die Verstärkung aus Stade anrückte. Natürlich wollte der Staatsanwalt kommen, Waffenhandel im Landkreis kam schließlich nicht jeden Tag vor, ich war mir sogar sicher, dass er die Presse gleich mitbringen würde. Eine Pressekonferenz vor der sichergestellten Beute entsprach genau dem, was er sich unter Arbeit vorstellte.

Ich schärfte den Kollegen ein, dass der Verdächtige bewaffnet sein könnte, und verlangte äußerste Vorsicht. Ich schätzte ihn gefährlicher ein, als wir noch vor einer Stunde geglaubt hatten.

Bloch kam uns mit seinem alten Passat auf der Landstraße entgegen, die ins Moor führte. Wir sahen ihn erst, als er an uns vorbeifuhr. Es schien sich alles gegen uns verschworen zu haben, die einzige Kurve auf der ganzen Strecke hatte uns die Sicht versperrt. Im Scheitelpunkt fuhr er an uns vorbei, und als er uns sah, reagierte er sofort. Er gab Gas. Wir bremsten scharf, wendeten in einer Hofeinfahrt und jagten mit Blaulicht und Martinshorn hinter ihm her. Sein Vorsprung wurde nur langsam kleiner. Mit hoher Geschwindigkeit schoss er durch die kleinen Moordörfer, die nur aus ein paar einzelnen Höfen bestanden, bog schließlich nach Groß-Sterneberg ab und raste durch den Ort. Wir folgten ihm mit drei Wagen. Kurz vor Klein-Villah wurde er plötzlich langsamer.

Hildebrand schrie: »Ich glaub, dem geht der Sprit aus!«

Ich zog meine Pistole.

Bloch lenkte den Wagen auf einen Feldweg, riss die Wagentür auf und lief geduckt in einen kleinen Wald.

Hildebrand fuhr bis an den Waldrand und sprang mit der Pistole in der Hand aus dem Auto. Als der Schuss fiel, hatte er keine Zeit mehr, in Deckung zu gehen. Er stürzte und fiel mit dem Gesicht nach unten auf die Erde.

19
Kapitel

Ich schoss sofort zurück und umrundete den Wagen, während ich wütend mein ganzes Magazin leer feuerte. Hildebrand bekam kaum Luft, ich drehte vorsichtig seinen Kopf zur Seite, damit er atmen konnte, strich ihm beruhigend über das Gesicht und rief den Notarzt an.

»Und den Hubschrauber!«, schrie ich ins Telefon. »Der Hubschrauber muss kommen, es geht ihm nicht gut!«

Wieder fielen Schüsse, Hildebrand und ich hatten keine Deckung, aber das war mir egal. Wenn ich nicht bei ihm bleibe, stirbt er, dachte ich und tastete nach seinem Puls. Zuerst spürte ich nichts, erst beim zweiten Versuch konnte ich ihn schwach erfühlen.

Ich hob den Kopf und sah den Kollegen zu, die sich langsam von Baum zu Baum durch das Wäldchen arbeiteten und sich dabei gegenseitig Feuerschutz gaben. Ich lag neben Hildebrand, hielt seinen Kopf und redete beruhigend auf ihn ein.

»Du hältst durch«, flüsterte ich ihm ins Ohr und streichelte seinen Kopf. »Du musst an Suse denken.«

Hildebrand versuchte zu lächeln, er versuchte sogar zu nicken, aber es gelang ihm nicht, bei jeder Bewegung verzog sich sein Gesicht vor Schmerzen.

In der Ferne hörte ich die Verstärkung anrücken. Im Wald wurde immer noch geschossen, und in meinem Kopf vermischte sich alles zu einem Heidenlärm, der immer lauter und bedrückender wurde, je näher die Geräusche der Streifenwagen kamen.

Plötzlich standen Sanitäter neben mir, ich hatte sie gar nicht kommen sehen. Sie drängten mich energisch zur Seite, denn ich wollte erst gar nicht weichen, sondern Hildebrand weiter trösten und ihm Mut zusprechen. Schließlich wurde ich weggezogen.

Die Sanitäter und der Notarzt versorgten Hildebrand ruhig und professionell, setzten Spritzen, gaben ihm eine Infusion und legten ihn vorsichtig auf eine Bahre, während keine fünfzig Meter weiter scharf geschossen wurde.

Als der Hubschrauber zu hören war, sank ich erleichtert auf den Sitz im Auto. Ich versuchte mich zu sammeln, suchte meine Pistole, lud das Magazin und rannte in das Wäldchen. Dort war es dunkel, meine Augen mussten sich erst an das wenige Licht gewöhnen, schließlich erkannte ich den Schriftzug »Polizei« auf den Rücken der Beamten.

Bloch schien verschwunden zu sein. Der Wald war nicht sehr groß, später erfuhr ich, dass es eine Anpflanzung der Jäger für das Wild gewesen war, nicht größer als ein halber Hektar, aber dicht genug, um sich darin zu verstecken.

Wir gaben auf, ich holte die Kollegen nach und nach zurück. Zum Glück waren alle unverletzt.

Hinter uns startete der Hubschrauber mit Hildebrand an Bord, die Sanitäter, die auf dem Boden geblieben waren, schüttelten den Kopf, als wir nach seinem Zustand fragten.

»Ist er tot?«, fragte ich entsetzt.

»Er lebt«, entgegnete ein Sanitäter, »aber es steht fifty-fifty, er hat viel Blut verloren.«

Erst jetzt sahen wir den großen roten Fleck im Matsch direkt neben unserem Wagen.

Hass ist der falsche Antrieb, um einen Verdächtigen aufzuspüren, aber genau den verspürten wir alle, als wir in Hildebrands Blut starrten.

»Kennt sich hier jemand aus?«, fragte ich. »Wir müssen wissen, wie es hinter dem Wäldchen aussieht.«

Alle schüttelten den Kopf, nur ein junger Beamter meinte: »Soviel ich weiß, verläuft ungefähr hundert Meter hinter dem Wäldchen ein breiter Graben. Über den wird er es nicht schaffen, außerdem ist der zwei oder drei Meter tief, und seitlich geht es praktisch senkrecht runter.« Der Kollege zitterte immer noch vor Anspannung – erst später erfuhr ich, dass es sein allererster Einsatz mit Waffengebrauch gewesen war.

Ich sah mich um und bemerkte einen Trecker, der langsam die kleine Straße entlangfuhr, ich winkte ihm und bedeutete dem Fahrer anzuhalten.

»Der Graben ist tief«, bestätigte der Bauer, »im Moor sind die alle so, mir ist da vor einem Jahr ein Rind reingefallen und …«

»Ist das Ufer steil, oder kann man hochklettern?«, unterbrach ich ihn.

Er schüttelte den Kopf.

»Kann man sonst irgendwie ungesehen aus dem Wäldchen verschwinden?«

»Höchstens zu dem alten Steingrab«, meinte er, »aber da muss man über die Wiese da.« Er zeigte nach rechts.

»Sonst nicht?« Ich wollte sichergehen.

Er schüttelte wieder den Kopf.

»Sie fahren jetzt zurück«, befahl ich dem Mann. »Die Straße wird gesperrt.«

Der Landwirt nickte eingeschüchtert, schaltete den Motor an und fuhr los.

Plötzlich fielen mir die Hunde ein. Der Passat stand immer noch an der gleichen Stelle. Bloch hatte, als er aus dem Auto floh, wohl in einem Reflex die Tür hinter sich zugeworfen, jedenfalls saßen in dem Wagen die drei riesigen Hunde. Durch ihren Atem waren die Scheiben so beschlagen, dass man nur ihre Umrisse erkennen konnte.

Ich öffnete vorsichtig die Fahrertür und versuchte, ihre Reaktion auf mich abzuschätzen. Sie schnüffelten interessiert und wedelten sich mit ihren buschigen Schwänzen gegenseitig in den Gesichtern herum. Da sie einen friedlichen Eindruck machten, entschloss ich mich, sie freizulassen. Als ich die Heckklappe öffnete, sprangen sie, so erschien es mir zumindest, erleichtert ins Freie.

Ich rief zwei Beamte zu mir.

»Sie nehmen Ihren Wagen, fahren ungefähr fünfzig Meter weiter und sichern die rechte Seite. Bleiben Sie in Deckung, und entsichern Sie Ihre Waffen«, wies ich sie an.

Ich teilte das Wäldchen in drei Abschnitte ein, in die ich jeweils zwei Beamte schickte.

»Ich fordere einen Hubschrauber an«, erklärte ich. »Wir warten, bis er da ist, wir müssen nur verhindern, dass Bloch abhaut.«

Manchmal, dachte ich erleichtert, als ich schon kurze Zeit später den Hubschrauber hörte, gibt es Kollegen, die mitdenken. Hildebrands Verletzung hatte jeden in der Stader Polizeiinspektion aufgewühlt. Man hatte den Hubschrauber schon losgeschickt, bevor ich ihn überhaupt angefordert hatte.

Ich nahm eine Hundeleine aus Blochs Wagen, leinte den Hund an, der mir am agilsten erschien, und ging mit ihm in das Wäldchen, die beiden alten Leonberger folgten uns brav.

Über uns knatterte der Helikopter, aber die Bäume standen so dicht, dass selbst die spärlichen Blätter keinen Blick auf den Boden zuließen. Aber der Hubschraubereinsatz hatte noch einen anderen Zweck: Wenn sich ein Helikopter mit seinem knatternden Geräusch einem Flüchtenden näherte, immer tiefer flog und so brüllend laut wurde, dass es in den Ohren wehtat, gaben die meisten zermürbt auf. Es war einfach nicht auszuhalten.

Das ungewohnte Geräusch machte auch die Hunde nervös, der angeleinte zog mich in den Wald, als wollte er dort vor dem Lärm Schutz suchen.

Ich machte die Leine los und hoffte, die Hunde würden uns zu ihrem Herrn führen. Sie begannen interessiert zu schnüffeln und liefen im Wald hin und her. Nach einiger Zeit bewegten sie sich tatsächlich alle in dieselbe Richtung. Ich gab den Kollegen ein Zeichen, und wir folgten den Tieren vorsichtig, duckten uns hinter Büsche und stellten uns schutzsuchend hinter Bäume.

Als sie ein dichtes Himbeergebüsch erreicht hatten, blieben sie schwanzwedelnd davor stehen, einer begann zu bellen.

Mir war sofort klar, dass sich Bloch in dem Gestrüpp verborgen hielt.

»Kommen Sie langsam und mit erhobenen Händen heraus«, schrie ich gegen den ohrenbetäubenden Lärm an. Über uns knatterte immer noch der Hubschrauber, es war so Furcht einflößend, wie es sein sollte.

Bloch gab auf. Er streckte seine Hände in die Luft, kämpfte sich durch die dichten Himbeersträucher und wirkte fast erleichtert, als er Handschellen angelegt bekam.

Mit einer gewissen Enttäuschung, so schien mir, musste er feststellen, dass seine eigenen Hunde ihn verraten hatten.

20 Kapitel

»Ich lasse Sie alleine«, sagte Susanne Siegel mit müden Augen, beugte sich vor und hauchte Hildebrand einen Kuss auf die Wange, »ich wollte sowieso gerade gehen.«

Sie stand auf, und ich staunte mal wieder über ihren seltsamen Farbgeschmack. Zur hellblauen Bluse trug sie ein beigefarbenes Jäckchen aus dünner Wolle, dazu einen dunkelroten Rock. Was mich aber wirklich beeindruckte, waren ihre hellgrauen Halbschuhe aus durchlöchertem Leder. Sie waren von einer Eleganz, die höchstens meine Großmutter geschätzt hätte.

Ich hätte es Hildebrand nicht verübelt, wenn er sich aufgrund dieses Anblicks entschlossen hätte, ein paar Tage ins Koma zurückzufallen, aber er saß in seinem Bett mit einem dicken Kissen im Rücken und einem großen Verband um den Oberkörper und sah seiner Suse liebevoll hinterher, während sie die Tür öffnete, sich noch einmal umdrehte und ihn anlächelte.

Gestern war er aus dem Koma erwacht, in dem er mehrere Wochen gelegen hatte. Wir hatten alle um ihn gebangt. Susanne Siegel war die ganze Zeit bei ihm im Krankenhaus geblieben und konnte erst richtig schlafen, als er endlich erwacht war – ein Paradoxon, über das ich mich amüsiert hätte, wenn es nicht einen so ernsten Hintergrund gehabt hätte.

»Habe ich sie jetzt vertrieben?«, wollte ich wissen, aber Hildebrand schüttelte den Kopf.

»Nein, sie wollte tatsächlich schon vor einer Stunde gehen, aber ihr fehlte der Antrieb, sie ist immer noch völlig fertig.«

»Das waren wir auch, als Sie umgefallen sind wie ein gefällter Baum.«

Hildebrand grinste und verzog sofort sein Gesicht. »Lachen tut noch weh.« Er hatte einen Steckschuss in der Lunge gehabt und hatte es wohl hauptsächlich seiner guten Kondition zu verdanken, dass er überlebt hatte.

»Hat Ihnen eigentlich schon jemand erzählt«, fragte ich, »wie es weitergegangen ist?«

Er schüttelte vorsichtig den Kopf. »Suse sagt, das würde ich früh genug erfahren, sie sei nur froh, dass ich das Ganze überlebt habe.«

»War ja auch knapp«, bemerkte ich. »Bloch war tatsächlich der Sprit ausgegangen, er hat es gerade noch in den Feldweg geschafft. Wir hatten ja vermutet, dass er bewaffnet sei, aber dann ist alles so schnell gegangen, dass wir nicht richtig reagieren konnten. Sie sind aus dem Auto gesprungen, und er hat sofort geschossen. Er muss entweder ein sehr guter Schütze sein, oder er hat Sie zufällig getroffen, weil er einfach in unsere Richtung gezielt hatte. Ich glaube ja eher an einen Zufallstreffer, er hat danach nämlich noch mehrere Schüsse abgegeben und niemanden getroffen.«

»Noch sieben Mal, stimmt's?«, fragte Hildebrand gespannt.

»Was meinen Sie?«

»Er hat noch sieben Mal geschossen«, erklärte Hildebrand.

»Woher wissen Sie das, haben Sie mitgezählt?«, fragte ich verdutzt und überlegte, ob er womöglich gar nicht bewusstlos gewesen war, als er im Matsch gelegen und ich mich über ihn gebeugt hatte.

»Ganz einfach«, erwiderte er, »die Walther P1 hat ein Magazin für acht Patronen.«

»Stimmt, und danach hatte er sein Pulver verschossen, im wahrsten Sinne des Wortes.«

Ich erzählte ihm, wie wir auf der Suche nach Bloch seine Hunde freigelassen und ihn auf diese Weise letztlich aufgespürt hatten. Bei meiner Schilderung verzichtete ich auf Dramatik, ich wollte Dirk Hildebrand nicht unnötig aufregen.

»Seine eigenen Hunde haben ihn verraten?«

Ich nickte. »Und das hat ihn wohl am meisten geärgert.«

Ich reichte ihm ein Glas Wasser, das auf seinem Nachttisch stand, er konnte sich immer noch kaum bewegen.

»Vorher waren schon der Rettungswagen und ein Hubschrauber gekommen. Die Sanitäter haben Sie eingeladen und hierhergeflogen.«

»Schade«, sagte Hildebrand trocken.

Ich hob fragend die Augenbrauen. »Ich verstehe nicht?«

»Ich bin noch nie mit einem Hubschrauber geflogen, und dann kriege ich beim ersten Mal nichts mit!«

»Ihren Humor haben Sie jedenfalls behalten. An Kalauern kann ich auch noch etwas dazu beitragen. Als ich den Haftbefehl beantragt hatte, sagte Allmers: ›Diesmal muss der Schuss sitzen!‹«

Hildebrand lachte und verzog in der nächsten Sekunde wieder das Gesicht. »Bitte keine Scherze, keine Witze, vor allen Dingen nicht über Allmers. Darüber würde ich gerne lachen, aber mir tut das richtig weh.«

»Entschuldigung, soll ich lieber gehen?«

»Nein. Ich will noch wissen, ob Bloch gestanden hat.«

»Das schon, aber es war ein hartes Stück Arbeit, bis wir sein Geständnis hatten. Er hat immer nur zugegeben, was wir ihm auch direkt nachweisen konnten. Das ist ein abgebrühter Kerl, man merkt, dass es nicht seine erste Vernehmung war. Die Waffen stammen aus einem Einbruch bei der Bundeswehr, im Juli 1995. Wir haben recherchiert und herausbekommen, dass die Täter bis heute nicht ermittelt werden konnten. Es gab ein paar vage Zeugenaussagen, darunter eine, die von einem großen, kräftigen Mann berichtete, aber das reicht natürlich nicht, um ihm etwas nachzuweisen. Der Tatort war eine alte NVA-Kaserne in Brandenburg, da waren die Sicherheitsmaßnahmen wohl noch nicht so ausgereift wie in den Kasernen im Westen. Die Waffen sollten demnächst auf den Markt gebracht werden. Bloch behauptet, er habe sie von jemandem gekauft, dem die Ware zu heiß geworden war. Das gibt höchstens eine Anklage wegen Hehlerei und Verstoß gegen das Waffengesetz.«

Ich warf einen Blick auf Hildebrand, der ziemlich erschöpft wirkte.

»Natürlich wiegen der Tod von Brummer und die Schüsse auf Sie viel schwerer«, fuhr ich fort. »Was Sie betrifft, war das eindeutig versuchter Mord, bei Brummer war sich Allmers noch nicht sicher, ob es Totschlag war oder Körperverletzung mit Todesfolge. Brummer musste sterben, weil er sich mit Bloch gestritten hatte. Sie erinnern sich vielleicht, Elke Brummer hatte angedeutet, dass sie mal von ferne eine Auseinandersetzung zwischen ihrem Mann und Bloch beobachtet hatte, wusste aber nicht, worum es dabei gegangen war. Am Tag von Brummers Tod war Bloch jedenfalls mit seinen Hunden an der Elbe. Am Pappelwäldchen hat er den Streit zwischen Brummer und Meerbusch verfolgt. Als Arno Meerbusch weg war, hat Brummer Bloch gesehen und sich an die alte Auseinandersetzung mit ihm erinnert. Er sei auf ihn zugelaufen, das behauptet zumindest Bloch, und habe ihn angeschrien, was er hier mit seinen Scheißkötern zu suchen habe, er würde sie am liebsten abknallen.«

»Welche Auseinandersetzung?«, fragte Hildebrand müde, offensichtlich arbeitete sein Gedächtnis noch nicht wie sonst.

Ich ließ mir nichts anmerken. »Elke Brummer hatte mir doch schon bei einem unserer ersten Gespräche von einer Auseinandersetzung zwischen Bloch und ihrem Mann im Garten der Brummers berichtet. Inzwischen hat Bloch ausgesagt, Brummer habe wie ein altes Marktweib gefeilscht, als er ihm die Pistole verkauft habe. Er wollte wohl nur die Hälfte bezahlen. Laut Bloch hat er damit gedroht, die Polizei zu benachrichtigen, wenn er sich nicht auf das Geschäft einlassen wolle. Schließlich wisse er, wo er wohne und wer er sei.«

Ich beobachtete Hildebrand, der meiner Erzählung offenbar folgen konnte.

»Aber zurück zum Sonntag, an dem die Silberhochzeit stattfand«, sagte ich. »Angeblich hat sich Brummer immer mehr in Rage geredet und Bloch wüst beschimpft. Er habe schon lange die Schnauze voll, dass jeder mit seinen Kötern zum Scheißen herkäme, das würde alles ihm gehören. Dann habe Brummer in seine Tasche gegriffen. Bloch hat wohl befürchtet, er werde seine Waffe ziehen. Schließlich war er es gewesen, der ihm die Walther P1 verkauft hatte. Deshalb hat sich Bloch gebückt und einen der Eichenpfähle in die Hand genommen. Brummer habe sich auf ihn gestürzt, und er habe zugeschlagen. Nur ein einziges Mal – doch Brummer sei gleich tot gewesen. Das sind jetzt alles Blochs Worte, aber ich halte das Ganze für ziemlich plausibel. Brummer war angetrunken, und dass er sehr cholerisch war, sagten alle, die ihn kannten. Übrigens hatte Brummer die Pistole nicht dabei, Blochs Vermutung war also falsch.«

»Eines ist mir aber immer noch unklar«, überlegte Hildebrand laut. »Warum ist Bloch danach nicht einfach abgehauen?«

»Über den Deich konnte er nicht«, erklärte ich, »da wäre er sofort aufgefallen. Schließlich war da trotz des Regens einiges los. Und einfach an der Elbe zurücklaufen ging auch nicht, denn da waren mehrere Spaziergänger unterwegs.«

Hildebrand nickte. »Hätten die dann die Leiche gefunden,

wäre er natürlich sofort verdächtig gewesen, die Hunde kannte ja jeder Spaziergänger.«

»Eben. Deshalb hat er sich eine Viertelstunde im Pappelwäldchen herumgetrieben und dann den Toten lieber gleich selbst gemeldet. Somit war er aus dem Schneider. Das dachte er zumindest.«

»Das ist höchstens Totschlag«, bemerkte Hildebrand, »kein Mord. Zum Mord fehlt die Heimtücke.«

»Zumindest kann man sie ihm nicht nachweisen«, ergänzte ich, »er hat sich eine intelligente Verteidigungslinie aufgebaut, das muss man ihm lassen.«

»Was für ein banales Motiv. Ein lächerlicher Streit, ein paar Promille – und schon schlägt jemand einem anderen den Schädel ein.«

Ich nickte. Es waren oft die banalsten Anlässe, die zu Tötungsdelikten führten.

Irgendwann fielen Hildebrand die Augen zu. Er hatte die ganze Zeit versucht, dagegen anzukämpfen, aber nun schlief er tatsächlich ein. Ich stand leise auf und verließ das Krankenhaus.

Eigentlich hatte ich Hildebrand noch erzählen wollen, dass inzwischen mehrere Anklagen gegen den betrügerischen Steuerberater zugelassen worden waren. Was Borowski vorgeworfen wurde, war ziemlich umfangreich und reichte von Steuerhinterziehung über Untreue bis zum Sozialversicherungsbetrug. Wenn er in allen Punkten schuldig gesprochen würde, und davon ging ich aus, wäre er seine Zulassung als Steuerberater los. Ein tiefer Fall, dachte ich und lief so beschwingt wie schadenfroh zu meinem Wagen.

Dort zog ich mein Handy aus der Tasche. Als ich in meinem Adressbuch bei »G« angekommen war, zögerte ich, aber nur eine Sekunde. Dann wählte ich Mechthilds Nummer.

Eigentlich hätte ich nach Hause gemusst, um Annemarie zu füttern, aber ich wusste, er würde mir das verzeihen, wenn er dafür morgen ein paar fette Zikaden mehr verspeisen dürfte.